ONE MORE CHANCE

Du même auteur

Dangerous Perfection, &moi, 2015.
Simple Perfection, &moi, 2015.
Take a Chance, &moi, 2015.

Abbi Glines

ONE MORE CHANCE

*Traduit de l'anglais (États-Unis)
par Lucie Delplanque*

Roman

Titre de l'édition originale :
ONE MORE CHANCE
Publiée par Atria, un département de Simon & Schuster

Maquette de couverture : Evelaine Guilbert
Photo : © Nadezda Korobkova / Thinkstock

ISBN : 978-2-7096-4849-3

© 2014 by Abbi Glines. Tous droits réservés, y compris le droit de reproduction de tout ou partie sous quelque forme que ce soit. Cette édition a été publiée avec l'accord d'Atria, un département de Simon & Schuster, Inc., New York.
© 2015, éditions Jean-Claude Lattès pour la traduction française.
Première édition juin 2015.

Pour mon frère, Joddy Potts. C'est toi qui as inspiré en partie le voyage de Grant et de Harlow, avec une histoire d'amour tirée de ton passé. Je ne l'ai jamais oubliée et je sais à présent pourquoi elle m'a hantée pendant toutes ces années.

« Ce moment où tu te rends compte que tu as complètement raté ta vie… Ouais, je connais. Je connais même par cœur. »

Grant Carter

Grant

— C'est moi, mais bon, tu t'en doutes bien. C'est le quarante-huitième message... Ce qui veut dire que ça fait quarante-huit jours que je n'ai pas vu ton visage. Que je ne t'ai pas serrée dans mes bras. Que je n'ai pas été ébloui par ton sourire. Je ne sais pas où tu es, Harlow. Je t'ai cherchée, pourtant. J'ai fait tout ce que j'ai pu. Où es-tu ? Est-ce que tu écoutes mes messages, au moins ? Ta boîte vocale, c'est tout ce qu'il me reste. J'ai merdé. Vraiment. Appelle-moi, je t'en prie. Ou décroche, au moins. Un texto. Non, appelle-moi. Un texto, ce serait trop dur. J'ai besoin d'entendre ta voix. De... Je dois te voir, Harlow. Je ne peux rien réparer tant que tu restes loin de...

BIIIIIP !

Encore un message coupé. Cette putain de boîte vocale ne me laissait jamais finir. À vrai dire, je n'étais même pas sûr que Harlow consulte sa messagerie. J'essayais de la joindre depuis qu'elle était partie de chez moi, sans aucun résultat. Je m'étais rendu chez son père, à Los Angeles, mais il n'y avait personne. En réalité, je n'avais pu le vérifier par moi-même, car le gars de la sécurité m'avait bloqué au portail en menaçant d'appeler les flics.

Rush m'avait juré qu'elle n'était pas à Beverly Hills. Lui savait où elle se trouvait, car elle le lui avait dit avant de s'en aller, mais il refusait de parler. Selon lui, elle avait besoin de temps et je lui devais bien ça. Le soir où il m'avait expliqué ça, je lui avais collé mon poing dans la figure. C'était la première fois que cela se produisait depuis qu'on se connaissait. Il avait encaissé le coup sans broncher, avant de me préciser que je n'aurais pas de seconde chance : il comprenait mon geste mais, la prochaine fois, il rendrait coup pour coup.

Je m'étais senti comme un con, après l'avoir frappé. Rush cherchait simplement à protéger Harlow, qui en avait bien besoin. Le problème, c'était que son absence me rendait dingue. Même si cela ne justifiait pas mon attitude envers Rush.

Blaire commençait tout juste à m'adresser de nouveau la parole. Elle avait été si furieuse de récupérer Rush avec un cocard et le nez en sang qu'elle avait refusé de me parler pendant un mois.

Il ne me restait plus que le répondeur de Harlow pour vider mon sac.

Je me levais le matin pour partir travailler sur l'un de mes chantiers. J'avais besoin de m'épuiser physiquement la journée pour réussir à trouver le sommeil le soir. Lorsque la nuit tombait et qu'il devenait impossible de continuer, je rentrais, mangeais, prenais un bain, laissais un message à Harlow, puis j'allais me coucher. Et je recommençais le lendemain.

Nan avait arrêté d'essayer de me joindre. Comme je refusais systématiquement de répondre au téléphone ou

One more chance

d'ouvrir la porte quand elle passait, elle avait fini par comprendre le message et m'avait foutu la paix. Je ne pouvais plus la voir en peinture. Sa présence me rappelait trop le mal que j'avais fait à Harlow.

Était-ce possible de se détester à ce point? Cela ne faisait plus aucun doute. Comment avais-je pu sortir de telles conneries, la dernière fois que j'avais vu Harlow? J'avais tout foutu en l'air. Je l'avais blessée. Quand je repensais à l'expression sur son visage pendant que je l'engueulais pour m'avoir caché sa maladie, je n'arrivais plus à me regarder dans la glace. Elle avait peur, et moi, je n'avais pensé qu'à mes propres angoisses. Putain, comment avais-je pu me montrer aussi égoïste? J'étais terrifié à l'idée de la perdre, mais mon attitude n'avait fait que précipiter son départ.

J'étais un salaud. Un parfait salaud sans cœur. Je ne la méritais pas. Pourtant, j'avais besoin d'elle plus que tout.

J'étais en train de perdre des jours précieux que j'aurais pu passer en sa compagnie. Je voulais être à ses côtés, prendre soin d'elle et veiller sur sa santé. Sur la santé de son cœur. Je ne faisais confiance à personne pour la maintenir en vie. L'idée même qu'elle puisse cesser un jour de vivre me déchirait la poitrine et me coupait le souffle.

— Tu dois m'appeler, bébé! hurlai-je dans la pièce vide. Je ne peux pas continuer à vivre comme ça. J'ai besoin de toi.

Harlow

Assise sur un ballot de paille, les genoux remontés contre ma poitrine, je regardais mon demi-frère Mase travailler avec un jeune pur-sang qui lui donnait du fil à retordre. Cela me faisait du bien de ne plus ressasser les mêmes pensées. Mieux valait m'inquiéter de voir mon frère se casser le cou plutôt que de ruminer mes problèmes.

La nuit viendrait bien assez vite. Mon téléphone allait sonner, puis ma boîte vocale me signalerait un message, pour m'avertir qu'il avait encore appelé. Ensuite, je passerais plusieurs heures à regarder le plafond, envahie d'émotions contradictoires. J'avais envie d'écouter les messages de Grant. Il me manquait. Sa voix me manquait. La fossette sur sa joue quand il souriait. Mais il ne fallait pas. Même si je ne doutais pas une seconde qu'il soit sincèrement désolé, après tous ses appels et l'esclandre qu'il avait causé en voulant forcer la sécurité chez mon père.

Il était terrifié à l'idée de perdre de nouveau un être cher. Si je lui avouais que je portais notre enfant et que je risquais de ne pas survive à l'accouchement, alors je craignais qu'il ne me conseille exactement la même

One more chance

chose que Mase. Ce que tous les docteurs me recommandaient également de faire, d'ailleurs.

J'aimais Grant Carter. Je l'aimais tellement. Mais j'aimais quelqu'un d'autre tout aussi férocement. Je desserrai mes bras pour poser les mains sur mon ventre. Ma grossesse ne se voyait pas encore, mais j'avais aperçu ce petit bout de vie qui grandissait en moi à l'échographie. Comment pouvaient-ils tous envisager que j'avorte ? J'aimais déjà cet enfant. J'aimais le père de cet enfant. Jamais je n'aurais imaginé ressentir un amour pareil. C'était un rêve auquel j'avais renoncé depuis bien longtemps.

Je voulais cet enfant. Je voulais qu'il vive. Qu'il connaisse une vie merveilleuse et comblée, remplie d'amour et de sécurité. Ma grand-mère avait toujours été convaincue que l'avortement était un acte innommable, un péché. Je m'étais toujours demandé quelle aurait été sa réaction si sa petite-fille était tombée accidentellement enceinte. Jamais je n'avais envisagé concevoir un enfant avec un homme que j'aimais. Un homme qui me faisait désirer des choses hors de ma portée.

Ma plus grande crainte, c'était qu'ils avaient peut-être tous raison… Peut-être que je n'y survivrais pas. J'étais cependant convaincue du contraire. Je voulais cet enfant. Je voulais l'aimer, le bercer et lui prouver que j'étais prête à tout pour lui. Je voulais un enfant à moi. Je le désirais suffisamment pour vivre. J'étais déterminée à aller jusqu'au bout.

J'aurais voulu que Mase me comprenne, car je n'aimais pas voir cet éclair de peur dans ses yeux chaque fois qu'il regardait mon ventre. Il était terrifié parce qu'il m'aimait. Mais il allait devoir me faire confiance. J'en étais capable. Ma volonté suffisait pour que je porte cet enfant jusqu'à terme et que je survive pour le voir grandir.

Comme si Mase lisait dans mes pensées, il sauta soudain de sa selle et son regard vint se planter dans le mien. Toujours cette inquiétude. Je le regardai ramener le jeune cheval à l'écurie. Après une bonne matinée de travail, il était l'heure de déjeuner.

Mase avait construit une maison en rondins sur des terres que son beau-père lui avait données, en bordure de sa propriété. Par chance, il y avait deux chambres et personne ne connaissait l'existence de cette maison, située loin des regards. Lorsque des journalistes étaient venus sonner à la grande ferme, Maryann, la mère de Mase, avait répondu qu'aucun de nous ne logeait sur place et que s'ils ne dégageaient pas rapidement de chez elle, elle appellerait la police. À présent que les médias avaient découvert que j'étais la fille de Kiro, il était devenu plus difficile de se cacher.

Les journalistes n'avaient pas insisté. Nous n'allions jamais en ville et je restais toute la journée chez Mase. En dehors du rendez-vous chez l'obstétricienne, auquel la mère de Mase m'avait conduite, je vivais comme une recluse. Papa m'avait appelée une ou deux fois, mais je n'avais pas soufflé mot de cette grossesse, dont je n'avais moi-même découvert l'existence que la semaine précédente.

Mase voulait en parler à Kiro, persuadé que notre père parviendrait à me convaincre d'avorter. Mais c'était inutile. J'étais déterminée et personne ne pourrait rien y changer. Et si ma volonté de vivre ne suffisait pas, je savais que mon bébé serait entouré et aimé : Maryann, qui m'épaulait depuis que j'avais appris la nouvelle,

One more chance

m'avait assuré qu'en cas de besoin elle élèverait et aimerait cet enfant comme le sien. Maryann Colt était la mère que tous les enfants mériteraient d'avoir. Petite, lorsque je venais rendre visite à Mase, elle nous faisait toujours des cookies et nous emmenait en pique-nique. Chaque soir, elle venait border son fils et déposait un baiser sur sa joue en lui murmurant des mots doux. Ensuite, elle faisait la même chose avec moi, comme si j'étais sa propre fille.

Maryann comprenait la maternité et ce besoin de protéger son enfant. C'était elle qui m'avait tenu la main, lorsque le médecin m'avait confirmé que j'étais enceinte, et les larmes qu'elle avait versées étaient des larmes de joie. Elle était heureuse pour moi et avec moi. Ce soir-là, pour la première fois, j'avais entendu Mase se disputer avec sa mère. Maryann soutenait mon refus d'avorter, tandis que Mase, furieux, me suppliait de réfléchir.

Je savais que ce serait pire avec Grant. À quoi bon prétendre qu'il m'avait oubliée ou qu'il s'en fichait ? Ses appels et ses messages quotidiens me prouvaient le contraire. Il voulait se faire pardonner et semblait même prêt à prendre le risque d'aimer quelqu'un de malade. À présent, cependant, la donne avait changé. Au final, je doutais qu'il soit assez fort pour tenir le coup. Je ne pouvais oublier ses dernières paroles. Nous avions laissé passer notre chance.

— Ça va ?

La voix de Mase vint troubler mes réflexions et je levai les yeux vers lui, une main en visière pour me protéger du soleil. Il était vêtu d'un jean délavé et d'une chemise à carreaux bleue ; une fine couche de poussière le recouvrait de la tête aux pieds. Il repoussa son stetson en arrière pour essuyer la sueur sur son front à l'aide d'un mouchoir qu'il sortit de sa poche.

— Ça va, répondis-je. J'étais juste perdue dans mes pensées.

— Viens, allons manger, dit-il en me tendant la main. Maman nous attend sans doute déjà.

Maryann cuisinait chaque midi, car selon elle les hommes avaient besoin de bien manger pour travailler à la ferme. Depuis sa chute de tracteur, le beau-père de Mase marchait encore avec une canne, même si on lui avait déjà retiré son plâtre. Mase avait assuré l'intérim pendant un temps, mais semblait soulagé que son beau-père reprenne sa place sur l'exploitation. S'occuper du bétail était une tâche éreintante, surtout pour Mase qui n'élevait d'ordinaire que quelques chevaux.

J'acceptai la main que me tendit mon frère et me mis debout. Pas question cependant d'admettre que mon manque d'appétit avait fini par avoir raison de mes forces. La grossesse ne provoquait pas de nausées, mais Grant me manquait. J'avais besoin de lui. J'aurais voulu partager tout cela avec lui. Le voir sourire et l'entendre rire. Malheureusement, je voulais plus qu'il ne pouvait m'offrir.

— Cela fait des jours que je ne t'ai pas vue sourire, fit remarquer Mase en me lâchant la main.

— Je ne vais pas te mentir, répondis-je en brossant la poussière de mon pantalon avec une nonchalance appuyée. Il me manque. Je l'aime, Mase. Tu le sais déjà.

Côte à côte, nous nous dirigeâmes vers la maison de ses parents, un grand corps de ferme blanc avec une véranda ouverte tout autour et des jardinières fleuries aux fenêtres. Mase avait connu une enfance de rêve, le genre d'environnement difficile à imaginer pour une fille comme moi. Le genre que je souhaitais pour mon enfant.

— Alors décroche ton téléphone, ce soir, au lieu de laisser ta messagerie prendre le relais. Il veut entendre ta voix. Tu peux bien faire ça pour lui. Cela t'aiderait peut-être même à te sentir mieux.

Ce n'était pas la première fois que Mase m'incitait à répondre aux appels de Grant. Je n'avais pas expliqué à mon frère la raison de mon départ, car l'idée qu'il déteste Grant m'était insupportable. Mase ne comprendrait jamais la réaction de Grant. Et jamais il ne lui pardonnerait. Or, un jour, ces deux-là seraient beaux-frères, grâce à ce bébé qui arrivait.

Et si je devais disparaître...

— Tu es une tête de mule, Harlow Manning, ronchonna Mase en me donnant un petit coup d'épaule. On ne te l'a jamais dit ?

— Je décrocherai quand le moment sera venu. Mais pas encore.

Mase laissa échapper un soupir agacé.

— C'est son enfant que tu portes. Il doit savoir. Ce que tu fais... ce n'est pas juste.

Je balayai du revers de la main une mèche qui s'était échappée de ma queue-de-cheval. Comment lui faire comprendre que je ne pouvais pas aborder ce sujet avec Grant ? J'étais lasse d'avoir encore et toujours cette conversation.

— Personne ne me persuadera de renoncer à cet enfant. Jamais je ne ferai passer ma vie avant la sienne. Impossible. Je ne peux pas. Je ne veux pas. Alors... ne cherche plus à m'en convaincre, d'accord ? Essaie simplement de me comprendre.

Mase se crispa. Il n'aimait pas que je prenne des risques si grands, mais c'était ma vie. Ma décision. Je n'avais pas à le convaincre de quoi que ce soit. Le reste du trajet se fit en silence.

Maryann se tenait devant son fourneau, un tablier blanc à pois bleus noué autour de la taille, avec un grand M brodé sur le devant. J'avais dix-sept ans quand je le lui avais offert. Lorsque la porte-moustiquaire claqua derrière nous, Maryann jeta un œil par-dessus son épaule et sourit.

— C'est presque prêt. Vous voulez bien mettre la table ? demanda-t-elle avant de revenir à son fourneau.

En silence, Mase se dirigea vers un tiroir, tandis que je sortais des assiettes, une routine qui nous était devenue familière. Après avoir dressé quatre couverts, je sortis deux cruches que je remplis de thé glacé.

— Nous serons cinq aujourd'hui, annonça soudain Maryann. Major déjeune avec nous. Il a appelé ce matin pour m'annoncer qu'il était de passage en ville et papa a accepté de l'embaucher pour six mois. Il a besoin de prendre le large, avec tout ce qui se passe chez lui, et une paire de bras supplémentaires ne sera pas de trop sur la ferme.

Dans mon souvenir, Major, le cousin de Mase, était du genre vicieux, une vraie petite brute. Cela dit, la dernière fois que je l'avais vu, il devait avoir dix ans. Il pouvait avoir changé. Il devait au moins mesurer plus d'un mètre cinquante, à présent, et on avait certainement dû lui retirer son appareil dentaire.

— Oncle Chap a de nouveau l'intention de divorcer ? demanda Mase, le front soucieux.

One more chance

Nous évoquions rarement l'existence de Major, surtout parce que celui-ci vivait la plupart du temps à l'étranger. L'oncle Chap était un marine de cœur et d'âme qui avait décidé que son but dans la vie était d'épouser le plus grand nombre possible de belles jeunes femmes. Major avait donc souvent changé de belle-mère. C'était à peu près tout ce dont je me souvenais.

Maryann posa le pain sur la table en soupirant.

— Le problème, cette fois, c'est que la jeune et belle créature ne cherchait pas simplement un vieux riche. Hillary avait aussi des vues sur Major et, apparemment, elle a obtenu ce qu'elle voulait. Major s'est laissé avoir et… comment dire… Chap n'est pas exactement en très bons termes avec sa femme ni son fils. Major ne peut plus rentrer chez lui pour faire face à son père et il n'a pas envie de retourner à l'université. Il est un peu perdu et très malheureux.

Mase posa le pichet de thé sur la table et me lança un regard surpris. Visiblement, il ignorait cette information. Intéressant.

— Tu veux dire que… Major a sauté sa belle-mère ? s'esclaffa-t-il.

— Surveille ton langage, veux-tu ? le réprimanda Maryann. Mais oui, c'est ce qui s'est passé. À vrai dire, Hillary n'a que quatre ans de plus que lui. Franchement, je ne sais pas ce que Chap espérait. À son âge… Épouser une fille aussi jeune ? Alors qu'il part travailler toute la journée ? Fatalement, à force de rester seule en compagnie de son beau-fils qui est bâti comme un dieu…

Mase poussa un long sifflement, puis se mit à rire :

— Eh bien ! Major a tripoté sa belle-mère !

— Ça suffit ! Il va arriver d'un instant à l'autre et je ne veux pas qu'il se sente mal à l'aise. Soyez gentils. Parlez-lui de la fac ou de ses projets d'avenir, mais pas un mot sur Hillary ou son père. Me suis-je bien fait comprendre ?

J'essayai de dissimuler tant bien que mal ma surprise. J'avais peine à croire que Major puisse être le beau jeune homme dont on parlait. Cela dit, je n'avais connu qu'un gamin de dix ans, pas un type de vingt et un ans capable de séduire une femme qui aurait mieux fait de garder ses distances.

Quelques coups secs frappés à la porte nous firent lever la tête et la version adulte de Major entra dans la cuisine.

Ses yeux étaient d'un vert presque émeraude. Comment avais-je pu oublier un détail aussi frappant ? Un sourire timide sur les lèvres, il regarda sa tante, puis Mase, tandis que je l'observais à la dérobée. Il devait mesurer plus d'un mètre quatre-vingt-dix et était effectivement bien bâti. Ses bras, musclés et puissants comme ceux de Mase, étaient soulignés par un T-shirt gris à manches courtes.

— Alors, comme ça, il paraît que tu as couché avec belle-maman ?

Ce furent les premières paroles à rompre le silence. Évidemment, elles sortaient de la bouche de Mase.

— Mase Colt-Manning, je vais te botter les fesses jusqu'à en faire jaillir des étincelles ! gronda Maryann avec sévérité.

S'essuyant rapidement les mains sur son tablier, elle s'avança vers Major. Le regard goguenard et le petit sourire que celui-ci lança à son cousin me laissèrent penser

One more chance

qu'il n'était sans doute pas aussi désolé que Maryann voulait le croire. On était loin du pauvre gosse qui s'était laissé séduire par la marâtre. Il était majeur et vacciné et savait parfaitement ce qu'il faisait.

Major s'apprêtait à se tourner vers sa tante, lorsque son regard croisa le mien. Il hésita une seconde, puis sourit jusqu'aux oreilles. Un véritable sourire, cette fois. Il m'avait reconnue. Ce qui n'avait rien de surprenant, puisque mon visage faisait la une de pas mal de journaux, depuis quelques mois.

— Voyez-vous ça ! Mademoiselle Perdue-de-Vue ! Tu es encore plus jolie que sur les photos qu'ils ont diffusées à la télé.

— Mollo, intervint Mase en s'interposant entre Major et moi. Je comprends bien que tu as libéré le Casanova qui dormait en toi, mais ma sœur n'est pas un cœur à prendre et à jeter. Je suis certain que tonton Chap va rapidement se trouver une nouvelle dulcinée avec laquelle tu pourras de nouveau jouer au docteur. Je serais curieux de savoir combien de temps il te faudra cette fois pour te glisser dans son lit.

— Ça suffit ! s'emporta Maryann en donnant à Mase une tape sur l'épaule, comme s'il n'était qu'un enfant mal élevé.

Elle prit ensuite Major dans ses bras.

— On est ravis de t'avoir avec nous. Ne fais pas attention à ton cousin, il essaie juste de faire de l'humour, mais il n'est pas très doué pour ça. Sa bouche fonctionne toute seule, parfois, et j'en suis la première navrée.

Major lança un clin d'œil à Mase par-dessus la tête de sa tante, qui ne lui arrivait pas à l'épaule.

— Merci, tante Maryann. Je ne vais pas me laisser faire, je te le promets. Je suis un grand garçon, maintenant.

— On croit rêver..., soupira Mase. Il couche avec la femme de son vieux, et toi, tu prends son parti et tu le traites comme si c'était lui la victime.

Il n'y avait pourtant pas la moindre trace de rancœur dans sa voix et il souriait. La porte de la cuisine s'ouvrit sur le beau-père de Mase, qui, malgré son boitement, était toujours d'une carrure impressionnante. Ce devait être de famille, chez les Colt.

— Content de te voir, mon gars, lança-t-il à Major. Mais je meurs de faim, alors fini les embrassades. Libère ma femme, qu'elle puisse me nourrir !

Major éclata d'un rire franc et joyeux qui nous fit tous sourire.

Grant

— Cinquante-cinquième message. Chaque jour, je me dis que ce sera la dernière fois que je tombe sur ton répondeur. Que tu vas finir pas décrocher. Je veux juste entendre ta voix pour savoir que tu vas bien et que tu es heureuse. Je veux que tu sois heureuse. Moi… Je suis au fond du trou. Je ne dors plus. Je ne fais que penser à toi. Tu me manques, bébé. Tu me manques tellement. Tu n'as même pas idée… Le simple fait de savoir que tu vas bien serait génial. Rush me répète que ça va, mais j'ai besoin de l'entendre de ta bouche. N'importe quoi… Je ferais n'importe quoi. Parle-moi.
BIIIIP!
Je détestais ce son. Il tournait ma douleur en dérision en coupant court aux quelques secondes quotidiennes qui me donnaient l'impression d'être encore relié à Harlow. Cela dit, elle n'écoutait sans doute pas mes messages désespérés, sinon, elle aurait déjà appelé. Harlow n'était pas du genre à rester sourde aux souffrances des autres.

Rush m'avait certifié qu'elle ne s'était pas réfugiée chez la mère de Mase, dans le Texas, mais j'étais à deux doigts d'aller vérifier par moi-même. Je me foutais bien des mesures de sécurité renforcées qui avaient été mises en place. J'étais prêt à aller en taule si cela me permettait d'obtenir des réponses. J'aurais tout donné pour savoir où se trouvait Harlow.

Lorsque la sonnerie de mon téléphone retentit, mon cœur cessa de battre une demi-seconde. Le temps d'un battement de cil, je m'autorisai à espérer que c'était Harlow, même si, au fond de moi, je savais qu'il n'en était rien. En jetant un coup d'œil à l'écran de mon téléphone, je vis que c'était Rush. Moins bien que Harlow, même s'il était le dernier qui me reliait encore à elle. C'était mieux que rien.

— Quoi? lançai-je en décrochant, les yeux tournés vers le plafond.

— Je me demande vraiment pourquoi je perds mon temps avec un râleur comme toi, répondit Rush.

Je n'en savais trop rien, mais lorsque Rush appelait, je répondais toujours, car il était l'unique personne avec laquelle j'arrivais à parler de tout ça. J'avais l'impression qu'il était le seul à comprendre ma déchirure.

— Il est tard, Rush.

— Arrête ton délire. Blaire vient juste de monter coucher Nate.

Rush menait une jolie petite vie bien rangée, à présent. Une femme qu'il vénérait, un fils qu'il adorait. Aucun de nous deux n'avait jamais connu la joie d'une famille normale et fonctionnelle. J'étais heureux pour lui. Quant à moi... Peut-être aurais-je pu y croire, quand Harlow était encore là. Peut-être.

— J'imagine que tu n'es pas d'humeur, mais j'appelais simplement pour prendre de tes nouvelles. Blaire m'a vaguement suggéré de le faire.

One more chance

Blaire m'avait bel et bien pardonné. J'aurais voulu dire à Rush que tout allait bien, que je parvenais de nouveau à respirer normalement, sans cette douleur écrasante qui m'oppressait la poitrine en permanence, que je ne me sentais plus perdu et impuissant. Mais c'était impossible. La vérité, c'était que j'avais besoin de Harlow.

— Tu allais bien quand Blaire t'a largué ?

Ma question était purement rhétorique car, à l'époque, j'avais dû le forcer à sortir de chez lui à coups de pied au cul.

— Non. Tu es bien placé pour savoir dans quel état j'étais.

— Eh ouais…

Je n'avais pas vraiment compris ce qu'il vivait, mais tout était limpide, à présent. Après qu'on lui eut arraché la moitié du cœur, il avait dû continuer à vivre comme si de rien n'était, en s'agrippant à l'espoir que Blaire reviendrait un jour.

— Je suis désolé de t'avoir forcé à sortir de chez toi pour affronter le monde, vieux. Je ne savais pas.

Rush laissa échapper un petit rire dur.

— Ça m'a un peu aidé, quand même. Ne t'excuse pas. Rester sur mon cul toute la journée en pensant à elle ne me faisait pas le plus grand bien. Je n'avais même pas un boulot dans lequel me plonger chaque jour, comme toi.

— Tu lui as parlé ? demandai-je, malgré moi.

La moindre lueur d'espoir aurait fait l'affaire.

— Elle va bien. Elle est en sécurité. Elle a demandé de tes nouvelles. J'ai répondu que tu avais une tête de déterré et que ce n'était pas la grande forme.

Si elle écoutait mes messages, elle devait déjà être au courant, car je ne lui cachai rien de mon état. Je mettais mon âme à nu devant elle.

— Pourra-t-elle un jour me pardonner ? demandai-je, redoutant la réponse.

— C'est déjà fait. Elle n'est simplement pas encore prête à s'ouvrir de nouveau. Elle a pas mal de choses à régler, pour l'instant. Sa mère, Kiro, et puis ça... Donne-lui encore un peu de temps.

Si elle m'avait pardonné, alors pourquoi n'écoutait-elle pas mes messages ? Pourquoi ne décrochait-elle pas ?

— Dis-lui que je veux juste entendre le son de sa voix. Elle n'a pas besoin de me parler longtemps... Rien qu'une minute. Je veux lui dire que je l'aime. Que je suis désolé. Je... Je dois lui dire que j'ai besoin d'elle.

Rush resta un moment silencieux. N'importe qui d'autre en aurait profité pour se foutre de moi en voyant à quel point j'étais devenu vulnérable. Pas lui.

— Je le lui dirai. Va dormir. Appelle-moi de temps en temps. Blaire s'inquiète pour toi.

Je déglutis avec peine. Après nous être dit au revoir, je raccrochai et fermai les yeux, laissant des images de Harlow m'emplir l'esprit. C'était tout ce qu'il me restait, à présent.

Harlow

— Ton téléphone sonne, annonça Mase en sortant sur la terrasse, mon portable à la main.

Perdue dans mes pensées, j'étais perchée sur la balançoire qui n'avait pas bougé depuis que nous étions gamins.

— C'est qui ? demandai-je, redoutant de regarder par moi-même.

Ma volonté commençait à faiblir. Je n'étais plus sûre de pouvoir ignorer Grant bien longtemps.

— C'est Blaire, répondit Mase en me lançant le téléphone, qui atterrit sur mes genoux. Je vais à la grange. On attend une livraison de fourrage et je dois expliquer à Major quelles tâches il doit reprendre, maintenant qu'il s'est installé. Je te laisse papoter. Ensuite, tu réfléchiras à l'idée d'appeler Grant.

Je touchai du doigt l'écran de mon téléphone pour décrocher :

— Allô ?

— Salut. Je voulais avoir de tes nouvelles, comme ça faisait plusieurs jours. Comment ça va ?

Blaire ignorait que j'étais enceinte. Je pouvais lui faire confiance sur tous les plans, sauf un : elle était incapable de cacher quelque chose à Rush. Je savais qu'elle lui en parlerait aussitôt et que Rush ne tarderait pas à le dire à Grant. Il ne pourrait pas s'en empêcher. Mieux valait donc tenir ma langue.

— Ça va, répondis-je, d'une voix pas très convaincue. Et de votre côté ?

Je n'étais même pas capable de prononcer son nom.

— Tu veux savoir comment va Grant ? Pas très bien. Toujours le même refrain. Il travaille beaucoup et dort peu. Il ne parle à personne d'autre que Rush et il a même commencé à le supplier tous les jours de lui avouer où tu étais. Il fait peine à voir, Harlow. Il a besoin d'entendre ta voix.

Le cœur serré, je clignai des yeux pour chasser les larmes qui montaient. Il m'était difficile de le savoir en souffrance, mais jamais je ne serais capable de l'appeler sans m'effondrer au téléphone et lui avouer à quel point il me manquait. Cela ne m'avancerait pas à grand-chose et il n'en souffrirait que davantage quand je refuserais de lui dire où je me trouvais.

— Je ne suis pas prête, Blaire…

Elle poussa un soupir. Soudain, le rire de Nate retentit dans le fond. Ce rire d'enfant suffit à me rappeler pourquoi je ne pouvais pas expliquer à Grant ce qui se passait.

— Blaire, je peux te demander quelque chose ?

La question était sortie avant même que je n'aie le temps de réfléchir.

— Bien sûr.

Nate se mit à répéter « Pa-pa-pa-pa ! » d'une petite voix aiguë.

One more chance

— Attends une seconde, Harlow. Rush vient d'arriver et Nate est surexcité quand il voit son père. Juste le temps de changer de pièce...

Je voulais la même vie que Blaire. Plus que tout... Je voulais regarder Grant jouer avec notre enfant. L'enfant que nous avions conçu. L'enfant qui grandissait en moi. Mais Grant désirait-il la même chose ?

— C'est bon, je t'entends mieux. Qu'est-ce que tu voulais me demander ?

Je fermai les yeux de toutes mes forces, espérant ne pas commettre une erreur.

— Avant la naissance de Nate... Aurais-tu donné ta vie contre la sienne ? Est-ce que tu l'aimais déjà assez pour ça ?

Blaire resta silencieuse pendant de longues secondes et je craignis soudain en avoir trop dit. Elle allait comprendre pourquoi je lui avais posé cette question.

— Il faisait partie de Rush et de moi. Dès l'instant où j'ai su qu'il était en moi, j'étais prête à faire n'importe quoi pour lui. Donc, pour répondre à ta question : oui.

Elle avait parlé d'une voix lente, presque douloureuse, mais je savais qu'elle était honnête. Je savais aussi qu'elle comprendrait mon choix.

— Cela dit, Rush ne ressentait pas la même chose, ajouta-t-elle.

L'émotion qui me saisit à la gorge m'empêcha presque de répondre.

— Ouais... Je m'en doutais un peu... Hum. Je... Je dois y aller. On se reparle bientôt. Salut.

Sans attendre sa réponse, je raccrochai et laissai mon téléphone tomber sur mes genoux. Je me pris le visage à deux mains pour laisser libre cours à mon chagrin, pleurant cette vie que je ne serais peut-être pas en mesure d'offrir à mon bébé. Je devais envisager de ne pas être là pour voir ce bébé grandir. Je craignais de ne jamais connaître la vie que je désirais tant avec Grant. Je pleurai toutes les larmes de mon corps, jusqu'à me tarir comme une source, puis je posai les mains sur mon ventre et restai un moment assise, laissant la brise sécher mon visage baigné de pleurs. Il était temps pour moi de trouver la force nécessaire. Dire que je n'avais pas peur de mourir était un mensonge. J'étais terrifiée. Mais j'étais aussi déterminée à aller jusqu'au bout, si cela pouvait donner une chance à ce bébé. Cette vie était une partie de moi et de l'homme que j'aimais. Le seul homme que j'aimerais jamais.

Avant de rencontrer Grant, je ne savais pas ce que cela signifiait d'être vraiment amoureuse. J'avais observé des couples et vaguement rêvé de ce jour où un homme me regarderait avec une telle dévotion. Je m'imaginais m'avancer vers l'autel, prête à rejoindre celui qui ne voyait et n'aimait que moi, dans toute ma maladresse, malgré mon cœur défectueux et imparfait. Pendant un temps, j'avais cru avoir trouvé…

Le pick-up rouge de Maryann apparut soudain dans l'allée de gravier qui menait à la ferme, me tirant de mes pensées. Maryann s'était absentée quelques jours, mais l'arrivée de Major était tombée à pic pour me changer les idées. Je savais que mon prochain rendez-vous chez la gynécologue approchait, car ma grossesse était considérée à risque.

Depuis le départ de Maryann, au lieu de retourner déjeuner avec les autres le midi, j'avais préféré rester

One more chance

chez Mase. Seule. Je me sentais bien, seule. Je voulais aussi leur laisser l'occasion de régler quelques questions familiales avec Major. Le seul problème, c'était que je ne savais pas quoi faire de mon temps et que je restais seule avec mes pensées. D'habitude, je me réfugiais dans la lecture, mais, depuis quelque temps, je ne parvenais plus à me concentrer.

Mon esprit était focalisé sur Grant et l'avenir.

Le pick-up s'arrêta et Maryann descendit d'un bond. Elle avait la beauté naturelle d'une vraie Texane : grande et mince, toujours vêtue d'un jean, de bottes et d'une chemise à carreaux nouée autour de la taille. La touche finale : un chapeau à large bord, usé et poussiéreux, pas du tout féminin.

Elle monta les marches en me regardant avec l'inquiétude d'une mère. Une mère que je n'avais jamais vraiment eue.

— Tu joues avec mes nerfs, petite ? demanda-t-elle sans me quitter des yeux.

— Non, je suis désolée. C'est juste que je n'avais pas très faim et que j'avais besoin d'être un peu seule.

Des rides soucieuses se creusèrent sur son front.

— Je crois plutôt que tu restes ici pour pleurer comme une malheureuse. Ce n'est pas bon pour toi, ni pour ton cœur, ni pour le bébé. Ça doit cesser. Si c'est à cause du fils Carter que tu pleures, appelle-le. Parle-lui. Tu auras besoin de toutes tes forces et de toute ta volonté, si tu veux y arriver. Tu ne peux pas rester déprimée comme ça, à deux doigts de renoncer en permanence.

Je n'avais pas envisagé les choses sous cet angle. En revanche, parler à Grant signifiait que je ne pouvais plus le protéger.

— Il va être terrifié. J'essaie de le protéger de tout ça, car sa plus grande crainte dans la vie est de perdre un être cher.

Les poings sur les hanches, Maryann leva les yeux au ciel.

— Non, mais je rêve ! Ce type est un gosse ou quoi ? Il n'est pas capable d'affronter les réalités de la vie ? Un homme, un vrai, saurait être le roc dont tu as besoin maintenant. Sinon… peut-être n'en vaut-il pas la peine.

Elle n'avait pas vu le regard brisé de Grant, lorsqu'il avait appris que mon cœur était malade. C'était un homme merveilleux qui m'avait fait confiance, mais je lui avais caché une vérité affreuse pour ne pas lui faire de mal. Si seulement je lui avais parlé de mon cœur le jour où il était entré dans ma chambre avec ses petits cartons de nourriture chinoise, il n'aurait pas pris le risque de se frotter à moi. Et il n'aurait pas souffert. Je n'aurais alors jamais su ce que cela faisait d'être dans ses bras, mais lui n'aurait pas souffert. Son cœur n'aurait pas été brisé. Je m'étais montrée égoïste.

— Il mérite mieux, répondis-je.

— N'importe quoi ! S'il a réussi à gagner ton cœur, alors il a touché le gros lot. Tu m'entends ? C'est un sacré veinard. C'est tout ce qui compte. Tu es belle, intelligente, aimante et pure, et tu illumines le monde autour de toi.

— Merci, chuchotai-je en souriant malgré moi.

Maryann m'aimait comme sa fille et avait rempli avec aisance le rôle de mère. Je me demandais parfois quelle vie j'aurais pu avoir, dans d'autres circonstances. Jusqu'à récemment, j'avais cru que ma

One more chance

mère était morte dans un accident, mais, quelques mois auparavant, j'avais appris qu'elle était toujours en vie, dans un hôpital de Los Angeles, même si son cerveau n'était plus capable d'accomplir quoi que ce soit. Lorsque les médias avaient découvert ce secret, ils avaient également appris mon existence et mon visage était apparu sur tous les écrans de télé des États-Unis.

Maryann vint s'asseoir à côté de moi.

— Ne me remercie pas. Je suis honnête, c'est tout. Je dis les choses telles que je les pense.

Je me demandais souvent comment une femme comme Maryann avait pu se retrouver avec quelqu'un comme mon père. Elle était tellement réelle, si débordante d'énergie et intelligente. Son mari, l'homme avait qui elle avait vécu la plus grande partie de sa vie, semblait un choix logique. Ils allaient bien ensemble. Mais Maryann et Kiro ? C'était un couple difficile à imaginer.

— Tu es forte. Tu l'as toujours été. Même quand tu étais bébé, tu avais un je-ne-sais-quoi de déterminé. Kiro t'adorait, mais tu sais à présent qu'il vénérait ta mère. Elle était la lumière de sa vie. Elle avait vu en lui un homme que personne n'avait jamais imaginé et l'avait forcé à faire surface. C'était hallucinant de les voir ensemble. Je ne parvenais pas à la haïr. En fait, je crois même que je l'admirais. Elle était tellement adorable, tout comme toi. Tu lui ressembles beaucoup.

Elle s'arrêta, une main sur mon genou.

— Si tu veux ce bébé, alors je crois que tu en es capable. Tu es assez forte pour ça. Je vois cette puissance en toi depuis le début. Je pense que tu peux y arriver, mais il faut que tu fasses front. Ne laisse pas la douleur et la peur te contrôler, sinon tu vas perdre.

Je me rendis soudain compte qu'elle avait raison. Il était temps d'être forte. Mon bébé en avait besoin. Je devais être forte pour nous tous.

Grant

— Cinquante-septième message. Cinquante-sept jours. Je regarde le Golfe depuis le balcon, comme on le faisait ensemble. Plus rien n'est pareil, sans toi. Je n'ose même pas m'approcher du bar dans la cuisine. Le simple fait de repenser à ce qu'on a fait dessus m'est insupportable. Tout me rappelle ta présence. Si je pouvais simplement entendre ta voix ce soir, Harlow, si tu pouvais simplement me dire que tu vas bien... Je crois que j'irais mieux. Je respirerais mieux. Ensuite, je te supplierais. Je te supplierais de m'aimer. Je te supplierais de me pardonner. Je ne peux...

BIIIP !

Je restai un instant sur le balcon à contempler l'océan. Autrefois, les vagues qui venaient se briser sur la plage me réconfortaient. À présent, elles me rappelaient le drame à l'origine de toute cette merde, de cette peur qui m'avait fait prononcer devant Harlow des paroles qu'elle ne méritait pas d'entendre.

La mort de Jace m'avait affecté plus profondément que je ne l'avais cru. On vit sa vie, sans imaginer une seconde qu'on ne reverra peut-être plus jamais l'être cher qu'on vient de quitter. Jamais je n'aurais pensé perdre un ami proche dans les eaux du Golfe. Cette tragédie avait tout changé.

J'avais voulu me protéger de ce genre de douleur, ne plus jamais connaître une telle horreur. Avancer et vivre une vie normale après ça était impossible. Bethy, la copine de Jace, en était la preuve. Elle n'était plus que l'ombre d'elle-même, ne souriait plus et parlait rarement ; la lueur joyeuse dans ses yeux avait disparu. Je n'aimais pas me trouver en sa présence, car elle me rappelait ce qui pouvait nous arriver à tous. Elle ne vivait pas sans Jace ; elle ne faisait que survivre.

Après avoir rangé mon téléphone dans la poche de mon jean, je me détournai de ces eaux qui avaient chamboulé ma vie, ainsi que celle de tous les amis de Jace. Plus rien ne serait jamais comme avant pour nous et je savais que je ne pourrais me protéger indéfiniment de ce genre de douleur. Comme Bethy, je me contentais de survivre. Depuis le départ de Harlow, je n'avais plus aucune raison de sourire. La douleur était trop grande. Il m'était impossible de ne pas l'aimer et cela me brisait.

Mon téléphone se mit à sonner. Chaque fois que j'entendais la sonnerie, mon cœur s'affolait, dans l'espoir que ce serait Harlow. Le nom de Rush s'inscrivit de nouveau sur l'écran. J'avais envie de balancer mon téléphone contre le mur, mais il restait mon seul lien avec elle. Je décrochai.

— Ouais ? dis-je en repassant la porte-fenêtre pour me diriger vers ma chambre.

— J'ai besoin de ton aide. Retrouve-moi au club dès que possible. J'y vais maintenant.

One more chance

Pas envie d'aller au club. C'était l'heure de ma routine du soir et je n'étais pas d'humeur à voir du monde.
— Pour quoi faire ? Je suis vanné, Rush…
Il étouffa un juron.
— Ramène ton cul au club, fissa. Tripp a refait surface et, apparemment, Bethy a un peu trop bu. Elle est au bar en train de lui gueuler dessus des trucs complètement dingues. Blaire voulait y aller, mais Nate n'est pas très en forme. Je lui ai promis qu'on irait régler ça tous les deux et qu'on ramènerait Bethy chez nous.

Bethy et Tripp ? Ça n'avait aucun sens. Pourquoi Bethy s'engueulerait-elle avec Tripp ? Jace adorait son cousin. Bethy n'avait aucune raison de lui en vouloir.
— O.K. Je te retrouve là-bas.
— Je préfère ça, répondit Rush, avant de raccrocher.

Bethy ne faisait que traverser la vie comme un fantôme, depuis la mort de Jace. Qu'est-ce qui avait bien pu se passer pour qu'elle se retrouve au club, complètement bourrée ? Cela n'avait aucun sens non plus. Elle travaillait là-bas comme responsable des voiturettes de golf. Sa tante n'hésiterait pas à la virer sur-le-champ, si jamais elle l'apprenait. Cela dit, Blaire ne la laisserait pas faire et en toucherait deux mots à Rush, qui siégeait au conseil d'administration. Cela risquait de ne pas non plus beaucoup plaire à Della, qui était quand même la copine de Woods, le patron du club. Mais quand même. À quoi jouait-elle ?

Je pris mes clés et sortis.

À peine eus-je ouvert la portière de mon pick-up que j'entendis les hurlements de Bethy, sans savoir d'où ils provenaient. C'était trop fort pour venir de l'intérieur.

Quelqu'un avait sans doute réussi à la convaincre de sortir sur le parking. Je verrouillai ma voiture et m'avançai en direction des cris. Près de l'entrée du personnel, j'aperçus Rush qui tenait Bethy par les épaules et tentait de lui faire entendre raison. Tripp était là aussi, se passant la main dans les cheveux comme s'il ne savait pas trop quoi faire. Woods, très calme, lui murmura quelque chose, mais Tripp se contenta de faire signe que non.

— Viens avec moi à la maison, répétait Rush d'une voix calme mais ferme, quand je m'approchai. C'est Blaire qui l'a demandé. Tu as besoin d'elle. Tu as aussi besoin de dessouler. Tripp ne t'a rien fait, Bethy. Tu es encore en deuil et c'était juste la première personne que tu as trouvée pour vider ton sac.

— Qu'est-ce que tu en sais, Rush ? vociféra Bethy d'une voix pâteuse en le repoussant. Tu ne sais rien ! Que dalle ! Personne ne sait ! Sauf lui ! Il m'a détruite ! hurla-t-elle de plus belle en désignant Tripp avec fureur. Il m'a brisée. Je n'étais pas assez bien. Jamais assez bien. Tout est sa faute. Il est revenu. Pourquoi tu es revenu, hein ? Tu cherchais à me faire mal, c'est ça ? Eh bien c'est réussi ! C'est à cause de toi que ma vie est un enfer !

Elle tremblait, à présent.

— Où est Della ? demandai-je pour attirer leur attention. Bethy a besoin d'une amie. Tout ce qu'on va réussir à faire, c'est l'énerver encore plus.

Woods n'eut pas l'air enchanté. Il devait vraiment arrêter de protéger Della en permanence, comme si elle risquait de se casser en deux. Della était solide. Woods ne savait pas ce qu'était la fragilité. Il n'en avait pas la moindre idée.

One more chance

— Della dort, répondit-il d'une voix qui n'admettait aucune discussion. Elle est debout depuis 5 heures du matin.

— Il vaut mieux que je parte, intervint Tripp. Ma présence ne fait qu'aggraver les choses. Je pensais que je pouvais lui parler, mais elle n'est pas prête. Pas encore. Elle est trop bouleversée.

Le chagrin dans sa voix était si évident que j'en eus mal pour lui. Il était sans doute celui d'entre nous qui souffrait le plus de la mort de Jace, après Bethy. Pourquoi refusait-elle son aide ?

— Bouleversée ? Tu crois que je suis bouleversée ? Putain, j'étais bouleversée il y a cinq ans, Tripp. Maintenant, je suis juste… perdue.

Elle avait prononcé ce dernier mot presque dans un souffle. Soudain, elle se recroquevilla sur le sol, les genoux serrés, et se mit à sangloter si violemment que son corps tout entier en était secoué.

— Il faut faire quelque chose, reprit Rush en me regardant. Blaire saura trouver les mots. J'aurais dû la laisser venir. Son regard se posa ensuite sur Tripp et il demanda d'une voix calme, détachée : Tu sais pourquoi elle t'en veut autant, j'imagine ?

Tripp ne répondit rien.

— Oui ! s'écria Bethy entre deux sanglots. Il le sait. Mais Jace ne l'a jamais su, lui.

Les propos enivrés de Bethy n'avaient ni queue ni tête.

Cette situation me pesait. Je n'aimais pas voir Bethy ainsi, telle une âme brisée et vide, plusieurs mois après la mort de Jace. Je m'accroupis près d'elle pour lui parler avec douceur :

— Je vais te porter jusqu'à la voiture de Rush, qui va t'emmener chez lui. Blaire va s'occuper de toi. Elle sera là pour t'écouter, tu peux lui faire confiance. Elle t'aime. Maintenant, passe un bras autour de mes épaules.

Harlow

— Ça va, ma belle ? demanda Major en s'installant avec moi sur le ballot de paille d'où j'observais Mase travailler.

— Oui, et toi ? répondis-je en m'efforçant de sourire avec politesse.

Je n'étais pas d'humeur bavarde. Je rentrais juste de chez le médecin et la vue de toutes ces femmes enceintes accompagnées de leur petit mari attentionné m'avait brisé le cœur. J'étais au bord des larmes. Grant me manquait.

— À te voir, on jurerait le contraire. On dirait presque que tu viens de perdre ton doudou, ajouta-t-il, d'un ton gentiment moqueur.

Major ne savait rien de ma situation, car Maryann et Mase étaient restés discrets. Je lui faisais confiance, car nous étions d'une certaine façon de la même famille, mais je n'avais pas envie de répandre la nouvelle avant de revoir Grant. Il avait le droit d'être mis au courant avant les autres.

— Oh, juste une mauvaise journée, tu sais…, soupirai-je, en espérant que cela suffirait à le faire taire.

— Hum...

Il regarda un instant Mase, qui était monté sur un des chevaux, puis reprit :

— À en croire les journaux, tu ne vivais plus que pour les beaux yeux de Grant Carter, l'ancien demi-frère de Rush Finlay. Mais... ça fait plusieurs semaines que je suis ici et il n'a pas encore pointé le bout de son nez. Pour un type qui a bousculé trois journalistes pour te faire monter à bord de la Range Rover de Rush, c'est bizarre. Tu sais quand même que cette scène a été diffusée des millions de fois à la télé ? Ton mec a vraiment l'air féroce, dessus. On dirait qu'il est prêt à combattre des dragons pour toi. Du coup... Je me demande bien ce qu'il fiche.

J'avais bien évidemment vu cette séquence. En boucle, même. On la trouvait sur YouTube et je me la repassais souvent. Pas parce que c'était le moment où j'avais quitté Grant, mais parce que Major avait raison : dessus, Grant avait l'air déterminé et féroce. Après avoir hurlé aux journalistes de s'écarter, il avait littéralement fendu la foule pour rejoindre la voiture de Rush, garée devant chez lui. Le détail qui me hantait le plus, c'était son regard, parfaitement capturé par les caméras, lorsque je m'étais éloignée. On y lisait un immense regret et une telle douleur que cela me brisait le cœur et me le réchauffait en même temps. Ses paroles avaient dépassé sa pensée. Il avait eu peur.

— Il ne sait pas que je suis ici, avouai-je, malgré moi.

— Vraiment ? Et pourquoi ? Tu te caches de lui aussi ?

Major devenait un peu trop curieux et j'aurais peut-être dû lui dire de se mêler de ses oignons. Mais j'avais envie de parler de Grant. J'en avais besoin.

One more chance

— On avait besoin de respirer, commençai-je vaguement. Ma maladie lui a fait peur. Il ne veut pas me perdre.

Sans rien dire, Major glissa un brin de paille dans sa bouche. Avec le vieux chapeau de Mase sur la tête et son jean usé, il avait l'air d'un Texan pur souche. Pas du globe-trotter aguerri qu'il était, car je savais qu'il parlait couramment au moins trois langues.

— Il ne cherche pas à te retrouver ? À t'appeler ?

Je devais vider chaque semaine ma boîte vocale afin de ne pas l'encombrer. Si je ne parvenais pas à écouter sa voix, je n'avais pas non plus envie qu'il ne puisse plus me laisser de messages.

— Oh si, il appelle tous les soirs. Et il me cherche.

Major retira la paille de sa bouche pour me regarder avec sévérité.

— Alors, pourquoi est-ce que tu restes assise ici à te morfondre ?

Parce que Grant me manquait. J'avais envie de répondre à ses appels, mais j'avais simplement trop peur.

— J'ai mes raisons, marmonnai-je.

— Tes raisons, hein ? Bon, d'accord. J'espère juste que tes raisons en valent la peine. Je ne sais pas si je tiendrais le coup, à sa place : laisser des messages tous les jours pendant deux mois, sans aucune réponse ? Je crois que je finirais par me lasser et tourner la page.

Si Grant tournait la page, que ferais-je alors ? Je ne voulais pas qu'il renonce. Pourtant, il fallait admettre que je n'étais pas juste avec lui. C'était horrible. Je m'en voulais de le faire souffrir comme ça, mais s'il apprenait la nouvelle, ce serait encore pire pour lui.

— Arrête de draguer ma sœur et ramène ton cul par ici ! appela Mase depuis la barrière.
— Un brin mère poule, le frangin, non ? ricana Major.
— Tu n'imagines même pas…

Avec un grand sourire, Major sauta du ballot de paille pour rejoindre Mase de son pas nonchalant.

Grant

— Cinquante-neuvième message. Presque deux mois. Jamais je ne me suis senti aussi vide. Tu as emporté mon âme avec toi. Et mon cœur. Je ne suis qu'une coquille vide qui fait semblant de vivre en attendant que tu appelles. Que tu décroches. Je n'aurais jamais imaginé en arriver là, mais, sans toi, la vie est impossible. Tu es ma vie. Tu étais la pièce manquante que je cherchais depuis toujours. Quand je t'ai trouvée... Tu as illuminé mon univers et rendu tout tellement plus éclatant et vibrant. Maintenant que tu es partie, je suis dans le noir et j'attends. J'ai besoin de t'entendre. De te toucher. De...

BIIIP !

La fin d'un nouveau message. Le moment de la journée que je redoutais le plus. Les ténèbres de ma vie s'épaississaient au point de tout engloutir. Je ne distinguais plus rien. Son répondeur, c'était le seul moment de clarté dans ma journée, car je savais que, pendant trois secondes, j'allais entendre la voix de Harlow me proposer de lui laisser un message. J'aimais cette voix. J'adorais ces trois secondes.

J'entendis soudain quelques coups frappés à ma porte, puis un coup de sonnette. Qui pouvait bien venir chez moi si tard ? Rush était le seul à me rendre encore visite et il avait une clé. Repoussant le drap, j'enfilai mon pantalon de jogging qui traînait sur le sol avant de me diriger vers la porte d'entrée.

Dans le couloir, je poussais du pied mes chaussures de sécurité, ignorant le petit tas de boue séchée qui commençait à s'accumuler à l'endroit où je les enlevais chaque jour. Je m'en foutais. Ma cuisine aussi était dans un état douteux.

C'était Woods. Woods Kerrington. La dernière personne que je m'attendais à trouver sur mon paillasson à 22 h 30. Della, sa fiancée, l'attendait chez lui et il ne la quittait pas d'une semelle quand il ne travaillait pas.

— Rush n'est pas encore là ? Bizarre... Je peux entrer ?

Sans attendre ma réponse, il franchit la porte et son regard s'attarda sur la boue séchée.

— Je comprends que tu sois déprimé, mais franchement... trouve-toi une femme de ménage.

Sans un mot de plus, il se dirigea vers le salon. J'allais lui demander ce qu'il foutait là, lorsque des phares illuminèrent ma façade et un Range Rover se gara devant chez moi. Rush venait d'arriver. Qu'est-ce que c'était que ce bordel ?

— Tu as de la Corona ? appela Woods depuis la cuisine. Ou même une Budweiser à la con ?

Même pas envie de répondre. Il jouait les snobs, genre M. le Patron du club. Avec méfiance, je regardai Rush monter les marches. S'il s'agissait d'une sorte d'intervention d'urgence, j'allais leur botter le cul à tous les

One more chance

deux. J'avais besoin de me défouler, d'évacuer un peu la tension.

— Relax, je ne suis pas venu pour te faire la morale, lança Rush. Détends tes petits poings furieux et laisse-moi entrer. J'ai quelque chose à te dire.

— Qu'est-ce que Woods fout ici ? demandai-je, de plus en plus méfiant.

Rush se frotta le menton avec un soupir. Il semblait tendu. Merde. Que pouvait-il bien avoir à me dire ?

— J'ai pensé que… que j'aurais peut-être besoin de renfort. Ce que je vais te dire ne va pas te plaire. Mais tu dois savoir. Je lui ai demandé de venir, au cas où tu réagirais mal.

Une vague de panique m'envahit, me laissant plus impuissant que jamais.

— Il est arrivé quelque chose à Harlow ? demandai-je aussitôt en lui prenant le bras.

— Harlow va bien. Lâche mon bras et calme-toi. Allons dans le salon.

Il posa un regard appuyé sur ma main, toujours pressée sur son bras, et je le lâchai enfin. Si Harlow allait bien, alors je ne voyais pas vraiment ce qui risquait de me déplaire. Elle était tout pour moi. Je me fichais du reste et Rush le savait. Sa réponse ne me rassurait pas du tout.

Je le suivis dans le salon, où Woods était déjà installé sur le canapé, les pieds sur la table basse, une bouteille de bière à la main. Il n'avait l'air au courant de rien, car il semblait aussi curieux que moi.

— Merci d'être venu, lança Rush en lui serrant la main.

— Pas de problème. Ça avait l'air important.

— Putain, tu vas me dire ce qui se passe, à la fin ?

— Calme-toi. Tu devrais peut-être t'asseoir, Grant, proposa Rush.

— T'occupe.

Je n'avais pas envie de me calmer et certainement pas de m'asseoir.

— Je me doutais que tu dirais ça, mais, au moins, j'aurai essayé, répondit-il, sans s'asseoir lui-même. Mase m'a appelé voilà deux heures…

Il se passa rapidement la main dans les cheveux, geste qui trahissait sa nervosité.

— Elle est avec Mase, alors ? demandai-je, cherchant déjà mes clés de voiture du regard.

Si elle était au Texas, je devais prendre le prochain vol pour Dallas.

— Grant… Non. Arrête. Écoute-moi, bordel ! ordonna Rush.

— Si elle est au Texas, alors je vais au Texas, O.K. ? grondai-je sans le lâcher du regard. Tu ne pourras pas m'en empêcher. Ni les flics. Personne, tu m'entends ? Personne ne pourra m'en empêcher !

Je m'étais mis à hurler comme un dément.

— Tu dois d'abord écouter ce que j'ai à te dire, reprit Rush d'une voix autoritaire. C'est important.

Je me foutais bien de ses grands airs. Je devais rejoindre Harlow.

— Je pars au Texas, annonçai-je avec assez de détermination pour que Rush comprenne que j'étais sérieux. Harlow pourra me dire elle-même ce qui se passe.

— Il y a des choses que tu dois savoir, d'abord, s'écria Rush pour me faire taire.

— Tout ce que j'ai besoin de savoir, c'est où elle est. C'est tout, putain !

One more chance

Il me faisait perdre mon temps. Mes clés. Vite. Je devais partir au plus vite.

— Tu vas la fermer, oui ? hurla Rush, lorsque je me dirigeai vers le couloir. Je ne voulais pas te l'annoncer comme ça, mais tu ne me laisses pas trop le choix. Tu es plus borné qu'une putain de mule ! Elle est enceinte. Harlow est enceinte et elle refuse d'avorter, alors que l'accouchement risque…

Sa phrase resta en suspens. Il n'avait pas besoin d'en dire plus. Je connaissais la fin. Sentant mes genoux faiblir, je saisis le dossier d'une chaise devant moi. Une terreur glacée se répandit dans mes poumons et mon cœur.

C'était impossible. Harlow ne pouvait pas être enceinte. Oh, mon Dieu. Non. Je ne pouvais pas la perdre. J'avais besoin d'elle pour vivre. Même si elle ne m'adressait plus jamais la parole, j'avais besoin d'elle vivante.

— Mase est inquiet. Elle semble bien décidée à avoir cet enfant. Selon Mase, elle refuse de t'en parler, parce qu'elle sait que tu ne seras pas d'accord avec elle, que tu voudras qu'elle avorte. Et ça, elle ne veut même pas l'envisager.

— C'est impossible, balbutiai-je, abasourdi. Je ne peux pas la perdre.

Je devais partir pour le Texas. J'attrapai mes clés et me dirigeai vers la porte.

— Où vas-tu ? appela Rush.

— Au Texas.

— Je n'ai pas dit que c'était là qu'elle se trouvait. Juste que j'avais parlé à Mase.

— Alors, où est-elle ? Je refuse de la perdre. Elle ne peut pas faire ça.

Je criai si fort que Rush recula d'un pas.

— Tu ne peux pas débarquer comme ça, répondit-il en me retenant d'une main ferme. Mase m'a aussi confié d'autres trucs. Si tu veux bien poser ton cul cinq minutes, je vais tout te raconter. Si tu veux te faire entendre, le meilleur moyen, c'est d'être préparé.

Il avait raison. Je n'aimais pas attendre et je n'aimais pas être loin de Harlow, mais il avait raison. Je devais garder la tête froide. Si je voulais la sauver, je devais être prêt. Me précipiter dans ses bras en paniquant ne servirait qu'à la faire fuir une fois encore.

— Comment se sent-elle ? Est-ce que Mase a parlé de sa santé ? Elle n'est pas malade, au moins ?

— Elle va bien. Mase ne la quitte pas d'une semelle. Tout va bien, à part que tu lui manques.

Je lui manquais ? Tout ce qu'elle avait à faire, c'était de m'appeler. Et j'arriverais. Cela dit, pourquoi me ferait-elle confiance, après ce qui s'était passé ? Ma haine contre moi-même ne fit que grandir, comme une horrible boule de fureur lovée au creux de mon ventre. Si je n'avais pas déconné, j'aurais déjà pu être à son côté. Elle n'aurait pas eu à affronter tout cela seule.

— Je l'appelle... Bordel, je l'appelle tous les jours. Tout ce qu'elle a à faire, c'est décrocher.

— Elle aussi, elle a peur, répondit Rush en me prenant par l'épaule. Mais pour d'autres raisons que toi, c'est tout.

Comment pouvait-elle seulement envisager une grossesse ? Son cœur... Elle était si fragile.

— Je ne comprends pas. Elle sait pourtant que c'est impossible pour elle.

Rush se laissa tomber dans un fauteuil en cuir et soupira.

One more chance

— Le bébé est bien réel pour elle. Il est en elle. Elle a déjà un lien avec lui. Un truc d'instinct maternel. Je comprends ta réaction, même si, dès que j'ai su que Blaire était enceinte, j'ai voulu cet enfant. C'était notre bébé. Un petit bout de nous deux. Blaire, elle, était déjà connectée à Nate. Je crois que je n'ai vraiment compris qu'en le prenant dans mes bras, à la maternité. Et...

Rush s'arrêta un instant, soupira de nouveau, puis leva les yeux vers moi.

— Je ne pourrais jamais choisir entre Nate et Blaire. Maintenant qu'il est là, je ne peux pas imaginer ma vie sans lui. Ou renoncer à lui. Et si ce que Harlow ressent ressemble vaguement à ça, alors je la comprends. Je la comprends même parfaitement.

Ce n'était pas pareil. Rien à voir. Jamais Rush n'avait dû envisager la disparition de Blaire. Bon sang ! Je n'avais même pas envie d'y penser, tant cette perspective me blessait dans ma chair.

— Tu n'as pas la moindre idée de ce que je ressens, mon vieux, répliquai-je. Blaire n'a pas failli mourir. Tu n'as pas été confronté à la possibilité de sa...

Le mot refusait de sortir, comme si je craignais de le prononcer, de peur qu'il ne me détruise.

— Tu as raison. Et je sais aussi que, si Blaire s'était retrouvée dans la même situation, j'aurais voulu qu'elle avorte. J'aurais refusé qu'elle mette sa vie en danger. Elle est tout mon univers. Mais, à présent... Je ne peux pas imaginer cet univers sans Nate. Il... Il complète mon monde, acheva-t-il dans un souffle.

Peu importait. Je ne prendrais jamais cet enfant dans mes bras, parce que rien n'était plus important pour moi que la vie de Harlow. Tout ce qui comptait, c'était que son cœur continue à battre.

— Tu es en train de me dire que je dois faire un choix. C'est simple : je choisis Harlow.

— Je sais. Mais elle, c'est le bébé qu'elle choisit, parce qu'elle ressent déjà ce lien. Et je comprends son besoin féroce de protéger son bébé... Ton bébé.

Je me détournai de lui. Je ne voulais plus le voir, ni Woods, qui restait assis sans rien dire. J'avais envie de hurler, de maudire la terre entière et de tout casser chez moi, mais ce n'était pas le moment. Ma priorité était de sauver Harlow, pas de péter les plombs.

— Je ne laisserais pas Della faire une chose pareille non plus, intervint enfin Woods.

Je me tournai vers lui.

— Je refuserais qu'elle sacrifie sa vie. Je ne suis rien sans elle. Je te comprends. Tu dois sauver Harlow.

Woods ne serait jamais dans la même situation que moi, mais au moins, il comprenait. Vouloir que Harlow avorte ne faisait pas de moi un monstre. Son corps ne le supporterait pas. Elle n'était pas faite pour donner la vie. C'était ma faute. Je n'avais pas pris assez de précautions.

— Je ne dis pas que ton point de vue est douteux, mon vieux, reprit Rush en se levant. Juste que je comprends aussi celui de Harlow. L'amour qu'on éprouve pour son enfant est intense. Tu ne pourras pas la sauver.

Il soupira.

— Mase a fait construire une petite maison derrière le ranch de ses parents. C'est un peu à l'écart et tu dois passer par l'entrée principale pour y arriver. C'est là qu'elle se cache depuis le début. J'ai gardé le secret jusqu'à aujourd'hui, jusqu'à ce que Mase m'appelle pour

One more chance

m'annoncer la grossesse. J'en ai parlé à Blaire, qui était d'accord avec moi : le moment était venu de t'en informer. Mase veut que tu viennes parler à Harlow. Il n'arrive pas à la convaincre de renoncer et il a besoin de ton aide. Il dit aussi qu'elle a perdu du poids et qu'elle ne sourit plus. Tu lui manques, mais elle veut également te protéger. Elle ne veut pas que tu cherches à l'empêcher de poursuivre cette grossesse.

Rush s'arrêta un instant pour regarder Woods, puis reprit :

— Et elle ne veut pas que tu aies peur.

Ma peur de la perdre. Elle me protégeait de mon pire cauchemar.

— Je pars au Texas ce soir. Je ne peux pas rester sans elle plus longtemps.

— Je sais. Je m'en étais un peu douté. Un jet privé t'attend à l'aéroport. Mais sois malin. N'oublie pas qu'elle va défendre l'enfant en priorité. Tu dois faire preuve d'un peu de compréhension : en te comportant comme si la vie qu'elle porte n'a pas d'importance à tes yeux, tu risques de la blesser. C'est aussi une part de toi qu'elle porte. C'est aussi pour cela qu'elle aime tant ce bébé.

Harlow

J'ouvris les yeux, me demandant pendant quelques secondes pourquoi j'étais réveillée. Il faisait encore nuit, mais des voix graves dehors m'avaient tirée de mes rêves. Je m'assis sur mon lit pour tendre l'oreille. Sur mon téléphone, je vis qu'il était un peu plus de 3 heures du matin. Je sautai de l'immense lit à baldaquin, m'emparai de ma robe de chambre et me dirigeai vers la porte d'entrée.

Dans le couloir, je vis que la porte de la chambre de Mase était ouverte et la lumière allumée. L'une des voix que j'entendais dehors était la sienne. Si Major ou son père étaient debout aussi tôt, il devait y avoir un problème au ranch. Resserrant la ceinture de satin de ma robe de chambre, j'enfilai mes petits chaussons de feutre que j'avais laissés devant la porte de ma chambre la veille, après avoir passé la soirée sur la véranda.

Dehors, l'obscurité était presque totale et je cherchai mon chemin à tâtons. Les voix provenaient de la droite de la maison et je m'apprêtai à descendre, lorsque la voix familière de Grant me fit m'arrêter sur la première marche.

One more chance

— Je veux la voir tout de suite. Laisse-moi entrer. Je ne vais pas la déranger, je veux juste la regarder dormir. Je le jure. Je t'en supplie, Mase, laisse-moi la voir.

Le désespoir dans sa voix était poignant. C'était pour cela que j'avais ignoré ses appels et que j'étais restée à l'écart pendant presque deux mois.

— Elle n'a pas besoin de ce genre de surprise. Elle est fragile, en ce moment, et…

— Tu crois que je ne le sais pas ! Bordel, tu crois que je ferais quoi que ce soit qui risquerait de lui faire du tort ? Je préfère encore me jeter du haut d'une falaise, Mase. Je l'ai déjà blessée une fois et je te jure que jamais je ne recommencerai. Laisse-moi entrer, je t'en supplie. Laisse-moi la voir. S'il te plaît. Je dois la voir.

Il y eut un silence. Puis, soudain, malgré l'obscurité, je vis les yeux de Grant se poser sur moi. Sans hésiter, il contourna Mase pour se diriger droit sur moi, d'un air à la fois farouchement déterminé, mais aussi plein de douleur. Une douleur dont j'étais la source. Bien sûr, il m'avait blessée, mais il avait ensuite tout fait pour me contacter et me retrouver. Il n'avait pas lâché l'affaire.

— Harlow…

Il prononça mon nom avec tant d'amour que je sentis mes jambes flageoler et tout mon corps faiblir. Une vague de soulagement m'envahit, me prenant presque par surprise. Grant était là et je n'allais pas être capable de le repousser. J'étais soulagée, parce que j'avais besoin de lui. Plus que de n'importe qui au monde.

— Tu es venu, dis-je simplement.

Il monta les marches à grands pas pour arriver à ma hauteur.

— Je serais venu plus tôt si j'avais su où te trouver. Je t'ai cherchée partout. J'ai appelé...

Il me dévorait des yeux, cherchant des réponses. J'allais devoir lui dire la vérité, mais je n'étais pas encore prête. Je savais qu'il repartirait quand il saurait ce qui était en jeu mais, pour l'instant, j'avais besoin de lui. Mase nous observait avec méfiance.

— Nous allons dans ma chambre, lançai-je doucement à mon frère.

Mase acquiesça, sans bouger. Je glissai alors ma main dans celle de Grant pour le guider à l'intérieur. Il m'avait tant manqué que mes émotions s'affolaient, au point que je craignis de dire ou de faire n'importe quoi. Je voulais juste qu'il soit près de moi. Avec ses bras autour de moi, j'aurais l'impression que tout irait bien.

Son corps frôla le mien lorsque nous entrâmes dans la chambre, puis il referma la porte et m'attira contre lui. Nous étions debout dans l'obscurité. Je passai les bras autour de sa taille et posai ma tête contre son torse. La force que me procurait sa présence soudaine était inattendue. J'avais beau avoir le cœur fragile, l'amour que j'éprouvais pour cet homme me rendait forte. Ses lèvres effleurèrent le sommet de ma tête.

— Je t'aime, murmura-t-il. Je t'aime. Je t'aime tellement.

Ses mots firent naître en moi un tel sentiment de plénitude que je crus être sur le point d'exploser. Il m'aimait. Au fond de moi, je l'avais toujours su, mais l'entendre de sa propre bouche, après tout ce que je lui avais fait endurer, avait quelque chose de plus réel.

— Je t'aime aussi, répondis-je, en rejetant la tête en arrière pour plonger mon regard dans le sien.

One more chance

Son émotion palpable manqua me faire chavirer.

— Tu dois dormir, murmura-t-il. On parlera demain matin, mais, pour l'instant, il faut que tu te reposes. Tout ce que je demande, c'est de pouvoir te serrer contre moi pendant que tu dors.

Il déposa un baiser sur mes cheveux, comme si j'étais une fleur délicate qu'il avait peur de briser. Dormir était bien la dernière chose que j'avais envie de faire, pour l'instant.

— Je suis bien réveillée, tu sais.

— Tu dois dormir, insista-t-il en posant sa main sur ma joue. Je t'ai réveillée. Tu dois te reposer avant qu'on parle. Moi aussi, d'ailleurs.

Il me prit dans ses bras pour me porter jusqu'au lit, puis il commença à retirer son T-shirt. Subjuguée, je regardai son torse apparaître lentement devant mes yeux. Il retira ensuite ses chaussures et commença à déboutonner son jean. J'étais tellement absorbée par le spectacle que, lorsqu'il arrêta son geste, je levai les yeux vers lui, presque avec impatience. Dans son regard, je ne vis aucun désir. Juste de la douleur. Je ne comprenais pas.

— Je crois que je vais garder mon jean, marmonna-t-il. Il faut qu'on dorme.

Il s'allongea à côté de moi, m'attirant contre lui pour me serrer.

— J'ai presque peur de fermer les yeux, avouai-je.

— Pourquoi ?

Il se crispa légèrement contre moi et je penchai la tête en arrière pour voir son visage.

— Parce que j'ai peur que tout ça ne soit qu'un rêve et que, quand je vais me réveiller, tu ne sois plus là, admis-je en levant une main vers sa joue pour m'assurer qu'il était bien réel.

— Si tu te réveilles et que c'est un rêve, alors appelle-moi, chuchota-t-il en m'embrassant la paume de la main. J'arriverai tout de suite. Je te le jure. Tu n'as qu'à m'appeler et je laisserai tout tomber pour être avec toi.

Grant

Cela faisait plus d'une heure que j'étais réveillé, mais Harlow dormait encore paisiblement, si bien que je ne bougeais pas. Elle avait besoin de sommeil. Son organisme avait besoin de se reposer le plus possible, jusqu'à ce que je parvienne à lui faire entendre raison. En baissant les yeux vers son corps lové contre le mien, je me rendis compte qu'elle avait une main posée sur le ventre, comme pour protéger la vie qui grandissait en elle.

Surpris, je sentis quelque chose frissonner en moi à l'idée d'un bébé, mon bébé. Je n'avais jamais pensé éprouver quoi que ce soit pour cet être qui pouvait m'enlever Harlow. Mais c'était là. Je ressentais quelque chose. Ce n'était pas suffisant pour accepter de jouer avec la vie de Harlow, mais j'éprouvais un profond sentiment d'injustice en pensant à ce que nous allions être obligés de faire. Impossible d'ignorer cette sensation. J'allais regretter cet enfant, mais je serais capable de tourner la page, car Harlow serait à mes côtés.

Le plus important pour moi était de la sauver. De m'assurer qu'elle se repose et reste en bonne santé. Le problème, c'était que cela risquait d'être plus facile à dire qu'à faire. D'après Rush, j'allais avoir du mal.

Une odeur de café me parvint soudain du couloir et j'entendis Mase se déplacer dans la maison. J'aurais voulu qu'il parte, qu'il nous laisse seuls; je n'avais pas besoin qu'il se mêle de nos affaires. Tout cela ne regardait que Harlow et moi. Son frère avait pris soin d'elle quand je ne pouvais pas le faire, mais j'étais là, à présent. Il était temps que Mase reprenne sa place.

— Bonjour...

La voix endormie de Harlow me ramena à la réalité. Ses grands yeux semblaient heureux, ce matin-là. Elle était contente que je sois là, même si elle avait cherché à me tenir à distance. C'était la seule preuve dont j'avais besoin.

— Bonjour, ma douce, répondis-je en déposant un baiser sur ses lèvres de velours.

Je n'insistai pas. Il fallait d'abord qu'on discute. J'allais devoir attendre un peu avant de la retrouver, car je n'étais pas sûr de garder toute ma tête si je goûtais de nouveau son parfum.

— Donc, je n'ai pas rêvé, chuchota-t-elle.

— Non, la rassurai-je. Je suis là.

Et je n'avais pas l'intention de repartir sans elle. Du bout des doigts, elle se mit à tracer de petits cercles sur mon abdomen et, au bout de quelques secondes, je vis des plis se dessiner sur son front. Elle réfléchissait. Je savais à quoi. Elle n'était pas certaine de ce qu'elle devait faire, à présent que j'étais là.

Elle avait certainement compris que je ne partirais pas. Le stress et les soucis n'étaient pas bons pour elle. Je pris sa petite main dans la mienne. Il fallait que j'y aille en douceur, que je choisisse mes mots avec soin.

One more chance

— Je ne veux pas te perdre, commençai-je. Cela me détruirait. Alors, autant me prendre avec toi, car je ne pourrais jamais vivre sans toi.

Je m'interrompis pour combattre la terreur que ces pensées faisaient surgir en moi. Je refusais la peur.

— Je veux que tu sois heureuse, mais je veux surtout que tu vives. Je ferais tout pour toi. Tu n'as qu'à me demander. Mais je refuse de te sacrifier. Ta vie n'est pas quelque chose avec laquelle je suis prêt à jouer.

Elle s'était figée entre mes bras ; je n'étais même plus sûr de l'entendre respirer. Elle n'avait pas envisagé que je sois déjà au courant de son secret. Si jamais elle essayait de s'enfuir, je la poursuivrais jusqu'au bout du monde.

— Quand tu es entrée dans ma vie, tu as fait basculer mon univers. Tu m'as aidé à comprendre que j'étais capable d'aimer quelqu'un de façon absolue. Tu es la femme de ma vie. Le grand amour dont on parle tout le temps, c'est toi. Et je refuse de te perdre.

Avec un petit soupir, Harlow enfouit le visage contre mon torse. Posant une main sur sa nuque, je lui caressais doucement le dos, pendant qu'elle inspirait plusieurs fois profondément. Jamais je ne renoncerais à elle. Elle devait simplement comprendre que je l'adorais et que j'avais besoin d'elle.

— Quand est-ce que tu as appris à parler aussi bien ? demanda-t-elle soudain, en levant vers moi des yeux pleins de larmes. Tu pourrais prévenir, avant de faire des déclarations pareilles. Certaines filles ont le cœur fragile, tu sais.

J'avais envie de la prendre contre moi et de l'emmener loin de tout ce qui pourrait jamais lui faire du mal.

— Je le pense vraiment, murmurai-je.

Elle ferma les yeux et poussa un long soupir saccadé.

— Toute ma vie, j'ai rêvé de rencontrer quelqu'un comme toi. Mais dans ce rêve, j'imaginais une famille. Une famille comme celle que je n'ai pas connue. Un mari aimant et des enfants, parce que j'ai toujours voulu des enfants. Cette joie dans le regard de Rush, quand il tient Nate dans ses bras, c'est quelque chose que je veux connaître aussi. Jamais je n'avais pensé le vivre réellement. Mais la vie m'a fait un cadeau en te mettant sur mon chemin…

Elle posa la main sur son ventre plat.

— … et puis, il y a ce miracle. Le genre qu'on ne prévoit pas et qu'on n'espère pas. Mais un miracle quand même. Je ne peux pas le détruire. C'est impossible. Je t'aime, mais je ne peux pas.

Rush avait vu juste. Elle aimait déjà cette vie qui grandissait en elle. Elle ne connaissait même pas cet enfant, mais elle l'aimait déjà assez pour sacrifier sa vie pour lui. La raison n'avait aucune chance devant ce genre d'argument. Comment pouvais-je espérer la sauver ?

Je la serrai davantage contre moi et humai le parfum de ses cheveux. Je comprenais ce qu'elle voulait, mais c'était de la folie. Porter cet enfant et lui donner vie, c'était trop dangereux.

Sans trop savoir comment, j'allais devoir mettre un terme à cette folie. Je savais juste qu'il était inutile de lui faire entendre raison tout de suite. Je devais d'abord restaurer la confiance entre nous, réparer notre relation. Ensuite, je lui ferais comprendre qu'elle ne pouvait pas me faire un coup pareil, que sa disparition me détruirait. Jamais je ne m'en remettrais. Jamais.

One more chance

— Qui te l'a dit ? demanda-t-elle dans un souffle.

Impossible de mentir. De toute façon, Mase était prêt à assumer.

— C'est Mase qui a appelé Rush, expliquai-je. Il est très inquiet pour toi. Assez flippé pour m'appeler. Ne lui en veux pas. Je lui dois la vie, maintenant.

Harlow soupira de nouveau, puis déposa un baiser sur mon torse :

— Comment pourrais-je lui en vouloir, puisque c'est grâce à lui que je me réveille dans tes bras ce matin ?

Bon sang, je ne méritais pas une fille pareille. Même dans mes rêves.

— Ça sent le café, on dirait ! lança-t-elle soudain en se blottissant contre moi. Ça ne te fait pas envie ?

J'avais envie de plein de choses avec elle, mais le plus urgent était de voir un médecin. Je devais savoir ce qui était risqué ou non. Je devais la protéger. Si elle refusait de prendre soin d'elle, alors c'était à moi de le faire à sa place.

— Bonne idée, répondis-je en déposant un dernier baiser sur ses cheveux. Allons prendre un café.

Difficile de résister à ses lèvres pleines... Harlow sembla un peu déçue que je ne cède pas à la tentation, mais je savais qu'il valait mieux ne pas prendre de risque tant que nous étions encore au lit. Si jamais elle voulait plus, serais-je capable de refuser ? Et ne risquais-je pas de lui faire du mal ? Je m'écartai d'elle avant qu'elle ne puisse me tenter de nouveau.

— Je veux parler à ton médecin. Aujourd'hui. Le plus tôt possible.

Elle s'assit sur le lit, laissant le drap retomber sur sa taille. La nuisette presque immatérielle qu'elle portait, sans soutien-gorge, n'arrangeait pas mes affaires. Au contraire.

— C'est ça qui t'inquiète ? demanda-t-elle, presque soulagée et un peu amusée. Je l'ai vue hier, mais je n'ai pas pensé à lui parler de... ça. Je n'avais pas envisagé que la question se poserait si vite, ajouta-t-elle avec un petit sourire.

— Habille-toi et allons boire un café. Attends... Est-ce que tu as le droit de boire du café, au moins ? C'est sans risque ?

Il y avait tant de choses que je n'avais pas envisagées et dont je ne savais rien. J'avais besoin d'une formation intensive pour apprendre à aider Harlow à rester en bonne santé. Pas question de me laisser submerger ou de me sentir incapable de la sauver.

— Mase m'aura sans doute fait un déca, me rassura-t-elle en se levant.

Malgré la terreur de lui faire du mal physiquement, mon corps réagit au quart de tour en la voyant habillée comme ça, toute sexy et encore pleine de sommeil. Il fallait vraiment que je sorte de cette chambre au plus vite.

— O.K., alors je t'attends dans la cuisine, lançai-je.

Je sortis avant qu'elle ne puisse me convaincre de céder à la tentation d'un baiser.

Harlow

Assise sur le lit, je vis la porte se refermer sur Grant. Je ne rêvais pas : il venait littéralement de s'enfuir, terrifié. En le voyant ce matin au réveil, j'en avais ressenti un tel bonheur que je n'avais plus pensé à sa réaction. Je voulais juste qu'il me serre dans ses bras. J'aurais voulu qu'il me dise qu'il resterait avec moi pour affronter les mois à venir. J'aurais voulu rêver d'une famille avec lui. Mais l'homme qui venait de quitter ma chambre comme s'il y avait le feu au lit, sans même un véritable baiser, ne serait jamais capable de combler toutes ces attentes.

Bien sûr, c'était par Mase que Grant avait découvert la vérité. Mon frère aussi avait peur et son dernier recours avait été d'appeler Rush. C'était concevable. Ce que Mase ne comprenait pas, en revanche, c'était qu'il m'était impossible de prendre une telle décision pour apaiser les peurs de Grant. À la vérité, moi aussi, j'avais peur, même si cela ne changeait pas grand-chose. La vie est pleine de peurs et fuir ne fait que nous priver de ces expériences qui rendent justement la vie digne d'être vécue. Ce bébé était un trésor. Un trésor que j'entendais bien protéger.

Pour Grant, c'était une autre affaire. Je n'avais pas envie qu'il me quitte. Je n'avais pas envie de rester chez mon frère et d'être un poids pour lui, mais j'étais prête à l'accepter s'il le fallait. L'amour ne devrait jamais décider à notre place, mais simplement ajouter de l'importance à nos choix. Malheureusement, je ne savais pas comment le faire comprendre à Grant et à mon frère.

J'étais prête à donner à Grant le temps d'accepter la nouvelle, mais, s'il s'avérait incapable de comprendre, alors il me faudrait repartir, sans doute chez mon père à Los Angeles. Même si c'était le dernier endroit où j'avais envie de me réfugier, je savais que j'y serais en sécurité.

La porte de la maison s'ouvrit et une nouvelle voix masculine rejoignit les autres dans la cuisine. Major venait d'arriver. Il avait pris l'habitude de venir boire son café chez Mase le matin, depuis que Maryann l'avait envoyé nous porter du pain frais, le lendemain de son arrivée. La brute épaisse que j'avais connue durant mon enfance était devenue un jeune homme sympa. Un peu branleur – plutôt carrément branleur, en fait –, mais comme je ne sortais pas avec lui, cela restait supportable.

J'enfilai rapidement un short et un T-shirt à manches longues avant de me diriger vers la cuisine, simplement séparée du salon par un comptoir. La maison était petite, mais ces deux espaces se mêlaient avec grâce pour former une grande pièce agréable. La cheminée de pierre apportait une touche finale très cosy.

Quand j'entrai, les trois hommes interrompirent leur conversation. Grant me regarda rapidement de la tête aux pieds et sembla ravi, sans que je comprenne vraiment pourquoi. Peut-être était-il simplement content de

One more chance

me revoir. Il s'approcha de moi pour me serrer contre lui, comme si on ne s'était pas vus depuis des mois.

— J'allais venir te chercher, me chuchota-t-il en m'embrassant sur la tempe.

— Pas de ça devant moi, grommela Mase, l'air sévère. C'est grâce à moi que tu es ici, Grant, alors la moindre des politesses serait de respecter le fait que je n'ai pas envie de te voir faire des mamours à ma sœur. Ça me fait penser à ce vol que j'ai enduré avec vous deux. Pas vraiment le genre de souvenir que j'ai envie de garder.

Il était assis à la table, les jambes étendues devant lui, les pieds croisés. Le souvenir me fit rougir, car Mase nous avait entendus faire l'amour à bord d'un jet privé en route pour Los Angeles.

— Bonjour, Mase, lançai-je avec un sourire appuyé, soulagée que Grant ne m'ait pas déjà quittée à cause de mon ours de frère. J'ai très bien dormi, merci, puisque tu le demandes…

Mase se contenta de grogner en réponse.

— Et moi ? Je n'ai pas le droit à un bonjour, ma belle ? demanda Major avec ce sourire paresseux qui devait faire fondre toutes les femmes aux quatre coins du globe.

Conscient de son succès auprès des dames, il savait aussi que son charme me laissait complètement indifférente. Son sourire éclatant n'était que pur cinéma, ce qui n'empêcha pas Grant de me serrer jalousement contre lui. Il ne savait pas encore que Major était un dragueur de premier ordre, mais que ce n'était qu'un jeu sans conséquence avec moi.

— Salut, Major, répondis-je en me blottissant contre Grant. Je vois que tu as fait la connaissance de… Grant.

Je n'étais pas sûre de la façon dont je devais le présenter et il me paraissait un peu délicat de le présenter comme le « père du bébé ».

— Ouais, Mase a fait les présentations. Je ne savais pas que tu étais prise. J'ai un peu le cœur brisé, franchement...

De nouveau, son sourire stupide. C'était n'importe quoi : je lui avais parlé de mes sentiments pour Grant, quelques jours plus tôt à peine. Il essayait juste de faire le malin. J'étais sur le point de le remettre gentiment à sa place, lorsque Grant fit un pas en avant, l'air menaçant. Je le rattrapai par le bras de justesse, presque à regret, car Major l'aurait bien cherché.

— Oh, mais quel abruti ! s'exclama Mase, visiblement agacé par l'attitude aguicheuse de Major. Arrête un peu de faire chier Grant, tu veux ? Il est à deux doigts de te faire manger tes dents de devant et j'ai presque envie de le laisser faire. Bois ton café et tais-toi, ou alors sors de chez moi.

Je ramenais Grant vers moi.

— Il est au courant pour toi. Il te taquine, c'est tout.

J'avais envie de préciser que j'étais quand même enceinte de lui et qu'il n'avait donc pas besoin de se montrer aussi possessif, mais le moment était plutôt mal choisi pour lui remettre le nez dans ces problèmes.

— Je ne voulais énerver personne, protesta Major, en levant les mains en signe d'apaisement. Personne ne m'avait averti que Grant était du genre jaloux.

Mase leva les yeux au ciel, puis se tourna vers moi, l'air soudain sincèrement inquiet :

— Ça va ?

Il se sentait coupable d'avoir appelé Rush. Il voulait s'assurer d'avoir fait le bon choix. J'aurais pu lui en

One more chance

vouloir de ne pas avoir respecté mes choix, mais Grant m'avait reprise dans ses bras et le simple contact de son corps chaud suffit à me rassurer.

— Oui, répondis-je avec sincérité.

J'étais heureuse. Plus heureuse que je ne l'avais été depuis deux mois. Surtout, je n'avais plus peur. Revoir Grant en sachant que nous avions créé ensemble une vie me rappelait à quel point j'aimais déjà ce bébé.

— J'aurais bien aimé être mis au courant plus tôt, intervint Grant d'une voix crispée, en regardant Mase avec mauvaise humeur.

— C'est moi qui lui avais demandé de ne rien dire. Mase me tannait pour que je t'appelle et me suppliait de répondre à tes appels, tous les soirs.

Je voulais éviter toute rancœur entre Grant et mon frère. J'avais besoin que ces deux-là soient unis, comme une famille. Et pas juste pour moi.

— Tu sais comme elle est têtue ! soupira Mase.

Grant baissa les yeux vers moi et répondit simplement :

— Ne m'en parle pas…

Cela ne semblait pas les déranger de parler de moi en ma présence, mais je m'en fichais. J'étais bel et bien têtue. Déterminée. Cela faisait ma force, impossible de le nier. J'en étais même un peu fière.

— Alors, c'est quoi, le plan ? demanda Mase.

— Le plan ? Quel plan ? demanda soudain Major, qui nous regardait sans rien dire depuis un moment.

Je chuchotais à l'oreille de Grant :

— Il n'est pas au courant.

— Ce ne sont pas tes oignons ! lança Mase à son cousin.

— Hum, j'ai l'impression que je ne suis plus le bienvenu dans cette petite réunion. Je crois que je vais aller faire un tour aux écuries pour commencer la journée. À plus tard, Mase... (En passant près de moi, il ajouta :) C'est la première fois que je te vois vraiment sourire. Ça te va bien.

Après un dernier clin d'œil, il sortit à grandes enjambées, très content de lui.

— On se calme, Grant, dit Mase en se levant. Major a raison. Cela fait deux mois qu'elle n'a pas souri, et il suffit que tu te pointes pour qu'elle ait la banane jusqu'aux oreilles. Tant mieux... Je veux juste savoir ce que tu as prévu.

C'était à Grant qu'il s'adressait. Je n'avais pas eu le temps de réfléchir à ce que j'allais faire, ni même de discuter avec lui. Je n'étais d'ailleurs pas sûre de la position de Grant. Nous avions besoin de temps.

— Rush a passé quelques coups de fil. Il y a un médecin à Destin qui est spécialisé dans ce genre de grossesses... à haut risque. C'est un des meilleurs. Je la ramène. Chez moi. Chez nous. Aujourd'hui.

Oh là. Une minute. Quoi? Je m'écartai de Grant, les bras croisés sur la poitrine. J'avais certes envie d'être avec Grant, mais l'idée de quitter ce havre de paix ne me plaisait guère. Et puis, j'étais libre de décider par moi-même, non? J'avais le soutien de Maryann.

Grant me regardait fixement, d'un air si suppliant que je faillis céder sans réfléchir aux conséquences.

— On ne peut pas vivre avec ton frère et je ne peux pas vivre sans toi. Je veux que les meilleurs médecins s'occupent de toi, ma belle. Je t'en prie, rentre avec moi. Laisse-moi prendre soin de toi.

One more chance

Mase s'éclaircit la gorge, mais je refusai de quitter Grant des yeux.

— Même si tu seras toujours la bienvenue ici, frangine, je n'aime pas te voir complètement paumée. C'est de lui que tu as besoin. Mais je viendrai à Rosemary Beach dès que tu le voudras. Tu n'as qu'à m'appeler et j'arrive. Même si je dois me battre contre une armée.

C'était sa façon d'avertir Grant qu'il était toujours de mon camp. Mais moi, je ne voulais pas de camps et encore moins de batailles.

— Laisse-moi te ramener à la maison, répéta Grant en me prenant le menton. Je ne te laisserai pas tomber, cette fois. Donne-moi une seconde chance. Je te jure que je ne te décevrai pas.

Retourner à Rosemary était une mauvaise idée, pour une multitude de raisons, dont aucune n'avait vraiment d'importance, à cet instant.

— D'accord, répondis-je.

Grant

Pendant que Harlow préparait ses affaires et faisait ses adieux à Maryann, je pris rendez-vous pour le lendemain avec le gynécologue-obstétricien de Destin que Rush nous avait conseillé. Comme le toubib était membre du Kerrington Country Club, il avait suffi d'un coup de fil de Woods pour libérer, comme par magie, une place dans son agenda.

Je ne voulais pas forcer la main de Harlow. Mon but premier était de la ramener chez moi. Ensuite, j'avais besoin d'entendre l'avis du médecin. Ensuite… Ensuite, je lui parlerais, pour la convaincre qu'elle ne pouvait pas jouer avec sa vie. Elle m'était trop précieuse.

Cela faisait une heure qu'elle était avec les parents de Mase, mais je n'avais aucune envie de l'interrompre ou de lui donner l'impression de la presser. Après avoir envoyé un texto à Rush pour le remercier, je m'assis devant la télé.

À peine l'écran allumé, le visage de Kiro Manning apparut. Deux mois auparavant, les médias avaient découvert que la mère de Harlow était toujours en vie et ils s'étaient jetés sur l'info comme des hyènes affamées.

One more chance

Comme Harlow et Kiro avaient tous les deux décidé de rester muets, la nouvelle avait lentement glissé dans l'oubli au bout de quelques semaines. Puis, des photos de Kiro avaient fait surface : on le voyait en train de pousser le fauteuil roulant d'Emily, la mère de Harlow, au bord d'un lac situé derrière la maison de repos où elle vivait.

Lorsque Kiro avait vu les photos, il était allé casser la gueule des vigiles de la maison de repos, ce qui lui avait également valu de faire la une des journaux. Il s'en était sorti à bon compte, car les vigiles n'avaient pas porté plainte. Puis, alors que les choses commençaient à peine à se calmer, Slacker Demon avait annoncé l'arrêt de sa tournée et le monde entier avait perdu la tête, persuadé que c'était la fin du groupe de rock mythique.

À présent, la télé diffusait en boucle des photos de Kiro prises lors de soirées, un peu plus tôt la même année, avant que des fuites ne révèlent que sa femme était encore en vie. L'idée que Harlow ait dû endurer ce genre de conneries me rendait furieux. Elle avait assez de soucis comme ça. Le seul point positif, c'était que, tant que les médias s'acharnaient sur son père, ils lui foutaient un peu la paix.

— Elle arrive, annonça soudain Mase en entrant dans la maison. Éteins la télé.

— Cela lui arrive de regarder ces trucs ? demandai-je, en me levant, la télécommande pointée vers l'écran.

L'image disparut.

— Pas souvent. Kiro lui manque. Elle ne l'avouera jamais, mais elle s'inquiète pour lui. C'est sa fille chérie et elle l'aime aussi. Elle n'aime pas savoir qu'il a souffert toutes ces années à cause de sa mère. Cela dit, son principal souci, pour l'instant, c'est… le bébé.

Le bébé. Notre bébé. Cela me semblait irréel. Je chassai ces pensées de ma tête ; pas le temps d'y réfléchir pour l'instant. Je devais me concentrer sur le retour de Harlow. Je voulais la serrer contre moi pour la protéger. Rentrer chez moi était un bon début.

— On est d'accord qu'il ne faut pas qu'elle le garde ? demanda Mase, l'air sérieux.

— C'est Harlow que je veux.

C'était tout ce qui comptait.

— Mais elle, c'est le bébé qu'elle veut, me rappela Mase.

Je le savais, mais je n'avais pas envie d'en parler pour l'instant.

— Je vais m'en occuper. J'ai juste besoin d'un peu de temps.

Mase hocha la tête avec un soupir.

— Moi non plus, je ne peux pas la perdre. Moi aussi, j'aime cette fille.

— Nous n'allons pas la perdre, dis-je, sans trop savoir si c'était lui ou moi que je cherchais à rassurer. Je ne le permettrai pas.

Le pick-up de Maryann se gara dans l'allée et Harlow en descendit. Après s'être retournée une dernière fois pour faire un petit signe de la main, elle se dirigea vers la maison, un petit sourire aux lèvres. Elle semblait heureuse. J'aimais la voir heureuse.

— Tu lui as rendu le sourire, fit remarquer Mase. C'est uniquement pour ça que je la laisse rentrer avec toi. Je pense que tu es peut-être la seule personne sur cette terre qui souhaite autant que moi la voir vivre.

J'avais sans doute dix mille raisons de plus de vouloir Harlow vivante et en bonne santé, mais ce n'était pas

One more chance

le moment de chipoter. Comment lui faire comprendre que cette fille était mon unique raison de vivre ?

Lorsque Harlow ouvrit la porte, son regard trouva aussitôt le mien et son sourire s'agrandit.

— Je suis prête !

— Tu ne vas pas partir sans me dire au revoir, quand même ? protesta Mase d'un coin de la pièce.

— Bien sûr que non. Je voulais aussi te remercier. Pour tout.

Elle passa les bras autour de lui et il la serra tendrement. Mase me regarda par-dessus l'épaule de Harlow. L'avertissement était clair. Pas besoin de mots. Si jamais je lui faisais de nouveau le moindre mal, il me tuerait. Il n'avait aucune raison de s'inquiéter. J'étais prêt à marcher sur l'eau pour cette femme.

— Appelle-moi si tu as besoin de quoi que ce soit, lui rappela Mase.

— Promis. Je t'aime, frérot.

— Moi aussi.

Leur amour fraternel était fort ; ils s'aimaient vraiment, sans aucun égoïsme. En comparaison, le lien qui unissait Rush et Nan était complètement déséquilibré. Nan était trop égocentrique pour apprécier son frère. Rush aurait mérité mieux.

— Rentrons à la maison, dit Harlow en se tournant vers moi.

À la maison. Le terme avait signifié beaucoup de choses au cours de ma vie. À présent, il suffisait que Harlow soit à mon côté pour que je me sente chez moi.

Harlow

Il éludait le sujet. Je lui avais dit que je refusais d'avorter. Assise en silence à bord de l'avion, j'avais l'impression de compter les secondes qui séparent l'éclair du coup de tonnerre.

Il n'avait pas posé la moindre question sur le bébé et, en dehors d'un chaste baiser avant de partir pour l'aéroport, il m'avait simplement serrée dans ses bras. Rien de plus. Il n'était plus l'homme sûr de lui et passionné qui m'avait fait découvrir quel genre d'intimité il pouvait exister entre un homme et une femme. J'avais l'impression d'être un vase en cristal précieux qu'il craignait de briser au moindre faux geste. Exactement la raison pour laquelle je n'avais pas voulu lui parler de ma maladie.

J'avais toujours détesté qu'on me traite de façon différente. Cela dit, les choses risquaient de ne pas aller en s'arrangeant. Je n'étais plus simplement une fille malade, à ses yeux. J'étais devenue « la fille dont la vie ne tenait qu'à un fil ». Ne comprenait-il donc pas que j'étais en vie justement parce que je ne laissais pas les restrictions liées à ma maladie cardiaque gouverner ma

One more chance

vie ? Je luttais depuis le jour de ma naissance et n'avais pas l'intention de renoncer.

Je voulais retrouver le Grant d'autrefois. L'homme qui n'était jamais rassasié de moi. L'homme qui ne pouvait s'empêcher de me toucher et en présence duquel je me sentais aimée. C'était lui que je voulais. Pas cet homme qui se comportait comme si son seul et unique but était de me maintenir en vie.

— Ça va ?

Son ton inquiet ne fit qu'augmenter mon agacement. Je haussai les épaules, craignant de me montrer désagréable. Je l'aimais et j'étais heureuse d'être avec lui, mais je n'étais pas sûre de garder mon sang-froid s'il continuait à se comporter de la sorte.

— Tu fais la tête comme si quelque chose n'allait pas, fit-il remarquer.

Et comment ! Mais je n'allais pas partager mes pensées avec lui. Me mordant la lèvre pour ne pas grogner d'agacement, je me tournai vers le hublot. Nous approchions de Destin, en Floride. Je voyais déjà l'océan.

— Harlow, appela-t-il doucement. Regarde-moi, s'il te plaît.

Je détestais quand il devenait tout miel alors que j'essayais de rester ferme. Je finis par céder et tournai les yeux vers lui. Il me regardait d'un air inquiet.

— Je ne vais pas me briser. Je suis toujours moi-même. Tu me traites différemment.

Ma voix me trahit, ce qui me fit paraître encore plus vulnérable, alors que je voulais convaincre cet homme de ma solidité.

Grant se leva de son fauteuil pour venir s'asseoir à côté de moi sur le canapé et me prendre dans ses bras. Avec un soupir las, il déposa un baiser sur mes cheveux. Étrangement, il ne chercha même pas à protester ou à se justifier. Au moins, il avait conscience de son comportement.

— Je suis désolé. J'essaie encore de me faire à l'idée et je ne pense qu'à te protéger.

— Je me suis toujours débrouillée toute seule. Je ne suis pas fragile. Je veux que tu me traites comme... comme avant.

Comment lui dire simplement que je voulais de nouveau me sentir désirée ? C'était vraiment pitoyable comme demande.

— Je ne sais pas si j'en serai capable.

Jamais des paroles aussi simples ne m'avaient paru aussi blessantes.

— Donne-moi un peu de temps, ajouta-t-il. Quand on aura vu le docteur, j'aurai l'impression de reprendre un peu pied. Je ne peux pas simplement ignorer ta santé sous prétexte que j'ai envie de toi. Mais, si ça peut te rassurer, je n'ai qu'une idée en tête : te déshabiller pour te faire l'amour toute la nuit et toute la journée. Te faire gémir et crier. J'en meurs d'envie, bébé. Mais tu es tout pour moi et j'ai tendance à protéger ce qui compte pour moi.

Qu'y avait-il à redire à ça ? Je me blottis dans ses bras, le visage enfoui contre son torse. Nous allions nous en sortir. Il était avec moi. Il ne s'était pas enfui en courant. Je ne pouvais pas lui reprocher de vouloir me protéger. Grant avait ses propres peurs que je devais respecter en lui donnant un peu de temps.

— Tu m'as manqué, répétai-je.

— Et toi, encore plus, répondit-il, tout contre mon oreille. Chaque seconde de chaque journée.

One more chance

Son souffle chaud me fit frissonner. Nous restâmes ainsi dans les bras l'un de l'autre pendant le reste du vol. Sans parler, car toute parole était inutile. Il nous suffisait d'être ensemble. Lorsque mes paupières commencèrent à se faire lourdes, je m'autorisai à les fermer, car je savais qu'il serait toujours là à mon réveil.

Grant me tenait la main, lorsque nous entrâmes dans le cabinet du médecin de Destin. En voyant les autres femmes enceintes accompagnées de leurs maris dans la salle d'attente, je ne ressentis cette fois ni tristesse ni solitude. Grant était avec moi, me couvant jalousement. C'était adorable.

— Va t'asseoir, je m'occupe de la paperasserie, me proposa-t-il gentiment en désignant un fauteuil vide.

J'acceptai sans rien dire, comprenant qu'il avait besoin de se sentir utile. En traversant la salle d'attente, je remarquai que plusieurs des patientes n'avaient d'yeux que pour Grant. Évidemment. Comment ne pas le remarquer ? Sa voix grave, tandis qu'il s'entretenait avec la secrétaire, suffisait à attirer l'attention. Mais c'était surtout la vision de ses fesses moulées dans ce jean qu'il était difficile d'ignorer. La femme assise près de la porte se redressa soudain et croisa les jambes, avant d'ajuster son soutien-gorge pour faire remonter ses seins. Son décolleté se mit presque à clignoter. Furieuse, je la fusillai du regard. Peine perdue, elle ne me prêtait même pas attention. Elle rejeta ses longs cheveux blonds en arrière et tira légèrement sur sa jupe, afin de dévoiler un peu plus ses cuisses. Non mais sans blague ! Elle se prenait pour qui ?

Lorsque Grant se tourna, un dossier à la main, son regard trouva tout de suite le mien, ce qui me rassura un peu. Mais la voix de la blonde s'éleva :

— Grant Carter ? roucoula-t-elle d'un ton rauque et suave très étudié.

Grant se retourna et, après un instant d'hésitation, je le vis sourire. J'en étais écœurée.

— Melody ? demanda-t-il, comme s'il n'était pas sûr de son nom.

Elle lui décocha un sourire radieux. À croire qu'il venait de dire la chose la plus merveilleuse du monde. Quant à moi, j'avais officiellement la nausée. Et je crevais de jalousie. Parce que Grant souriait à cette fille.

— Qu'est-ce que tu fais là ? Jamais je n'aurais pensé croiser Grant Carter chez mon gynéco…

Comme si elle ne m'avait pas vue entrer avec lui. Grant se tourna vers moi et son sourire se fit plus doux.

— Je suis avec ma…

Il s'interrompit. Ce ne fut que la plus brève des hésitations mais elle me fit l'effet d'un coup de couteau. Il ne savait même pas ce que j'étais pour lui. Il ne s'était pas posé la question.

— … ma copine, acheva-t-il en me faisant un clin d'œil, avant de revenir vers Miss Blonde-aux-gros-seins.

Celle-ci m'accorda un vague regard, mais ce qu'elle vit la fit sursauter. Lorsque j'étais rentrée avec Grant, aucune des femmes n'avait levé le nez, si bien que personne ne m'avait reconnue. C'était rare, depuis que mon visage avait fait la une de tous les journaux.

— Mais… c'est… ? Oh mon Dieu !

One more chance

Grant réagit à la vitesse de l'éclair. En un clin d'œil, il fut près de moi et me prit par la main pour me faire sortir de la salle d'attente.

— Elle a besoin d'un peu de discrétion, expliqua-t-il à la secrétaire, qui sembla comprendre immédiatement.

Une infirmière vint à notre rencontre dans le couloir.

— Par ici, je vous prie, nous invita-t-elle en ouvrant la porte d'une salle d'examen. Si Mlle Manning veut bien remplir ces papiers... Je reviens dans une minute.

J'étais encore un peu étourdie par ce qui venait de se passer. Grant avait réagi vite, sans prendre le temps de dire au revoir à Melody ou de lui donner quelques explications.

— Désolé, soupira Grant, l'air agacé. J'aurais dû me douter qu'elle te reconnaîtrait. C'est un peu une groupie dans l'âme. Je l'ai amenée chez Rush, une fois, et elle s'est comportée comme une conne.

— Tu es sortie avec elle ? demandai-je, incapable de cacher ma jalousie.

En temps normal, je n'affichais pas mes émotions avec autant de transparence. Grant fronça les sourcils, puis un sourire se dessina au coin de ses lèvres. Il fit un pas vers moi pour me coincer contre le lit d'auscultation et me toisa du regard, l'air extrêmement content de lui-même.

— Ouais, je suis sorti avec elle une ou deux fois, il y a des années, répondit-il d'une voix traînante. Pourquoi, tu es jalouse, peut-être ?

J'aurais pu mentir, mais préférais opter pour la nonchalance. Je détournai le regard en haussant les épaules. Grant éclata de rire, puis passa ses bras autour de moi pour me serrer contre lui.

— Oh non, ma p'tite dame. Pas de ça avec moi. C'est trop drôle pour rater une occasion pareille. Ça me plaît que tu sois jalouse. Même si tu n'as rien à craindre, ça me plaît quand même. Je suis à toi, bébé, mais c'est sacrément agréable de se savoir désiré.

Je m'efforçai de garder l'air sévère, mais un rire m'échappa, malgré moi.

Grant

— Prenons les choses dans l'ordre. Harlow a été informée des risques. Plusieurs fois par an, je reçois en consultation des femmes souffrant de la même maladie et qui donnent naissance à des bébés sans aucun problème. Mais les risques sont là. Si la mortalité maternelle a chuté ces dix dernières années, cela reste quand même notre préoccupation première. Il faut aussi envisager que le fœtus ne survive pas au premier trimestre. Un avortement spontané est possible... une fausse couche, si vous préférez. Cela arrive même lors de grossesses normales. Pour vous, en revanche, cela impliquerait des complications. Ou alors le bébé pourrait arriver plus tôt que prévu. Et si l'accouchement se passe bien, il pourrait également hériter du problème cardiaque de Harlow.

J'avais de plus en plus de mal à me concentrer sur ce que disait le médecin. Les mots « mortalité maternelle » m'avaient fait bugger et mon cœur battait à présent sourdement dans ma cage thoracique. Jamais je ne pourrais accepter un tel concept. Jamais.

Le médecin s'adressait à présent à Harlow :

— Des visites hebdomadaires sont indispensables pour surveiller votre rythme cardiaque. Par la suite, il faudra également surveiller celui du fœtus, au fur et à mesure de son développement.

Putains de complications. Ça ne me plaisait pas. Pas du tout. Savoir que Harlow devait affronter pareils dangers, tout ça parce que je n'avais pas été foutu d'enfiler une capote. C'était ma faute. Si je la perdais, je serais seul responsable. C'était moi qui avais mis en elle ce… ce bébé qu'elle était déterminée à protéger. Qu'elle aimait.

Moi, c'était Harlow que j'aimais. Je l'aimais tellement.

— J'ai consulté votre dossier ce matin, dès qu'il est arrivé par fax. Je peux vous dire que vous êtes en bien meilleure santé que la plupart des femmes qui présentent ce problème. Les opérations pratiquées dans votre enfance ont été efficaces et vous avez mené une vie saine. Aucun autre problème en dehors de celui-là. Certes, c'est une grossesse à risque, mais tous les signes indiquent que c'est possible. Vous êtes une battante, c'est évident.

Il tourna soudain les yeux vers moi :

— Elle va avoir besoin de soutien. Pas de pessimisme. Ce qu'il lui faut, c'est une véritable équipe autour d'elle et vous en êtes le pivot.

Je serrai les poings pour contenir la peur qui me tenait à la gorge. J'avais besoin d'elle, putain ! Il fallait qu'elle vive. Sans risque. Je parvins à acquiescer vaguement.

— L'une de nos principales inquiétudes, à ce stade, c'est l'hypertension. Il faudra mesurer la tension matin et soir. Harlow doit faire un peu d'exercice, par exemple un kilomètre à pied sur la plage, mais pas plus.

One more chance

La natation lui ferait aussi du bien. Si vous avez une piscine, c'est l'idéal. Quelque chose de doux. Ensuite, il faut vous reposer pendant la journée et garder vos pieds surélevés. Il faudra lui rappeler et s'assurer qu'elle le fasse.

Je hochai de nouveau la tête. S'il était impossible de convaincre Harlow de mettre un terme à cette grossesse, alors j'étais décidé à respecter ces instructions à la lettre. Même si je devais quitter mon boulot.

— Vers la dix-huitième semaine de grossesse, nous ferons un échocardiogramme fœtal, pour savoir si le bébé présente le même problème cardiaque. Nous devons le savoir avant l'accouchement, car cela pourrait sauver la vie du bébé.

Le médecin jeta un coup d'œil au dossier devant lui, puis nous regarda tour à tour.

— Harlow verra le cardiologue deux fois par semaine. Les rendez-vous sont pris et j'ai d'ores et déjà envoyé le dossier à mon confrère. Je le rencontrerai avant notre prochain rendez-vous, la semaine prochaine. C'est un facteur-clé pour une grossesse réussie.

Harlow acquiesça, puis glissa sa petite main dans la mienne et serra doucement. Elle avait besoin d'être rassurée. Moi qui avais déjà du mal à gérer mes propres peurs, j'imaginais à peine ce qu'elle devait être en train de vivre. Elle semblait pourtant déterminée.

— Vous devez comprendre que votre grossesse est classée à très haut risque, mais que cette catégorie comprend différents degrés. D'après ce que nous savons pour l'instant, vous êtes en bas de l'échelle. C'est une bonne chose. Une très bonne chose.

Harlow me serra de nouveau la main.

— En ce qui concerne les rapports sexuels, rien ne s'y oppose. Toutefois, son cœur fait déjà des heures sup' à cause de la grossesse, donc, rien de trop intense.

Il me lança un regard appuyé.

— Si je comprends bien, balbutia Harlow, on peut faire l'amour, mais... pas d'acrobaties, quoi !

Le médecin se retint de sourire. Il s'éclaircit la gorge et répondit avec autant de sérieux que possible :

— Oui, une activité sexuelle normale ne pose aucun problème. Si vous suivez les autres instructions que je vous ai données, vous ne devriez avoir aucun problème. Bien, je vous verrai donc la semaine prochaine, après votre rendez-vous avec le docteur Nelson. Il me faxera les résultats. À partir de là, nous déciderons de la marche à suivre.

Harlow se leva sans me lâcher la main.

— Merci, dit-elle avec une sincérité qui me fendit le cœur.

Elle désirait tellement cet enfant. Comment pouvais-je m'y opposer ? Comment la convaincre ?

— Allons-y, me souffla-t-elle.

— Merci, lançai-je au médecin, avant de me diriger vers la porte.

Dans le couloir, une infirmière nous attendait :

— Nous avons une sortie qui donne sur l'arrière, si vous préférez. Ainsi, Mlle Manning n'aura pas à traverser la foule de la salle d'attente.

Je sortis brutalement de ma rêverie. Foule ? Quelle foule ?

— Nous avons eu un peu de visite depuis votre arrivée, expliqua l'infirmière. Nous avons dû appeler la police, mais tout devrait rentrer dans l'ordre.

One more chance

Merde. Melody. Cette emmerdeuse avait-elle alerté la presse ?

— Je suis désolée, marmonna Harlow, l'air horrifié.

Bon sang. Pourquoi n'avais-je pas anticipé cette situation ? Je devais être mieux préparé, si je voulais la protéger.

— Vous n'avez pas à vous excuser, mademoiselle Manning. Nous aurions dû penser à vous faire entrer par l'issue de secours. La prochaine fois, vous passerez par ici et nous vous conduirons directement jusqu'à une salle d'examen. Ainsi, vous serez tranquille.

— Merci, répondit Harlow, incapable de dissimuler sa gêne.

Elle n'aimait pas attirer l'attention et avait réussi à échapper aux radars de la presse pendant si longtemps. Les révélations récentes sur ses parents l'avaient privée de cette relative tranquillité.

Harlow

Nous pouvions faire l'amour. Mon agacement en apprenant que des journalistes étaient venus au cabinet de mon médecin ne parvenait pas à me faire oublier ce détail : nous pouvions faire l'amour. Depuis quelque temps, j'étais assaillie de fantasmes assez explicites sur Grant et je dus me retenir de lui grimper dessus à peine installée dans la voiture.

— Tu en penses quoi, de ce toubib ? me demanda Grant en manœuvrant pour sortir du parking.

— Je l'aime bien. Je suis plus à l'aise avec lui qu'avec l'autre. Celui-là semble être plus au courant de mon cas.

Il m'avait expliqué les choses avec soin et son examen avait été complet. Il avait même pris rendez-vous avec le cardiologue. J'en avais déjà un à Los Angeles, mais j'avais besoin de quelqu'un sur place, pour suivre ma grossesse au plus près. Ma seule crainte, à présent, c'était que notre bébé ne soit pas en bonne santé. Je ne voulais pas transmettre à cet enfant la malédiction qui affectait mon cœur.

— Il a l'air optimiste, fit remarquer Grant.

One more chance

Cela m'avait plu aussi. J'avais l'impression de ne plus être la seule à croire en la possibilité de mener cette grossesse à terme.

— Le risque est faible, murmurai-je, faisant écho aux paroles du médecin.

— Ouais…, répondit simplement Grant, sans quitter son air pincé.

Il ne se laisserait pas convaincre aussi facilement. Je comprenais qu'il ait peur. À ses yeux, le bébé mettait ma vie en danger. Il avait besoin d'accepter que cet enfant était un merveilleux cadeau. Avec le temps, cela viendrait.

— Grant…, commençai-je, en regardant les muscles de ses bras se tendre et se détendre, tandis qu'il conduisait.

J'avais envie de lécher ses biceps. J'étais à deux doigts de supplier. Lorsqu'il jeta un rapide regard dans ma direction, je le vis écarquiller les yeux de surprise, avant de se concentrer de nouveau sur sa route.

— À quoi tu penses, bébé ?

Je pensais que j'avais envie de lécher ses biceps. Et puis ses abdos. Et puis ce merveilleux muscle en V qui disparaissait dans son jean. Voilà à quoi je pensais.

— À toi, répondis-je.

— Putain, marmonna-t-il, avant d'inspirer profondément.

— Le médecin a dit que cela ne posait aucun problème, lui rappelai-je.

— Ouais, ouais, j'ai entendu…

J'avançai ma main pour laisser mes doigts courir le long de son bras et palper ses muscles. Grant se crispa et serra le volant un peu plus fort.

— Qu'est-ce que tu fais ? demanda-t-il d'une voix altérée.

Je lui avais déjà sauté dessus dans une voiture. Mais cette fois, j'avais envie d'autre chose. Nous n'étions pas très loin de son appartement et j'avais envie de prendre le temps d'explorer son corps superbement sculpté, d'en embrasser chaque centimètre.

— Harlow ?

— Je ne fais que te toucher, chuchotais-je en remontant jusqu'à son épaule. Et j'ai hâte de pouvoir en faire plus.

J'effleurai la veine de son cou, qui ressortait presque douloureusement.

— Je sens bien que tu me touches. Le problème, c'est que je vais avoir du mal à me concentrer sur ma conduite, si tu continues.

Hum. Finalement, je n'étais peut-être pas capable d'attendre jusqu'à son appartement. Déjà, ma respiration s'était accélérée.

— Tu veux bien te garer ?

Grant poussa une série de jurons, puis prit la première sortie et roula jusqu'au parking d'un hôtel que nous avions aperçu depuis l'autoroute. À peine le frein à main serré, il bondit de la voiture pour faire le tour du pick-up et m'ouvrir la portière. Il me prit par la taille et m'aida à descendre, même si je n'en avais pas besoin.

— Pas question de faire ça dans la bagnole, lâcha-t-il simplement avant de me tirer par la main.

Prendre une chambre ne nous demanda qu'une minute. À peine les portes de l'ascenseur refermées, il me plaqua contre la paroi du fond et se mit à m'embrasser. Vraiment. Pour la première fois depuis qu'il avait

One more chance

débarqué chez Mase. Un baiser de première classe, sans aucune retenue. Ses mains s'agrippaient à mes hanches avec une force possessive, tandis que sa bouche prenait la mienne d'assaut. Lorsque sa langue caressa la mienne, je sentis le léger parfum de menthe de son chewing-gum et ce contact intime me fit frissonner. Une petite sonnerie retentit, nous rappelant que nous n'étions pas encore seuls. Grant interrompit notre baiser pour me regarder.

— Il faut que je te goûte. Tout entière.

Il me prit par la main et me conduisit jusqu'à la chambre 2200. Il posa la carte-clé contre le verrou électronique et une petite lumière verte s'alluma. La porte s'ouvrit sur une suite immense, avec un vrai bar et une cheminée au gaz.

— Un simple lit aurait suffi, fis-je remarquer en souriant.

Il s'approcha à pas lent.

— Quand je t'aurai déshabillée, bébé, je n'ai pas l'intention de te laisser repartir de si tôt. Il nous faut une belle baignoire et une vraie chambre où je puisse te dorloter. Pas juste un lit.

Oh. Alors, d'accord.

Grant s'apprêtait à reprendre les choses où nous les avions laissées dans l'ascenseur, mais il sembla se raviser et je sentis brusquement que je m'élevais dans les airs.

— Un lit. Tout de suite.

Avec un rapide baiser, il traversa la chambre pour me déposer sur le lit, puis se recula pour me contempler. Son désir affamé était évident, mais son amour… était encore plus brûlant.

— Je suis désolé, dit-il soudain.

— Désolé de quoi, demandai-je, un peu perdue.

Qu'est-ce qu'il attendait pour me déshabiller ?

— De t'avoir fait du mal, répondit-il en me caressant la joue. De t'avoir laissée partir. D'être un sacré connard.

Je me redressai sur mes coudes.

— Tu es pardonné. Maintenant, tu veux bien la fermer et te mettre tout nu ?

En riant, il retira son T-shirt, dévoilant son torse spectaculaire. Oh oui. C'était exactement ce que je voulais.

— La demoiselle est pressée, on dirait... Mmh ?

Il déboutonna son jean, mais s'arrêta de nouveau pour m'embrasser.

— Je ne t'ai jamais vue aussi impatiente, chuchota-t-il en mordillant ma lèvre inférieure, avant de me donner des petits coups de langue qui me rendirent complètement folle.

— Je t'ai dit que tu m'avais manqué, lui rappelai-je, un peu gênée.

— C'est vrai. Mais je pensais que c'était juste ma belle gueule qui t'avait manqué, dit-il d'un ton taquin en cherchant le bouton de mon jean. Pas le plaisir...

Je regardais ses muscles ciselés bouger et se tendre d'une façon délicieuse tandis qu'il me retirait mon pantalon. Enfin, il s'avança au-dessus de moi comme un fauve affamé ; il s'arrêta près de mon ventre pour déposer un baiser sur mon nombril, avant de remonter pour enlever mon T-shirt. Je levai les bras pour lui faciliter la tâche. Ses mains réglèrent rapidement la question de mon soutien-gorge et la vision de ses larges mains bronzées sur mes seins déjà gonflés me laissa tremblante.

— Ils sont plus gros, fit-il remarquer en les caressant comme si c'étaient deux objets précieux.

One more chance

— C'est la grossesse, expliquai-je dans un chuchotement.

Il approcha sa bouche et sa langue jaillit soudain pour lécher, presque timidement, le bout hypersensible et déjà érigé de l'un de mes seins. J'étais si excitée que je sentais des fourmillements me parcourir tout le corps.

— Oh, haletai-je en saisissant le drap entre mes poings.

Plantant son regard dans le mien, Grant prit mon sein dans sa bouche. Je criai. Impossible de ne pas faire de bruit. Impossible de me maîtriser.

Libérant mon sein, Grant laissa tomber une pluie de baisers jusqu'à l'autre globe, afin de lui accorder la même attention. Moi, je poussai des gémissements désespérés. Lorsqu'il fit mine de s'arrêter, je lâchai le drap pour agripper ses cheveux et le maintenir en place. J'étais déjà si près de jouir, rien qu'avec sa bouche. Je ne voulais pas qu'il s'arrête.

— Laisse-moi aller voir un peu plus bas, bébé. Il y a autre chose que je veux goûter...

Sa voix était rauque de désir. Sans cesser de me regarder, il effleura encore une fois mes seins sensibles de ses lèvres et je relâchai mon étreinte. Avec un grand sourire, il se traça un chemin vers mon ventre. Sans qu'il ait besoin de me le demander, j'ouvris grandes les cuisses, sans la moindre honte. Je savais ce qui arrivait et c'était ce que je voulais. Plus que tout au monde, à cet instant, je voulais que Grant Carter glisse sa tête entre mes jambes.

Grant

Si Harlow criait ou poussait encore un petit gémissement plaintif, j'allais péter un câble. Je jure devant Dieu que je n'avais jamais été aussi excité de ma vie. Chaque fois que je la touchais, elle tremblait et frissonnait sous ma caresse, comme jamais rassasiée. J'avais l'impression de posséder un fluide magique et c'était complètement enivrant.

À chaque assaut de ma langue, elle criait mon nom, et elle s'agrippa bientôt à mes cheveux comme si elle avait peur de sombrer dans un gouffre sans fond. J'adorais ça. J'adorais cette sensation de pouvoir. J'adorais savoir qu'elle recevait tant de plaisir de mes mains. De ma bouche. Putain, c'était hallucinant.

— S'il te plaît..., haleta-t-elle d'une voix suppliante. Viens en moi. S'il te plaît, Grant.

Cette fois, ni mes peurs ni aucune autre pensée n'étaient en mesure de m'arrêter. Je me levai pour retirer mon jean d'un geste rapide, puis me penchai de nouveau sur elle. Elle écarta les cuisses avec un empressement délirant et saisit mes avant-bras pour se cambrer vers moi. Je ne l'avais même pas encore pénétrée qu'elle gémissait déjà. Oh putain...

One more chance

— Bébé, si tu continues comme ça, je ne vais pas tenir très longtemps. Ça va finir bien trop vite à mon goût.

Je me glissai doucement en elle, les yeux fermés, concentré sur notre plaisir, gémissant à mon tour. Son sexe étroit était comme un étau de douceur, mais il semblait aussi plus... onctueux que d'habitude. Jamais de ma vie je n'avais connu sensation plus agréable. Pas même la première fois que je l'avais pénétrée. C'était... c'était tout pour moi. Le commencement et la fin. L'instant où l'univers bascule, la seconde qui vous fournit non seulement la preuve de l'existence du paradis, mais qui vous en ouvre la porte et vous invite à entrer.

— Grant! s'exclama Harlow en enroulant ses jambes autour de ma taille.

La texture soyeuse de son sexe se mit à me serrer convulsivement, tandis qu'elle me griffait le dos en répétant mon nom. Il ne m'en fallut pas davantage. Rejetant la tête en arrière, je criai son nom au moment même où l'orgasme me frappait de plein fouet. Je me déversai en elle, la marquant de ma semence.

Jamais plus elle ne douterait qu'elle était mienne.

— On recommence? demanda soudain Harlow, après que nous eûmes tous deux repris notre souffle.

En riant, je roulais sur le dos en l'attirant contre moi.

— Pas tout de suite. Je préfère te faire couler un bon bain relaxant, puis nous faire monter à manger et à boire. Ensuite, je vais te faire un massage des pieds et te tenir serrée dans mes bras pendant des heures, sur ce canapé obèse, devant la cheminée.

Elle avait besoin qu'on la bichonne. Elle n'avait pas écouté ce qu'avait dit le docteur, ou quoi?

— J'aime bien les massages… mais j'aime encore mieux faire l'amour avec toi.

— Le docteur a été clair : pas de folie. On va y aller mollo, d'accord ? Laisse-moi m'occuper de toi. S'il te plaît.

Elle devait comprendre.

— Bon, soupira-t-elle. Je veux bien consentir à quelques sacrifices : va pour le bain et le chouchoutage…

En riant, je l'embrassai, puis me levai. Impossible de rester allongé près d'elle sans être de nouveau tenté. Il ne fallait pas grand-chose pour m'encourager à me laisser aller.

— Reste allongée, je vais m'occuper de ton bain. Je t'appelle quand c'est prêt.

J'enfilai rapidement mon jean, sous son regard attentif.

— Tu pourrais me rejoindre dans le bain, proposa-t-elle doucement, sans quitter des yeux la fermeture Éclair que je venais de remonter.

— Je ne suis qu'un homme, bébé, et ma volonté a ses limites. Je préfère te frotter le dos depuis le bord, si ça ne t'embête pas.

Je me dirigeai vers la salle de bains avant de céder à ses moindres caprices.

— Grant ?

— Mmh ?

Lorsque je me retournai, elle était assise sur le lit, le drap remonté jusqu'à sa taille soulignant ses seins magnifiques et légèrement plus gros. Pour un peu, je me serais mis à baver.

— Tu sais… Je ne suis pas obligée de prendre mon pied à chaque fois. Mais cela ne nous empêche pas de…

One more chance

de faire des trucs. Je peux aussi m'occuper de toi. J'aime bien m'occuper de toi.

Sentant mes genoux menacer de faiblir, je saisis la poignée de la porte et inspirai profondément. Bon sang. Avec un sourire un peu forcé, je répondis :

— Harlow, je ne suis pas sûr d'être assez fort. Tu vas me rendre dingue.

Souriant jusqu'aux oreilles, elle haussa les épaules, ce qui fit rebondir sa poitrine. J'étais hypnotisé. Ses seins étaient si beaux, si pleins, si doux, si... Oh hé ! Calme, vieux. Mieux valait m'éloigner cinq minutes. Avec détermination, j'entrai dans la salle de bains.

— Je vais faire couler l'eau, marmonnai-je d'une voix étranglée.

J'entendis le rire de Harlow s'élever derrière, si mélodieux que j'en eus presque immédiatement une érection phénoménale. Elle était heureuse. C'était tout ce que je voulais. Quitte à y laisser ma santé mentale.

Après avoir trouvé la bonne température, je versai dans l'eau un peu des sels de bain fournis par l'hôtel. Lorsque je me retournai pour l'appeler, elle était là, debout près de la porte, enveloppée dans le drap blanc, avec sa chevelure brune enchevêtrée de façon sexy. Je ne parvenais pas à détacher mon regard d'elle. Elle était belle. Tout en elle était beau. Je le savais depuis notre première rencontre. Ça se voyait dans ses yeux. Sa beauté intérieure y brillait comme un diamant.

À présent... elle était mienne.

Toute à moi. Rien qu'à moi.

— Tu es sûr de ne pas vouloir venir avec moi ? demanda-t-elle en laissant glisser le drap au sol.

— Harlow, dis-je dans un souffle en admirant son corps.

La petite cicatrice qui barrait son torse me sauta au visage. Jusqu'alors, je n'y avais guère prêté attention mais, dans la lumière crue de la salle de bains, on ne voyait plus qu'elle. Cela me rappelait tout ce que je risquais de perdre. Ou tout ce pour quoi j'étais prêt à mourir. Ma Harlow.

— Profite de ton bain et détends-toi. Je vais commander de quoi manger, ensuite, je viendrai te laver les cheveux et tout le reste, si tu veux.

Avec une moue boudeuse, elle s'avança vers moi. Cela ne lui ressemblait tellement pas que j'en restai muet. Ma gentille fille était devenue une séductrice et je ne savais pas trop comment réagir. Elle n'aurait aucun mal à me contrôler.

— Si tu insistes... Cela dit, je pense à plusieurs endroits qui auraient vraiment besoin d'être lavés...

Elle passa près de moi pour gagner la baignoire, me frôlant au passage. J'étais perdu.

— La nouvelle Harlow ne me rend pas la vie facile, soupirai-je.

Jetant un regard par-dessus son épaule, elle s'assit lentement dans l'eau.

— Je suis toujours la même. Je suis juste rassurée, sans plus aucun doute sur l'homme qui m'aime. Je n'ai rien à te cacher.

C'était exactement pour ça que j'étais perdu. Cette fille pouvait faire de moi ce qu'elle voulait.

Harlow

Grant rapporta un plateau de fruits et de fromages dans la salle de bains, ainsi que de l'eau pétillante. Je me laissai nourrir, en m'efforçant de ne pas trop l'aguicher. Le pauvre… Il se mettait en quatre pour prendre soin de moi. Si cela lui donnait l'impression de me protéger, je n'allais pas l'en empêcher.

Après m'avoir lavée et séchée, il me porta dans le salon et m'emmitoufla dans un plaid sur le canapé. La cheminée au gaz était allumée et il avait ouvert la porte vitrée pour que nous puissions profiter de la vue sur le Golfe.

Nous ne parlions pas beaucoup, préférant regarder les vagues qui venaient mourir sur le rivage et les promeneurs sur la plage. Lorsque quelqu'un sortait de l'eau, je me demandais si Grant pensait à Jace. Moi qui ne l'avais pas connu, je ne pouvais m'en empêcher. J'étais triste pour tous ceux qui l'avaient perdu, surtout Bethy.

— La semaine prochaine, on va entendre le cœur, dit soudain Grant, brisant le silence.

Il y avait une note de chagrin dans sa voix, comme s'il ne savait pas trop quoi penser de la nouvelle.

— Je sais, répondis-je sans le regarder. J'ai hâte.

J'étais à la fois excitée et pleine d'espoir, mais je savais que je risquais de lire des sentiments bien différents sur le visage de Grant.

— Je ne voudrais pas que tu croies que je n'ai pas envie de faire un enfant avec toi. Tu es la seule femme sur terre avec laquelle j'aurais envie d'avoir des bébés. Mais j'ai encore plus envie de toi. C'est juste que... Je ne suis pas sûr de pouvoir vivre sans toi. Si je devais te perdre...

Il s'arrêta et déglutit avec force. Je me tournai un peu vers lui pour poser la tête sur son torse. Je savais ce qu'il essayait de me dire. Si je devais mourir, il n'était pas sûr d'être capable d'être un père pour cet enfant. Moi, en revanche, j'étais convaincue du contraire. Cela demanderait du temps, mais je savais qu'il ferait le meilleur papa du monde.

— Ça va aller, assurai-je.

Il me serra plus fort contre lui. Je sentais les battements de son cœur et cela me réconfortait. Fermant les yeux, je savourais cet instant. J'allais créer un coffre-fort dans ma mémoire pour y conserver des souvenirs comme celui-là. Je pourrais même les écrire. Oui, c'était une bonne idée. J'allais coucher sur le papier des instants aussi forts, afin que notre bébé puisse les lire un jour... Juste au cas où.

Si je n'étais plus là pour élever cet enfant, alors je voulais qu'il sache à quel point je l'aimais. Moi-même, quelques mois auparavant, j'ignorais encore que j'étais le fruit d'un amour aussi fort. Voir Kiro avec Emily avait tout changé. J'avais entendu dire qu'il avait aimé ma mère, mais j'avais grandi en le voyant traiter les femmes comme des jouets. Du coup, c'était un peu difficile à

One more chance

croire. Puis je l'avais vu avec ma mère. Je l'avais vu la coiffer, lui parler avec douceur. Elle ne répondait rien, ne savait même pas qu'il était là, mais il était évident qu'il l'adorait. Même après tout ce temps.

J'aurais tant voulu la connaître, quand j'étais petite. Cela m'aurait donné plus d'assurance et j'aurais été moins méfiante. Je voulais que notre enfant ne doute jamais de l'amour entre Grant et moi.

Le moment n'était pourtant pas venu de parler de mes projets d'écriture à Grant, qui n'avait pas besoin qu'on lui rappelle ce que l'avenir nous réservait peut-être. Je pensais être assez forte pour survivre et je voulais que, lui aussi, en soit persuadé.

— Rush m'a dit que ton père n'était pas au courant, dit soudain Grant, en entrelaçant nos doigts.

Je n'en avais pas parlé à papa, parce que je savais qu'il serait furieux. Il avait déjà assez de soucis en tête, à essayer de protéger Emily du reste du monde. Slacker Demon avait interrompu sa tournée et tout avait changé pour lui en l'espace de quelques mois.

— Je crois qu'il n'a pas besoin de ça, pour l'instant. Il a déjà de quoi s'occuper.

— Il ne tardera pas à le savoir. Chez le médecin, aujourd'hui...

Je n'avais pas pensé à ça. Les médias allaient-ils préciser que j'avais consulté un gynécologue-obstétricien ? Allait-on parler de la présence de Grant à mes côtés ? Oh, merde.

— Tu crois qu'ils vont en parler ? Ils n'ont même pas une photo de nous.

— Oh oui, bébé, soupira Grant en me serrant la main. Crois-moi, ils vont en parler. Pour l'instant, ils n'arrivent pas à obtenir la moindre info sur toi, mais ce n'est pas faute d'avoir essayé. Maintenant que ton père a disparu de leurs radars, ils vont chercher autre chose. Et ce n'est pas comme s'ils avaient besoin de preuves pour faire mousser un bon drame familial.

J'allais devoir appeler papa. Il ne devait pas apprendre la nouvelle de cette façon.

— Je l'appellerai demain en rentrant… D'ailleurs, on rentre bien demain, non ? demandai-je en regardant la suite qu'il avait louée juste pour que nous puissions faire l'amour.

Avait-il prévu que nous y passions la nuit ?

— Je te veux dans mon lit, murmura-t-il en effleurant mes lèvres de son pouce.

Moi aussi, je voulais aller dans son lit. Je voulais rentrer à Rosemary Beach et être avec lui. Voir Blaire serait un plus, car j'avais quelques questions à lui poser sur la grossesse. Et puis je voulais voir Nate.

— Tu es prêt à rentrer ? demandai-je.

Un petit sourire effronté se dessina sur ses lèvres sexy.

— Ouais… Mais d'abord, je voudrais bien goûter.

Nous venions juste de manger, pensai-je perplexe. Mais le sourire de Grant se fit gourmand et il me repoussa doucement dans le canapé. Il se pencha vers moi pour effleurer mes lèvres des siennes.

— Mais je n'ai pas précisé ce que je voulais goûter…, chuchota-t-il.

Saisissant à deux mains le canapé, je le laissai descendre le long de mon corps pour me faire l'amour, comme lui seul savait le faire avec sa bouche magnifique.

One more chance

— Ah! O.K.... mais ce n'est pas très... pas très honnête de ta part... Ah! Oh mon Dieu! D'accord. Mais tu me laisses faire pareil après.

Haletante, je sentais sa langue tracer des petits cercles autour de mon clitoris. Il leva les yeux vers moi. En voyant sa bouche si belle, posée juste là, sur moi, je me mis à frissonner. Un spectacle à couper le souffle.

— Pas besoin de marchander pour que je t'autorise à poser cette jolie bouche sur moi, dit-il, sans me quitter des yeux et sans cesser ses caresses sur mon sexe endolori de plaisir. Hmmm, c'est si bon. Ça m'a tellement manqué.

Posant une main sur chaque cuisse, il les ouvrit davantage.

— Je pourrais te lécher toute la journée sans jamais me lasser.

Ses mots crus me firent crier des paroles qui ne devaient pas avoir beaucoup de sens. Je me perdis dans la sensation. Plus rien d'autre ne comptait que lui. Et sa langue.

Grant

J'avais été réveillé par deux textos et un appel du chantier à Sandestin. On construisait une maison là-bas et les gars rencontraient quelques problèmes qui nécessitaient ma présence. Il ne m'était cependant pas facile de laisser Harlow, qui dormait comme un ange, roulée en boule dans mon lit.

La veille au soir, elle dormait déjà en arrivant chez moi, et j'avais dû la porter et la déshabiller. Elle avait simplement marmonné quelques phrases sans queue ni tête, sans vraiment se réveiller, et j'avais trouvé ça carrément adorable.

Je me remplis une Thermos de café et balayai rapidement la boue séchée accumulée dans l'entrée, parce que je n'avais pas très envie que Harlow voie ça. J'allais devoir trouver quelqu'un pour venir faire le ménage chez moi aujourd'hui. En jetant un œil à mon téléphone, je vis qu'il était l'heure de partir, mais j'attendais encore le coup de fil de Blaire. Je ne voulais pas laisser Harlow seule toute la journée sans la moindre compagnie.

One more chance

Enfin, mon téléphone sonna et je vis avec soulagement le nom de Blaire s'afficher sur l'écran.

— Salut ! lançai-je en m'éloignant de la chambre pour ne pas réveiller Harlow.

— Salut, Grant. Tu es rentré ?

— Nous sommes rentrés. Elle dort encore, pour l'instant, mais elle aura envie de te voir et elle a besoin d'une amie en mon absence. Je ne serai parti que quelques heures. J'aurais préféré rester, mais il s'agit d'un gros client et je dois gérer quelques emmerdes.

— Je m'habille rapidement. Rush va s'occuper de Nate aujourd'hui et moi, je m'occupe de Harlow. Ne t'inquiète pas pour elle. Je ne la lâche pas d'une semelle.

Je n'avais pas de sœur, mais Blaire remplissait parfaitement ce rôle.

— Je te remercie, vraiment.

— De rien. Cela dit, je le fais presque autant pour moi que pour toi. J'ai hâte de la voir. Il n'y a pas qu'à toi qu'elle a manqué.

En souriant, j'attrapai mes clés et jetai un dernier regard vers la cuisine, pour m'assurer que j'avais bien laissé mon petit mot en évidence.

— Ouais, mais moi plus que toi.

— Je ne vais pas discuter sur ce point, répondit-elle en riant.

— Merci encore, Blaire. Je lui ai laissé un petit mot en lui disant de t'appeler à son réveil. Mais peut-être qu'elle ne le fera pas. Je ne sais jamais, avec elle. Elle a toujours peur d'embêter les autres.

— Je débarque chez toi dans une heure. Va travailler, Grant. Je me charge du reste.

— À vos ordres, m'dame !

Après avoir raccroché, je glissai mon téléphone dans ma poche. Soudain, la porte de la chambre s'ouvrit doucement et Harlow apparut, vêtue du T-shirt que je lui avais enfilé la veille. Elle avait les cheveux complètement en pétard et des traces de drap sur le visage. Jamais je ne l'avais trouvée aussi belle.

— Tu t'en vas ? demanda-t-elle d'une voix encore endormie.

— Je ne voulais pas te réveiller, expliquai-je en m'approchant. Un problème sur un des chantiers.

Je la pris par la taille.

— Oui, j'ai entendu, marmonna-t-elle en clignant des yeux dans le soleil qui inondait la pièce.

— J'ai appelé Blaire. Elle va venir te tenir compagnie, aujourd'hui. Tu lui as manqué.

Un sourire radieux se dessina sur son visage.

— Oh, super. Je voulais la voir aussi.

J'enrageais de devoir partir, mais sa joie me facilitait un peu la tâche. Elle avait besoin de temps pour être avec ses copines. Quand je l'avais rencontrée, Harlow n'avait pas d'amis. Elle vivait dans sa chambre, perdue dans ses livres. Mais je voulais qu'elle connaisse autre chose que ça.

— Je serai de retour dès que possible. Profite bien de ta journée avec Blaire et appelle-moi si tu as besoin de quoi que ce soit.

Je déposai un baiser sur ces lèvres, car il n'y avait rien de meilleur que d'embrasser Harlow. Aussitôt, elle passa les bras autour de mon cou et se lova contre moi. Hum, cela n'allait pas arranger mes affaires. J'étais déjà prêt à envoyer les gars du chantier se faire voir. Mais Harlow

One more chance

se recula et porta la main à ses lèvres déjà gonflées par notre baiser.

— Hum. Il vaut mieux que tu y ailles. On pourra voir ça à ton retour.

— Tiens-toi prête, parce que j'aurai plein de projets pour toi, avertis-je avant de lui souffler un dernier baiser.

J'étais déjà en retard, mais les gars pouvaient bien attendre un peu.

À mon bébé chéri,

La première fois que j'ai vu ton pére, j'ai ressenti comme une faiblesse dans mes jambes et une sensation étrange dans le ventre. Un peu comme si quelque chose essayait de prendre son envol en moi. Il était beau. Je n'avais jamais pensé à un homme en ces termes auparavant, mais Grant Carter était beau.

Jamais je n'aurais pensé qu'il ferait attention à moi. J'étais du genre discrète et introvertie. Plutôt timide et méfiante. J'espère pour toi que tu n'auras jamais à vivre ça. Moi, c'est grâce à ton père que j'ai pu surmonter ces traits de caractère.

Ce soir-là, il m'a entraînée dans un coin et, en quelques paroles, a transformé un vague intérêt en un véritable béguin. Mais j'étais terrifiée. Complètement paniquée. Je n'avais pas l'habitude qu'on me drague. Je ne savais pas comment me comporter. Je ne savais pas encore que cet homme allait changer ma vie.

J'ignorais également que la vie pouvait être pleine de couleurs et d'excitation. J'avais vécu cachée et seule pendant si longtemps. J'avais raté tant de choses. Ton père, lui, m'a appris à vivre. Il m'a appris l'amour et m'a fait le plus beau des cadeaux : toi.

Lorsque tu seras assez grand pour lire cette lettre, j'espère que je serai assise à côté de toi. J'espère même que c'est moi qui serai en train de te la lire. Mais si jamais je ne suis pas là physiquement, sache que je suis avec toi par

One more chance

l'esprit. Toujours. Je serai toujours à tes côtés. Et je t'aimerai toujours.

Tu es le fruit d'un amour si fort qu'il devait grandir pour être partagé.

À présent, nous pouvons le partager avec toi.

Ta maman qui t'aime pour toujours.

Harlow

Je n'avais jamais eu d'amies avant Blaire. Elle était fiancée à Rush Finlay quand je l'avais rencontrée et je l'avais tout de suite appréciée à cause de cette douceur dans ses yeux. Et puis, une fille qui avait réussi à rendre Rush amoureux devait forcément avoir quelque chose de spécial. Rush était quand même l'un des types les plus cyniques que je connaisse... jusqu'à ce qu'il rencontre Blaire. À présent qu'ils avaient un fils, Nate, c'était un autre homme.

J'étais ravie de revoir Blaire, mais je me demandais s'il n'était pas encore un peu tôt pour retourner au Kerrington Club. Blaire avait glissé dans la conversation que ma peste de sœur était à Paris, mais je restais échaudée. Je n'avais aucune envie de croiser Nan. Plus jamais de ma vie, si c'était possible.

Grant était sorti avec Nan. Il m'était à présent plus facile de l'oublier, car j'avais pris de l'assurance. Cela dit, la beauté de Nan ne tolérait aucune comparaison. J'avais grandi protégée des gens comme ma demi-sœur, jusqu'à ce que mon père décide de m'envoyer vivre chez elle pendant l'une de ses tournées.

One more chance

— On dirait que tu as envie de vomir. Ça va ? demanda Blaire, tandis que nous approchions de la porte du club, où nous devions prendre le petit déjeuner.

— Ça va, la rassurai-je.

En entrant, nous fûmes accueillies par un type vêtu de l'uniforme du club : un pantalon de toile et un polo orné du monogramme des Kerrington.

— Bonjour, madame Finlay, mademoiselle Manning, nous salua-t-il, avec un sourire poli.

— Bonjour, Clint. Est-ce que Jimmy est de service, ce matin ? demanda Blaire.

Le sourire du type s'élargit, comme si le simple nom de Jimmy suffisait à le rendre heureux.

— Oui, il est là.

Avec un petit rire, Blaire le remercia, puis se dirigea vers l'hôtesse.

— Pour deux personnes, madame Finlay ? demanda l'hôtesse d'accueil, en me jetant des coups d'œil en coin.

Elle ne voulait pas se montrer indiscrète, mais c'était visiblement plus fort qu'elle. Je maudissais la notoriété brutale que mon père m'imposait.

— S'il vous plaît, répondit Blaire. Et nous voudrions être installées dans la section de Jimmy.

La fille acquiesça, et son regard s'égara de nouveau vers moi. Merde. Mauvais signe.

— Et... (Blaire s'arrêta un instant pour vérifier le prénom de la jeune fille sur son badge.) April... Si des journalistes venaient à débarquer au club, M. Kerrington en serait très fâché. Je vais d'ailleurs envoyer un texto à M. Kerrington et à Della dès que nous serons installées pour leur demander de renforcer la sécurité. Vous voyez où je veux en venir ?

Blaire était une tueuse. J'aurais voulu lui ressembler. Le visage d'April prit une belle teinte pivoine, puis elle nous conduisit jusqu'à notre table. Lorsqu'elle nous quitta, presque à contrecoeur, je soupçonnai qu'elle mourait d'envie de me demander un autographe.

— C'est bon, April, remballe le fan-club et laisse respirer ces dames, lança Jimmy en s'approchant de notre table. Elles sont venues pour prendre leur petit déjeuner, pas pour se faire reluquer.

La pauvre April tourna les talons et retourna à son poste, ventre à terre.

— Elle est nouvelle, mais elle est gentille, alors je ne dis rien, expliqua Jimmy, avant de nous lancer un sourire éblouissant. Alors, mes belles ? Vos messieurs ont accepté de vous laisser sortir sans surveillance ? Ils sont pourtant du genre hyperprotecteurs. Je vais peut-être en profiter pour tenter ma chance.

Blaire le regarda, l'air faussement surpris.

— Je crois que ça ne plairait pas trop à Clint. Je me trompe ?

Jimmy lui adressa un clin d'oeil.

— Tu n'as pas mis longtemps à le repérer, celui-là.

— J'ai cru qu'il allait fondre sur place quand j'ai demandé si tu étais là. Il faudrait être aveugle…

Jimmy eut un petit sourire moqueur. Il était conscient de sa beauté, mais c'était aussi l'un des gars les plus gentils que j'aie rencontrés à Rosemary.

— Qu'est-ce que vous voulez boire ? Café ? Cappuccino ?

— Un jus d'orange, répondis-je, car j'avais reçu des ordres stricts concernant la caféine.

One more chance

— Un cappuccino sera parfait pour moi, dit Blaire avant de mettre le nez dans le menu. Merci Jimmy.

Je me demandais si elle avait vraiment besoin de consulter la carte. Elle avait travaillé au club jusqu'à ce que Rush lui demande d'arrêter quand elle est tombée enceinte. À mon avis, elle devait en connaître le contenu par cœur.

— La quiche est pas mal du tout... Ah! Les scones au fromage frais et aux framboises sont divins...

Je me décidai pour une quiche et un croissant nature, préférant limiter ma consommation de sucre.

— Oh oh, marmonna soudain Blaire, d'une voix inquiète. On dirait que ça sent le roussi.

Levant le nez, je vis Woods Kerrington se diriger vers nous, l'air décidé. Il s'arrêta devant notre table et me regarda droit dans les yeux avec un sérieux intimidant. Blaire avait vu juste : Woods n'était pas là pour plaisanter.

— Kiro vient juste de passer la sécurité. Il paraît qu'il jurait comme un charretier en répétant qu'il devait te voir. J'ai appelé Rush, qui a demandé que je vous enferme toutes les deux dans mon bureau, le temps qu'il s'occupe de Kiro. D'après mes gars, il est furieux et semble avoir bu.

Mon père était là. Il savait. C'était la seule explication. Blaire se leva aussitôt et prit son sac à main.

— Allez, viens. On va te sortir de là.

— Je dois rester ici, dit Woods, toujours très professionnel. Il a un chauffeur, mais le pauvre n'est pas vraiment prêt à s'interposer. Kiro est sans doute prêt à péter la gueule à mes employés si on lui dit un mot de trop.

— J'emmène Harlow dans ton bureau, assura Blaire en me prenant par le bras. Viens, je connais un chemin discret.

Je ne voulais pas fuir devant mon père. Ce n'était jamais arrivé par le passé. Ses divagations d'homme en colère ne me faisaient pas peur, car il ne s'énervait jamais contre moi. Cela dit, s'il pensait que le bébé était mauvais pour moi, alors il faudrait sans doute le prendre avec des pincettes. Il n'avait pas l'habitude qu'on lui refuse quoi que ce soit. Cette fois, cependant, j'allais devoir me montrer ferme.

— Tu penses pouvoir le calmer? demandai-je à Woods. Ou Rush?

— Finlay peut s'en charger, acquiesça Woods. Va te mettre à l'abri.

J'obéis, malgré un fort sentiment de culpabilité. L'idée de me cacher de mon père ne me plaisait pas du tout. De plus, j'étais inquiète : s'était-il remis à boire? Comment allait Emily? Quelque chose lui était-il arrivé? Avait-il besoin de moi? Peut-être n'était-il pas au courant pour le bébé, après tout? Il avait peut-être simplement encore perdu la tête à cause de l'alcool. Quand j'étais enfant, il lui était souvent arrivé de débarquer en Caroline du Nord dans cet état. Chaque fois que Kiro Manning décidait que sa petite fille chérie lui manquait, il sautait dans un avion et venait me voir, même si c'était juste après un concert et qu'il était complètement défoncé. Ma grand-mère avait horreur de le voir ainsi. La seule fois où il était venu me chercher à l'école, il était encore ivre de la veille et avait joué les superstars. J'en avais ressenti une humiliation cuisante. Mais c'était mon père et j'avais appris à faire avec.

One more chance

— Où sont-ils, elle et ce connard qui a été assez stupide pour la foutre en cloque ?

Kiro avait un peu de mal à articuler, mais sa voix restait assez puissante pour que je l'entende depuis le couloir quand il entra dans le restaurant. Rentrant la tête dans les épaules, je récitai une rapide prière pour remercier le ciel que Grant ne soit pas présent. Je ne distinguais pas ce que Woods disait, mais sa voix était tendue.

— Rush arrive, me chuchota Blaire en me tirant vers l'ascenseur qui devait nous mener au dernier étage.

Humiliée, je ne parvenais pas à la regarder. Nous n'avions même pas abordé le sujet de ma grossesse, ni des complications. Elle n'avait fait que me féliciter en arrivant chez Grant, ce matin.

Une fois à l'abri dans le bureau de Woods, Blaire ferma la porte à clé et poussa un soupir :

— Oh la vache ! Il est en rogne ! Tu viens juste de le lui annoncer ?

Je me laissai tomber sur le gros canapé et me pris la tête à deux mains. Je n'avais rien à faire ici. Ma place était en bas. C'était à moi de régler cette situation. D'ailleurs, Kiro ne se calmerait pas avant de m'avoir vue. Mais je n'étais pas encore prête et je n'avais pas envie de l'entendre me demander d'avorter.

— Non. Je crois qu'il y avait des journalistes chez le gynéco. Des paparazzis, peut-être. Je ne sais pas trop. On a dû sortir par l'arrière.

Blaire vint s'asseoir à côté de moi et posa une main sur mon épaule.

— C'est le fait divers du jour. Ta « visite chez le gynéco avec ton petit ami Grant Carter ». Une femme présente au cabinet qui prétend connaître Grant affirme que c'était toi.

Je poussai un gémissement de frustration. C'était bien ce que je craignais. Il avait fallu que cette fichue bonne femme me reconnaisse.

— Je devrais aller lui parler.

— Non. Surtout pas. Hors de question que tu le voies dans cet état. Rush va d'abord le ramener chez nous, le temps qu'il cuve un peu. Une fois qu'il aura dessaoulé, il le conduira chez vous. Quand Grant sera là.

Blaire parlait comme une mère. C'en aurait été presque drôle, dans d'autres circonstances. Cependant, l'idée que mon père soit en bas en train de déballer ma vie privée dans le restaurant me donnait plutôt envie de pleurer. Soudain, mon téléphone sonna et Blaire le sortit de mon sac.

— C'est Grant, annonça-t-elle en me tendant l'appareil.

J'avais tellement besoin de lui que j'en avais le cœur serré.

— Allô ? dis-je d'une toute petite voix, les yeux déjà pleins de larmes.

— J'arrive, bébé. Je suis en route. Rush a réussi à faire monter Kiro dans sa voiture et il le conduit chez lui. Woods va monter dans une minute pour te ramener chez moi. Blaire pourra rester avec toi le temps que je rentre. Ça va ?

Je hochais la tête en reniflant, avant de me rendre compte qu'il ne pouvait pas me voir.

— Hmm, je crois, répondis-je.

— On ne dirait pas. Merde ! Je n'aurais jamais dû te laisser.

One more chance

Je l'entendis jurer à voix basse et frapper le volant.
— J'arrive, bébé. J'arrive. Sois forte pour moi, d'accord ?
— Promis. Fais attention sur la route.
— Toujours.

Grant

Kiro. Salopard. Si ce type n'avait pas été le père de Harlow, je lui aurais volontiers pété la gueule. Il avait fallu que ce satané alcoolo déboule au club, sans envisager une seconde que cela risquait de perturber Harlow.

Il m'avait fallu deux fois moins de temps que d'habitude pour rentrer chez moi. J'avais grillé trois feux et dépassé toutes les limites de vitesse, mais j'étais arrivé. Claquant la portière derrière moi, je montai quatre à quatre les marches jusqu'à l'entrée de mon appartement. Harlow n'avait pas besoin d'émotions fortes. Elle devait rester calme et heureuse.

J'ouvris la porte d'entrée et me dirigeai vers les voix que j'entendais dans le salon. Blaire était en train de servir deux grands verres d'eau. Assise sur le canapé, les jambes remontées sous elle, Harlow eut l'air soulagé de me voir. En trois enjambées, je fus près d'elle.

— Je suis là. Tout va bien.

Elle se mit soudain à sangloter contre mon épaule. Kiro Manning était un homme mort.

Je lui caressai doucement les cheveux en lui murmurant des paroles rassurantes, la suppliant de ne pas

One more chance

pleurer, mais elle s'agrippait à moi, baignant ma chemise de ses larmes. Une fois de plus, j'étais impuissant. Je ne savais pas vraiment pourquoi elle était si bouleversée, mais c'était certainement à cause de son père. Cela suffisait à en faire un homme à abattre.

— Ce n'est pas bon pour toi, lui rappelai-je.

Je ne parvenais pas à dire que ce n'était pas bon pour le bébé, car, pour être honnête, seule la santé de Harlow m'inquiétait, à ce stade.

— Ni pour le bébé, ajouta Blaire, derrière nous.

Levant les yeux, je la vis me fusiller du regard, comme si elle avait lu dans mes pensées.

— Bois un peu d'eau et respire profondément, conseilla Blaire d'une voix douce, en lui posant une main sur le bras.

Après quelques sanglots, Harlow renifla une fois ou deux, puis accepta le verre d'eau. Blaire avait prononcé les mots magiques. C'était tout ce qui comptait.

— Je suis désolée, chuchota Harlow en buvant une petite gorgée.

Elle avait les yeux rouges et bouffis et son visage était trempé de larmes.

— Ne t'excuse pas, répondis-je sans la lâcher. Je veux juste que tu te calmes.

Je continuai à caresser la peau nue de son bras pour l'apaiser.

— J'ai fui. Jamais je n'avais fui devant mon père, mais je me suis sauvée en courant pour me cacher. Il doit penser... Je ne sais pas ce qu'il doit penser, mais je n'étais pas prête à lui parler de tout ça.

Elle savait qu'il allait insister pour qu'elle avorte et qu'elle aurait toutes les peines du monde à s'opposer à lui. Elle adorait ce vieux bonhomme. Je ne savais pas trop pourquoi, parce que c'était le père le plus merdique que la terre ait jamais porté, même s'il fallait reconnaître que c'était un peu grâce à lui que Harlow avait vu le jour. À mon avis, Emily Manning devait être une femme fantastique pour que Harlow parvienne ainsi à surmonter l'héritage génétique paternel. Nan, elle, avait dû hériter de tous les défauts de son père, avec, en prime, ceux de Georgianna.

— Laisse-lui le temps de cuver, la rassura Blaire. Tu as fait le bon choix.

Harlow continuait à boire son eau, le regard perdu dans le vague. Je n'aimais pas la savoir dans un tel état, mais je n'étais pas en mesure de l'empêcher de voir son père. Kiro était au-dessus des lois, comme le prouvaient ses dernières incartades. Personne ne voulait porter plainte.

— Je veux le voir à son réveil, annonça Harlow dans un souffle, sans lever les yeux vers Blaire ou moi. Je ne me sentirai mieux que quand je l'aurai vu.

— Rush appellera dès qu'il pensera que Kiro est en état de venir, assurai-je.

J'avais eu Rush au téléphone sur le chemin du retour. C'était lui qui avait pris Kiro en charge, en me promettant de me prévenir dès qu'il aurait dessaoulé. Bethy était venue s'occuper de Nate, mais je savais que Blaire ne tarderait pas à rentrer pour retrouver son fils.

— Il va exiger que je me fasse avorter, dit soudain Harlow en me regardant enfin.

Je ne pouvais prétendre le contraire. Il était même possible qu'il la fasse monter *manu militari* dans une limousine pour la conduire à la meilleure clinique de Los Angeles. Je me rendis soudain compte que lui et

One more chance

moi voulions la même chose. La seule différence, c'était que je refusais de forcer la main à Harlow.

— Tu devrais te reposer dans les bras de Grant et arrêter de penser à tout ça. N'oublie pas : le bébé a besoin que tu restes calme. Et Grant ne veut pas qu'il t'arrive quoi que ce soit. Je vais retrouver Bethy. C'est bientôt l'heure de la sieste de Nate et elle ne saura pas l'endormir.

Harlow hocha la tête et s'éloigna un instant de moi pour prendre Blaire dans ses bras.

— Merci pour tout, Blaire. Désolée que la journée ne se soit pas passée comme prévu.

— Moi aussi, mais on se rattrapera. Pour l'instant, préoccupe-toi de ta santé et de celle du bébé. Laisse Grant prendre soin de toi.

Les paroles de Blaire étaient douces, mais fermes. Elle semblait savoir comment parler à Harlow.

— Merci, lui dis-je.

— Tu es là, répondit-elle en souriant. Tout va bien se passer.

Elle me toucha doucement le bras, puis sortit. Lorsque la porte de l'entrée claqua, Harlow se tourna vers moi avec un sourire las.

— Moi aussi, je crois que j'ai besoin d'une sieste.

Tant mieux. Elle avait besoin de se reposer.

— Allez viens, ma belle. On va te mettre au lit et je veux même bien te servir d'oreiller.

— Hum, fit Harlow, tandis qu'un petit sourire éclairait enfin son visage. Voilà une proposition à laquelle aucune fille ne pourrait résister.

— Ouais, répondis-je en lui passant un bras sur les épaules. Mais c'est une offre exclusive, réservée à quelques rares privilégiées.

— J'en ai de la chance...
— Non, c'est moi, le veinard.

La sonnerie de mon téléphone me réveilla quelques heures plus tard. Je me glissai hors du lit doucement, puis coupai le volume le temps de sortir de la chambre. C'était mon père. Il était furieux. Je n'avais pas réglé les problèmes sur le chantier et il venait sans doute d'apprendre que j'étais parti sans la moindre explication. J'étais bon pour une engueulade paternelle.

— Allô?
— C'est vrai ce qu'on raconte? demanda-t-il de but en blanc.

Je pris une seconde pour vérifier que je ne m'étais pas trompé en lisant le nom sur l'écran de mon téléphone. Non. C'était bien mon père.

— De quoi tu parles?
— Est-ce toi qui as mis en cloque la fille de Kiro Manning? Celle qui a une maladie cardiaque?

Merde. Depuis quand mon père lisait-il la presse *people*?

— Ne dis pas « en cloque », s'il te plaît. J'aime cette fille. Ce n'est pas une aventure qui a mal tourné. Nous étions déjà engagés dans une relation sérieuse quand c'est arrivé.

Il resta silencieux un moment, puis poussa un soupir agacé.

— Fils, elle a un problème cardiaque congénital. Une grossesse n'est pas recommandée. Cela pourrait lui être fatal.

Qu'est-ce qu'il croyait? Je n'étais pas idiot.

— Je suis au courant, merci, répondis-je, en serrant les dents.

One more chance

— Et puis... la fille de Kiro Manning ? Vraiment ? Tu n'as pas compris la leçon, à force de traîner avec Rush et de voir ces types ?

Autrefois, mon père avait été marié à la mère de Rush, Georgianna. Je n'étais qu'un gosse, à l'époque, et le mariage n'avait pas duré longtemps. Depuis, mon père n'était pas tendre avec tout ce groupe.

— Elle n'est pas du tout comme eux. Elle est... Elle est merveilleuse, Papa. Elle est trop bien pour moi et pourtant, elle m'aime.

— Son cœur...

— Je suis au courant, bordel ! Je connais les risques. Je préférerais qu'elle n'ait pas ce bébé. Je veux la sauver, mais elle est bien décidée. Elle refuse d'écouter quiconque n'est pas d'accord avec elle. Moi, je l'aime trop pour me barrer juste parce que j'ai peur qu'elle réduise mon cœur en miettes. Je ne peux pas la quitter. Alors, si c'est ce qu'elle veut, je vais prendre le risque d'aller avec elle jusqu'au bout. En priant comme jamais pour ne pas la perdre.

Mon père resta silencieux un instant.

— Je n'ai jamais aimé une femme comme ça, mais je suis heureux que cela t'arrive. Fais attention, c'est tout. Appelle-moi si tu as besoin. Et ramène tes fesses à Sandestin demain matin à la première heure pour régler le problème !

— À vos ordres, monsieur.

— Salut.

Il raccrocha. Il ne m'avait jamais dit qu'il m'aimait et nos conversations ne prenaient jamais un tour personnel. Notre relation était quasi professionnelle, au point que je me demandais parfois s'il m'appellerait, si je ne travaillais pas pour lui. Cette conversation me laissait donc un peu perplexe. C'était la première fois qu'il avouait ne pas avoir aimé ma mère. J'avais toujours pensé le contraire. Je pensais qu'elle l'avait détruit. C'était une femme belle, égoïste et ambitieuse, qui changeait régulièrement de mari pour en trouver un plus riche. Elle avait même accepté des vieux croulants, juste pour financer ses goûts de luxe. La dernière fois que je lui avais parlé, elle vivait... À vrai dire, je ne savais plus vraiment où elle vivait. C'était dire si ça faisait longtemps.

Je retournai vers la chambre, me demandant si mon père me poserait un jour de nouveau des questions sur Harlow ou le bébé.

À mon très cher bébé,

Tu es venu au monde avec quelque chose de spécial, quelque chose que tous les enfants ne connaissent pas : un père merveilleux. Je sais que, lorsque tu liras cette lettre, tu t'en seras rendu compte. Être aimé de cet homme merveilleux, c'est vivre. Et j'ai vécu parce qu'il m'aimait.

Il t'aime aussi, à présent. C'est un amour que nous partageons peut-être encore maintenant. Si c'est le cas, alors nous sommes les deux êtres les plus chanceux de la terre.

Mon expérience avec mon propre père a été plus compliquée. C'était un père d'un genre différent. Il m'aimait, je n'en ai jamais douté, mais il est unique, comme tu le sais déjà sans doute. Avoir Kiro Manning comme grand-père doit être intéressant, j'imagine. J'espère que tu ne seras pas longtemps le seul. Ton oncle Mase aura sans doute des enfants un jour et je sais que tu t'entendras bien avec tes cousins.

Ton grand-père fera peut-être des choses qui te paraissent discutables mais, lorsque tes sentiments pour lui seront ambigus, sache que je l'aime. Il a été tout mon univers pendant très longtemps. La mort de ta grand-mère l'a changé pour toujours. Alors, aime-le quoi qu'il arrive. Même s'il est fou, aime-le. Parce que moi je l'aime. Parce qu'il m'aime et parce qu'il ne pourra pas faire autrement que t'aimer.

Abbi Glines

J'espère qu'un jour nous serons tous les trois en train de faire les fous sur ton lit, en riant à cause d'une de ses bêtises. C'est un sacré caractère, mais il t'aimera. J'en suis certaine.

Ta maman qui t'aime pour toujours.

Harlow

En ouvrant les yeux, je vis que j'étais toute seule dans le lit. Mon oreiller humain avait disparu, mais la place qu'il avait occupée était encore chaude. Soudain, j'entendis sa voix dans la maison.

Mon père était là.

Grant parlait, mais je ne parvenais pas à distinguer ce qu'il disait. Je m'assis et respirai plusieurs fois profondément. Je devais rester calme. L'excitation n'était pas bonne pour le bébé. Je devais aussi me protéger. Je me levai pour aller me regarder dans le miroir : j'avais encore les yeux gonflés, mais j'avais l'air moins fatigué. Je me passai rapidement la main dans les cheveux.

Kiro commençait à élever la voix. Il était temps d'aller prêter main-forte à Grant. Mon père était d'une humeur de chien, mais je devais me souvenir qu'il avait surtout peur. Il avait déjà tant perdu dans sa vie.

Lorsque j'ouvris la porte, le silence se fit dans la pièce et les deux hommes se tournèrent vers moi. Après un sourire rassurant à Grant, je regardai mon père : il n'avait vraiment pas bonne mine. Il avait perdu du poids depuis la dernière fois que je l'avais vu et des cernes bruns assombrissaient ses yeux. Il ne portait aucun bijou. Sans ses innombrables tatouages, il aurait ressemblé à n'importe quel grand-père. Mais c'était un dieu du rock. Le plus grand dieu du rock de la terre. Et c'était mon père.

— Salut, P'pa ! lançai-je pour briser le silence.

Une grimace de douleur lui barra le visage.

— Tu ne peux pas faire ça, ma petite fille, commença-t-il en secouant la tête. Je ne te laisserai pas faire. J'ai besoin de toi. Pas question que tu joues avec ta vie comme ça. Je t'emmène pour qu'on règle la question.

— Non, interrompis-je.

Je m'étais préparée à ce discours, mais c'était encore plus difficile en vrai.

— Non, répétai-je. Je reste ici. J'ai un obstétricien spécialiste des grossesses comme la mienne. Il travaille avec un cardiologue et je le vois toutes les semaines. Oui, c'est une grossesse à haut risque, comparée aux autres, mais je suis au bas de l'échelle de ma catégorie. Le médecin est très confiant.

— Mais il reste un risque. Pourquoi ? Pourquoi est-ce que tu me fais ça ? Tu sais que j'ai besoin de toi. Ce... Ce... Cette chose n'est même pas encore un bébé. C'est juste un fœtus, Harlow. Je refuse de te perdre. Ta mère ne le voudrait pas. Emmy en aurait le cœur brisé. C'est une question de religion ? Je parie que c'est encore ta grand-mère qui t'a fourré des trucs dans le crâne ! Ce sont des conneries, tu m'entends ? Des conneries !

— Papa ! Arrête. Je veux ce bébé. C'est notre bébé. À moi et à Grant. Je l'aime, ce bébé. Et c'est bel et bien un bébé, pas une chose.

One more chance

Ma voix se brisa. En un instant, Grant fut à mon côté, un bras autour de mes épaules. Kiro se tourna alors vers lui, une lueur furieuse dans le regard.

— C'est ta faute.
— Papa, non...
— Si elle meurt, je te tue. Tu m'as bien compris, gamin ? Je te tue.
— Arrête, papa...
— Elle est tout ce que j'ai. Tu peux bien aller jouer au papa et à la maman avec d'autres femmes que ça ne tuerait pas. Tu n'avais pas besoin de foutre en cloque ma petite fille chérie... Elle est tout ce qu'il me reste d'Emmy ! Tu ne sais pas ce que c'est d'aimer quelqu'un comme j'ai aimé Emmy. Tu n'en as pas la moindre idée. Et Harlow, c'est une partie d'Emmy. Mon Emily.

J'avais la poitrine oppressée et envie de vomir. Je n'aimais pas l'entendre parler de ma mère. Il pleurait encore sa vie avec elle. Cela me brisait le cœur à chaque fois, parce que je savais à présent ce que cachait son image de rocker imprévisible.

— Harlow est tout pour moi, répondit Grant d'une voix grave et tendue. Je l'aime et je ferai tout pour la protéger. Je n'ai que son bien-être en tête. Mais elle veut cet enfant et je ne la forcerai pas à faire quelque chose qu'elle n'a pas envie de faire.
— Vraiment ? gronda Kiro sans le quitter des yeux. Tu es sûr que tu n'avais que son bien-être en tête quand tu l'as sautée sans protection ?

Grant accusa le coup.

— Papa, je t'en prie, arrête.
— Je n'étais pas au courant pour sa maladie cardiaque. Jamais je...

Grant poussa un soupir douloureux.

— Jamais je n'aurais fait quoi que soit susceptible de la mettre en danger. Je n'ai pas cherché à ce qu'elle tombe enceinte.

— C'est pourtant ce que tu as fait, cracha Kiro, plein de haine. Et toi, Harlow ? Tu as toujours su que tu ne devais pas avoir d'enfants. Nous ne te l'avons jamais caché. J'ai passé ma vie à te dire de faire attention et de prendre soin de toi, parce que ton cœur n'est pas aussi solide que celui des autres.

J'avais passé mon enfance dans la peur, parce que Kiro était persuadé que, à la moindre excitation, mon cœur risquait de s'arrêter. Je ne comprenais pas ce qui allait de travers, juste qu'il était cassé. Et je n'aimais pas l'idée d'être cassée.

— Je ne veux pas vivre comme si j'étais un vase fêlé. Je suis forte, Papa. Je l'ai prouvé au fil des ans. J'ai besoin que tu me fasses confiance, sur ce coup-là : non seulement j'en suis capable, mais je vais le faire. Grant ne me fera pas changer d'avis, toi non plus, ni aucun médecin. Je veux ce bébé. Je veux notre bébé, ajoutai-je en glissant ma main dans celle de Grant.

Kiro leva les bras au ciel en poussant une série de jurons, puis il montra du doigt nos mains jointes :

— Profites-en, petit, parce que tu es en train de la tuer ! Vivre sans l'amour de ta vie, c'est un putain de cauchemar, crois-moi. T'as intérêt à te préparer. Fais-moi confiance, je sais de quoi je parle.

Il s'avança vers moi pour prendre mon visage à deux mains :

— Ma petite. Je t'aime. Tu es ma fille chérie, depuis toujours.

One more chance

Il déposa un baiser sur ma joue, puis tourna les talons et sortit sans un mot. Il me fallut quelques secondes pour comprendre qu'il était parti. Il était furieux, mais il partait. Il allait me manquer, mais je savais que, une fois tout cela terminé, il reviendrait. Il ferait partie de la vie de ce bébé, il l'aimerait comme tout grand-père qui se respecte. Je devais juste vivre. Pour le bien de nous tous.

Grant m'attira contre lui. Je le sentais tendu et savais que les paroles crachées par mon père allaient le hanter pour le restant de ses jours. Kiro ne savait pas qu'il venait juste de jeter à la figure de Grant toutes ses pires craintes.

— Ça va aller, assurai-je avec une assurance féroce. Je vais y arriver.

J'étais forte. J'allais leur montrer à tous à quel point j'étais forte.

— Il le faut, dit Grant, la voix enrouée par l'émotion. Je ne pourrais… Je ne pourrais pas vivre sans toi.

C'était à mon tour de le rassurer. Une main posée sur sa joue, j'attirai son visage près du mien pour déposer un baiser sans appel sur ses lèvres. Sa bouche s'ouvrit aussitôt en réponse et, passant les bras autour de moi, il m'embrassa avec toute la chaleur, la passion et l'amour qu'il avait en lui.

Grant

Blaire avait reprogrammé sa journée entre filles avec Harlow et en avait profité pour inviter Della. Au menu : un déjeuner, suivi d'un petit tour au spa. L'idée que Harlow se laisse bichonner me rendait heureux... Tant que ce n'était pas des mecs qui la tripotaient. C'était du moins ce que Blaire m'avait assuré, dans un éclat de rire.

Pour ma part, le problème de Sandestin étant réglé, ma présence n'était plus requise sur le chantier. Harlow avait cependant besoin de passer du temps avec ses amies et je voulais la laisser respirer. Woods avait appelé pour savoir si je voulais en profiter pour faire un golf avec Rush et lui. Cela faisait longtemps que ça n'était pas arrivé. La disparition de Jace pesait encore beaucoup sur nos consciences à tous.

En sortant de la voiture pour prendre mes clubs dans le coffre, je sentis soudain un parfum étrangement familier. Merde. Personne ne m'avait averti du retour de Nan. Je pris mon sac et me préparai à affronter la plus grosse erreur de toute ma vie. Évidemment, quand je me retournai, elle était là.

One more chance

— Tu as meilleure mine que la dernière fois, lança-t-elle avec un petit sourire.

— Je vais mieux, répondis-je en passant la sangle de mon sac sur mon épaule. C'était bien, Paris ?

— C'est toujours bien, Paris, dit-elle en s'approchant de moi pour poser une main sur mon torse. Tu m'as manqué. Surtout avec tout ce que tu es capable de faire avec cette jolie bouche.

Un de ses doigts passa doucement sur mes lèvres. Je voulus me dégager, mais ne fus pas assez rapide : glissant une main sur ma nuque, elle vint presser sa bouche contre la mienne. Je restai interdit pendant un quart de seconde, sous le choc, avant de la repousser avec force.

— Ça ne va pas, non ? m'écriai-je, furieux. Dégage ! Je ne suis pas libre et, même si je l'étais, je ne te laisserais certainement plus m'approcher !

Nan me lança un regard venimeux.

— Pas libre ? Ne me dis pas que Harlow est revenue ?

Elle avait prononcé le prénom de sa demi-sœur avec autant de haine que possible.

— Non seulement Harlow est de retour, mais elle est enceinte. De moi, précisai-je.

— Enceinte ?

Je hochai la tête, un peu surpris du sentiment de fierté qui m'avait envahi en prononçant ces paroles. Même si l'idée de cette grossesse ne me plaisait pas, j'étais fier de penser qu'une part de moi-même était en train de grandir en elle.

— C'est impossible, murmura Nan. Elle a un problème au cœur. Tu as perdu la tête ou quoi ?

Nan était bien la dernière personne au monde de qui j'attendais une engueulade sur le sujet.

— Elle ne peut pas avoir de bébés, répéta Nan, comme si elle n'était pas encore sûre d'avoir bien compris.

— Pourtant, c'est ce qui va se passer. J'ai essayé de l'en dissuader, mais elle refuse de m'écouter.

Je n'en revenais toujours pas d'être en train de me justifier auprès de Nan. Les poings sur les hanches, elle me regarda un instant sans rien dire.

— Donc, tu vas simplement la laisser avoir ce bébé qui va la tuer, c'est ça ? demanda-t-elle enfin. Kiro est au courant ?

— Il est venu il y a deux jours. Vous vous êtes ratés de peu.

Nan leva les yeux au ciel. Elle n'avait jamais été une grande fan de son père, qui l'avait ignorée presque toute sa vie et la reconnaissait à peine comme sa fille, alors qu'il chérissait Harlow. Nan leur en voulait beaucoup à tous les deux.

— C'est trop bête, marmonna-t-elle.

— Je dois y aller. Rush et Woods m'attendent.

Je tournai les talons. Je n'avais pas envie de poursuivre cette discussion bizarre. Et puis, j'avais l'impression de tromper Harlow rien qu'en parlant avec Nan.

— Je peux venir ? me lança Nan.

J'allais répondre lorsqu'une voix retentit :

— Non, pas vraiment.

C'était Blaire qui s'avançait vers nous. En levant les yeux, je vis Harlow et Della près de la porte principale du club. Harlow semblait au bord des larmes et je lus une telle douleur dans son regard que j'en lâchai mon sac pour me diriger vers elle.

— Je ne me souviens pas de t'avoir sonnée ! cracha Nan.

One more chance

— Non, mais ça ne m'empêche pas de répondre, répondit Blaire, sans se démonter.

Je ne restai pas pour compter les points. Ces deux-là étaient peut-être vaguement belles-sœurs, mais elles n'avaient jamais sympathisé. Elles étaient comme le feu et l'eau. Della me fusilla du regard quand je montai quatre à quatre les marches.

— Votre voiture est prête, mademoiselle Sloane, annonça le voiturier.

— Donnez-nous encore une minute, répondit Della, avant de tourner de nouveau ses yeux furieux vers moi.

Harlow baissa la tête, au bord des larmes. Quelque chose n'allait pas. Della, elle, semblait sur le point de me gifler.

— Bébé, que se passe-t-il ? demandai-je en lui touchant la joue.

Harlow releva le menton, toujours sans me regarder.

— Tu devrais peut-être demander à la bouche de Nan ? expliqua Della d'une voix cinglante.

Et merde.

— Tu étais là ? demandai-je à Harlow d'une voix paniquée, avant de me rendre compte que ce n'était sans doute pas la question la plus maligne de la terre.

— Oui, tout le club était aux premières loges, répondit de nouveau Della en désignant la baie vitrée qui donnait sur le parking. Nous étions sur le point de partir.

Ça sentait le roussi. Bouleverser Harlow était bien la dernière chose que je cherchais à faire.

— Je l'ai repoussée. Je ne m'attendais pas qu'elle fasse ça. J'étais en train de lui dire que j'allais jouer au golf et elle s'est jetée sur moi. Je ne savais pas...

— Ça ne t'a pas empêché de continuer à discuter avec elle, interrompit Harlow d'une voix douce. Et tu n'avais pas l'air très en colère.

Merde. Merde. Merde.

— Je lui ai annoncé que tu étais enceinte et elle était surprise. Elle est au courant pour ton cœur. Nous avons aussi parlé de la venue de Kiro. Et de ta santé. Je te jure. Je sais que ça peut paraître dingue, mais elle était curieuse. Et aussi inquiète. Ce que je continue à trouver complètement incroyable, d'ailleurs.

Harlow leva enfin les yeux vers moi, puis se tourna vers Della.

— D'accord. On est attendues au spa, avec Blaire et Della. On en reparlera plus tard.

Elle était encore fâchée. Putain, je n'avais aucune envie qu'elle me quitte fâchée.

— Rentrons tous les deux, on pourra parler. Je n'aime pas te voir dans cet état. Je te jure que je ne l'ai pas embrassée. Elle m'a pris par surprise et il m'a fallu une seconde pour réagir. Je ne ressens rien pour elle. Rien. Je n'aime que toi. Que toi.

Harlow me dévisagea longuement, avant de murmurer :

— Ce n'était pas très agréable à regarder…

Un couteau de cuisine planté dans mon ventre m'aurait fait moins mal. Saloperie de Nan. Elle ne savait que foutre la merde. Si seulement elle avait pu rester à Paris.

— Tu n'aurais pas dû voir ça. J'aurais dû me douter qu'elle allait tenter une connerie de ce genre. J'ai pensé qu'elle avait compris le message, la dernière fois. J'avais pourtant été clair : je ne suis pas intéressé. Je suis complètement pris.

One more chance

— Il faut qu'on y aille, répéta Harlow avec un petit sourire. À plus tard. Amusez-vous bien entre mecs !

Elle semblait un peu plus joyeuse et soulagée, mais, lorsque je me penchai vers elle pour l'embrasser, elle tourna la tête si bien que mes lèvres ne trouvèrent que sa joue. Elle se recula.

— Désolée, mais elle est encore sur tes lèvres. Je vois son gloss et je ne peux…

Sans finir sa phrase, elle descendit les marches, Della sur ses talons. Blaire, qui se tenait près de sa voiture, posa une main sur sa bouche pour dissimuler un petit rire. Je lui lançai un regard agacé, mais elle haussa les épaules et rit de nouveau avant de monter dans sa voiture. Harlow leva une dernière fois les yeux vers moi, puis me fit un petit signe par la fenêtre. Le voiturier referma les portières et elles s'éloignèrent.

Et merde…

À mon précieux bébé,

Il y a tant de personnes dans ta vie qui t'aiment. J'imagine que tu adores passer du temps avec Nate, à présent. Il sera comme un modèle pour toi, un peu comme un grand frère. Rush a toujours été un frère pour moi. Avoir des pères rock stars, ce n'est pas tous les jours facile et Rush et moi partageons ce lien.

J'espère que tu les appelles tonton Rush et tatie Blaire. Je sais qu'ils vont t'accueillir à bras ouverts. Je ne peux rêver de meilleurs parrains et marraines pour toi.

Il y a aussi Woods et Della. Ce sont de formidables amis, le genre que je n'aurais jamais pensé rencontrer. Encore une fois, c'est un cadeau que ton père m'a fait. Je lui dois tant. J'imagine que Woods et Della ont des enfants, à présent, et que tu es copain avec le clan Kerrington. Quand j'étais enceinte de toi, Woods et Della m'ont aidée plusieurs fois. Leur amitié m'est très précieuse.

Nous avons déjà évoqué ton oncle Mase. Lui aussi occupera une place de choix dans ta vie et je suis sûre qu'il t'ouvrira son cœur dès qu'il posera les yeux sur toi. Je le connais trop bien. C'est un grand sentimental. Veille à lui faire des câlins souvent et à lui rappeler combien tu l'aimes. Même si je suis encore à tes côtés, cela ne lui fera pas de mal. Il adore qu'on l'adore.

Sa mère, Maryann, a été ta première fan. Elle était prête à affronter la terre entière pour toi. Sache qu'en cas de besoin

One more chance

tu pourras toujours compter sur elle. Elle est sage et toujours de bon conseil.

Et puis, il y aura ta tante Nan. Je ne sais pas si tu l'appelleras comme ça, d'ailleurs. Je ne suis même pas certaine qu'elle fera un jour vraiment partie de ta vie. Je l'espère. Je me surprends moi-même en écrivant cela, mais j'espère que tu seras en contact avec elle. Je crois qu'elle a souffert d'être si souvent rejetée par ceux qui étaient censés l'aimer. Elle en a nourri une certaine amertume. Je lui souhaite de trouver le bonheur et un moyen de s'apaiser.

Tu vois, tu as déjà une famille. Des gens qui sont prêts à faire ta connaissance, à t'aimer et à être là pour toi, tout au long de ta vie. Tu ne seras jamais seul. C'est d'ailleurs ce qui me rassure le plus quand je m'endors le soir en pensant à toi.

Ta maman qui t'aime pour toujours.

Harlow

La vision de Nan en train d'embrasser Grant, une main dans ses cheveux, me hantait. Toute l'après-midi, Della et Blaire s'étaient efforcées de me changer les idées, si bien que je faisais comme si tout allait bien. En réalité, j'y pensais toujours. Je me disais que Nan, elle, était en bonne santé. Elle aurait pu lui donner des enfants sans crainte. Des bébés en bonne santé. Elle serait là si jamais je disparaissais.

L'idée que Grant puisse aimer quelqu'un d'autre que moi un jour me blessait plus que tout, même si l'égoïsme d'une telle pensée me rendait furieuse contre moi-même. Si quelque chose devait m'arriver, je voulais que Grant puisse connaître de nouveau le bonheur. Je voulais qu'il trouve quelqu'un qui l'aime et lui accorde la vie qu'il méritait. J'étais sincère.

Mais pas avec Nan, c'est tout.

Quelle méchanceté! Que m'arrivait-il? J'étais quelqu'un de gentil. Depuis toujours. À présent... beurk. Je me dégoûtais. Je ne savais plus quoi penser. Mes émotions partaient dans tous les sens. Je pleurais tout

One more chance

le temps et je devenais un peu crampon. Cela ne me ressemblait pas du tout.

— Il est déjà rentré, constata Blaire avec un sourire. Je parie qu'il tourne en rond chez lui en se faisant un sang d'encre. Ne sois pas trop dure avec lui. Je crois que Nan lui est vraiment tombée dessus. Enfin... Ça lui apprendra à garder ses distances avec elle.

Elle avait raison, je le savais, et l'idée que Grant se soit fait du souci toute la journée me rendait encore plus malade.

— Je n'aurais sans doute pas dû me montrer aussi distante avec lui...

— Mais si, t'inquiète... Il se croit tout permis parce qu'il est beau gosse. Il avait besoin d'un petit rappel à l'ordre. Si tu ne poses pas des limites claires, ça risque de se reproduire avec quelqu'un d'autre.

Je faisais confiance à Blaire. Elle aimait Rush, mais elle aussi avait dû batailler avec Nan, qui était la petite sœur de Rush et avait grandi avec lui dans la maison de leur mère, Georgianna. Rush avait pratiquement élevé Nan, si bien que, lorsque Blaire était entrée dans la vie de son frère, Nan ne l'avait pas trop bien acceptée.

— Merci pour cette journée, les filles. C'était vraiment super.

— Je suis contente qu'on ait pu se retrouver, répondit Della, avec son sourire toujours sincère et doux. Tu me manquais.

— On le refera, assura Blaire. La prochaine fois, il faudra convaincre Bethy de nous accompagner. Même s'il faut la ligoter.

Blaire avait déjà supplié Bethy de venir, mais celle-ci avait prétexté de vagues affaires urgentes à régler. Selon

Blaire, elle se cloîtrait chez elle dès qu'elle avait fini sa journée de travail au club. Loin de s'améliorer, son état semblait empirer de jour en jour.

— À la prochaine ! lançai-je en sortant de la voiture.

La porte d'entrée s'ouvrit avant même que je n'aie posé le pied sur la première marche. Grant m'attendait visiblement avec impatience, le visage grave. Au fond, je savais qu'il n'était pas responsable de la scène à laquelle j'avais assisté dans l'après-midi. Ce qui ne rendait pas la pilule plus facile à avaler. J'avais fait bonne figure en quittant le club, mais je n'avais pas l'esprit tranquille. J'étais sens dessus dessous et cela m'embêtait. Grant aurait réagi pareil, à ma place. D'après son expression, lui aussi avait retourné la question dans tous les sens.

— Pardon, bafouillai-je, exactement en même temps que lui.

Grant fronça les sourcils.

— De quoi t'excuses-tu ? demanda-t-il quand j'arrivai à sa hauteur.

— De t'avoir laissé mariner toute la journée. Je n'aurais pas dû. Ce n'était pas sympa.

Avec un gémissement, Grant se frotta le menton.

— Harlow, je t'en prie, n'en rajoute pas. Je me sens déjà comme un con, alors, si tu commences à t'excuser, ça va être pire.

Je lui pris la main.

— Tu n'aurais pas dû la laisser s'approcher. À l'avenir, sois plus prudent. Mais c'était une erreur et je comprends.

Il m'attira contre lui et me plaqua contre la porte, sa bouche tout contre la mienne. En sentant un parfum de

One more chance

menthe douce, je me demandai combien de fois il s'était brossé les dents. L'idée me fit sourire et je passai un bras autour de son cou. Je commençai par lui donner des petits coups de langue taquins au coin de sa bouche, avant de lui sucer la langue.

En moins de deux secondes, les mains de Grant se glissèrent sous mon débardeur pour se poser sur mes seins, tandis qu'il appuyait son érection contre mon ventre. C'était exactement ce qu'il me fallait pour me faire oublier les lèvres de Nan. Grant s'écarta brusquement. J'allais protester lorsqu'il ouvrit la porte d'un coup de pied en murmurant :

— Rentrons avant de nous faire arrêter pour outrage à la pudeur.

Je me précipitai à l'intérieur en riant, mais je n'eus pas le temps d'aller bien loin. Grant me plaqua de nouveau, face au mur cette fois, et se mit à m'embrasser dans le cou et à me mordiller l'épaule. Je sentais son sexe dur frotter de façon exquise contre mes fesses, tandis qu'il ondulait du bassin. Les deux mains à plat sur le mur, je n'avais plus qu'à me laisser porter par la houle.

Grant baissa mon short, emportant ma culotte au passage, et je dégageai docilement mes pieds. Puis ses mains se posèrent sur mes fesses pour m'écarter les jambes d'un geste tranquille. Avant que je ne comprenne ce qui m'arrivait, sa bouche se posait sur ma fente et je poussai un cri, me rattrapant de justesse au mur. Déjà, sa langue dansait sur les replis tendres de mon sexe.

— Oh mon Dieu, je tiens à peine debout ! m'écriai-je, sentant mes genoux faiblir.

Grant me prit par la taille et me retourna vers lui.

— Pose tes jambes sur mes épaules, ordonna-t-il en levant les yeux vers moi. Je te tiens. Tu ne risques rien.

J'obéis. Me tenant fermement par les hanches, il me plaqua de nouveau contre le mur et continua à me rendre folle avec sa langue. Je le saisis par les cheveux. Cela devait lui plaire, car il redoubla d'ardeur.

Haletante, je laissai échapper des gémissements incontrôlés, sans plus me soucier de mon équilibre précaire. Tout ce qui comptait, c'était qu'il continue. Alors que j'étais sur le point de m'éparpiller, il s'arrêta et chercha mon regard.

— Tu es prête à jouir?

J'acquiesçai en silence, craignant de hurler de plaisir si j'ouvrais la bouche. Avec un sourire coquin, Grant me tira la langue, puis enfouit de nouveau sa tête entre mes cuisses. Après trois petits coups de langue, il happa entre ses lèvres ce bout de chair si sensible pour le sucer doucement. Cela suffit à me faire perdre la tête. Les voisins profitaient certainement de la fête, mais tant pis pour la discrétion. Je m'en fichais éperdument.

Grant

Le lendemain, nous avions rendez-vous au cabinet du médecin. Harlow s'allongea sur la table d'auscultation et releva son débardeur pour l'échographie. Elle avait toujours le ventre plat, elle avait l'air normal. Enfin, aussi normal que possible pour quelqu'un d'aussi anxieux qu'elle à cet instant. Ce matin-là, elle avait passé un long moment à préparer le petit déjeuner, cuisinant même des œufs et du bacon, ce qu'elle ne faisait jamais d'habitude. Puis elle avait mis une heure à choisir ce qu'elle allait porter. On aurait dit qu'elle allait à un entretien d'embauche.

Nous étions chez le docteur pour entendre le cœur. En me renseignant sur Internet, j'avais appris que si nous n'entendions rien, c'était que le bébé n'avait pas tenu le coup. Harlow n'avait eu aucun saignement, ni ressenti aucune douleur, mais, apparemment, cela ne signifiait rien.

Une fausse couche serait catastrophique pour elle. Pour moi... Je ne voulais pas que Harlow souffre, bien sûr, mais j'étais encore partagé. Je ne savais pas trop si j'avais envie d'entendre battre ce cœur. Le plus important, pour moi, c'était la santé de Harlow. Je voulais qu'elle reste en vie. Et qu'elle soit heureuse. Le problème, c'était que je n'étais pas sûr de pouvoir avoir les deux à la fois. Une fois encore, je me sentais complètement impuissant. Putain, je détestais ça !

— Vous êtes prêts ? demanda le médecin en regardant Harlow, comme s'il savait qu'il ne valait mieux pas me poser la question.

Pour être honnête, je ne me sentais pas prêt du tout. Des battements sonores et réguliers signifieraient que ce n'était pas la fin, que j'allais devoir continuer à vivre dans la peur de perdre Harlow à tout instant. En revanche, s'il n'y avait pas de battement de cœur, le chagrin de Harlow serait insupportable.

— Oui, souffla Harlow.

Le médecin, qui avait remarqué son excitation et sa nervosité, lui adressa un sourire rassurant. Il faisait ça tout le temps. Il se montrait très positif, ce qui était bien. Ou pas. Bon sang, je ne savais plus quoi penser !

Et puis, le son qui changea la donne se mit à résonner dans la pièce.

Un battement rapide et régulier qui semblait faire vibrer l'air. Bouche bée, je ne parvenais plus à détacher mes yeux du ventre de Harlow, qui tendit la main pour serrer la mienne avec force. Un sanglot s'échappa de sa bouche, me ramenant à la réalité. M'arrachant enfin à la contemplation de son ventre, je vis un sourire béat se dessiner sur son visage, tandis que ses yeux se remplissaient de larmes. Son émerveillement résumait parfaitement les sentiments qui me traversaient. Il y avait de la vie, là-dedans. Une vie que nous avions créée. C'était bien réel.

One more chance

— Le battement est vigoureux, dit le médecin. C'est très bon signe.

En riant, Harlow me serra encore la main. Le battement du cœur s'accéléra un instant avec son rire, puis reprit son rythme normal. Le bébé l'avait-il entendue rire ?

— Je pense que c'est un bon début. Je suis très optimiste. Vous avez bonne mine. J'ai regardé votre dossier et, comme vous le savez, nous avons dû adapter votre traitement habituel pour le cœur, car il y a des substances que vous ne pouvez plus prendre pendant la grossesse. Mais je suis sûr que tout ira bien. Si jamais vous vous sentez bizarre, vous pouvez m'appeler, à n'importe quelle heure du jour ou de la nuit. N'attendez pas. Appelez tout de suite. (Il me lança un regard appuyé :) À la moindre inquiétude, compris ?

— À vos ordres, répondis-je.

Pas besoin de me le répéter. Si j'avais le moindre doute sur l'état de santé de Harlow, j'appellerais une ambulance, puis le cardiologue.

Tandis que le médecin rangeait son matériel, j'aidais Harlow à se rhabiller et à s'asseoir, déposant au passage un baiser sur son nez. C'était plus fort que moi : il fallait que je l'embrasse quelque part. Elle agrippa un instant mon bras, sans se départir de ce radieux sourire.

— On l'a entendu, dit-elle, comme pour se convaincre que nous n'avions pas rêvé.

— Ouais…

Comment pouvais-je ne pas vouloir de ce petit battement de cœur ? Comment pouvais-je préférer autre chose ou quelqu'un d'autre à Harlow ? J'étais perdu. Complètement largué. J'adorais déjà ce battement de cœur, parce qu'il nous représentait tous les deux. Notre bébé. Et il la rendait aussi folle de joie. Était-ce de l'égoïsme de lui refuser ça parce que j'avais peur de la perdre ?

Le cardiologue discuta encore un moment avec Harlow de son nouveau traitement, insistant sur le fait qu'elle pouvait continuer à faire un peu de sport, du moment qu'elle se reposait souvent. Harlow lui assura qu'elle respecterait les consignes. Enfin, une infirmière nous escorta jusqu'à l'issue de secours. Une fois dans le pick-up, Harlow se glissa contre moi sur la banquette.

— C'était magique…

À contrecœur, je devais admettre qu'elle avait raison.

— Ouais.

Enroulant un bras autour du mien, elle posa sa tête sur mon épaule et ajouta :

— Dans deux mois environ, on saura si c'est une fille ou un garçon et on pourra le voir bouger.

Une fille ou un garçon… Le voir bouger… Cela me faisait envie. Je voulais vivre ça avec Harlow. Et avec personne d'autre. Mais je ne parvenais pas à oublier le risque. La vie devait-elle ressembler à ça ? Était-il donc impossible de vivre ses rêves dans leur totalité ? Ne pouvait-on espérer qu'un aperçu, un échantillon ? Le prix à payer était-il donc si élevé ?

Mon précieux bébé,

Aujourd'hui, nous avons entendu ton cœur battre. C'était le son le plus merveilleux de la terre entière. Jamais je n'avais ressenti une telle joie. Jusqu'à cet instant, je ne savais pas qu'il était possible de ressentir autant de bonheur. Mon cœur a manqué exploser d'amour, rien qu'en sachant que tu étais là, dedans. En sécurité.

Ton père dit que, lorsque j'ai ri, ton rythme cardiaque s'est accéléré, comme si tu m'avais entendue. J'espère que c'est vrai, car tu me rends tellement heureuse. Tu n'es pas encore là et, déjà, ma vie est pleine de toi.

Jamais je n'avais vu ton père si ému. Il n'a pas dit grand-chose, mais je n'oublierai jamais l'émerveillement dans son regard quand les battements de ton cœur ont retenti dans la pièce. Aujourd'hui, tu es devenu une réalité pour lui aussi.

Ne te méprends pas : il t'aimait déjà avant. Il ne savait simplement pas à quel point avant d'entendre ce son. Il n'a pas encore ce lien que nous partageons, toi et moi, parce que tu es bien au chaud en moi. Mais vous apprendrez bientôt à vous connaître. Grâce à toi, il connaîtra une vie pleine de rires et de joie. J'espère juste être là pour le voir.

N'oublie pas que, si jamais je disparais, je resterai avec toi par l'esprit. Je te promets de passer un accord avec le ciel pour obtenir une place au premier rang de ta vie. Je veux voir les deux personnes que j'aime le plus au monde vivre cette expérience à deux. Si par bonheur je suis à ton côté quand tu lis cette lettre, je suis sans doute en train de pleurer. Tout comme je pleure en écrivant ces mots.

Tu as été béni avant même d'arriver. Peu importe le sort que Dieu me réserve, tu ne seras pas seul. Tu accompliras de grandes choses et je veillerai sur toi et t'encouragerai. Soit à tes côtés, soit depuis mon nuage.

Ta maman qui t'aime pour toujours.

Harlow

Blaire essayait de faire manger Nate, qui était assis en face d'elle mais ne semblait pas très intéressé par son assiette. Le bébé préférait se dévisser la tête pour regarder la porte, par laquelle son père et tonton Grant venaient de sortir.

— Encore une cuiller, répétait Blaire.

Nate frappa du plat de la main sur sa chaise haute.

— Non-non-non ! cria-t-il avec colère. Pa-pa-pa-pa !

Blaire leva les yeux au ciel.

— C'est le nouveau mot de la semaine : « Non. » Je ne sais pas combien de fois je l'ai entendu cette semaine... Avec « Papa », ça fait partie de ses favoris.

En souriant, je regardai Nate désigner de nouveau la porte en appelant « Papa ». Il adorait son père.

— J'abandonne, soupira Blaire en repoussant le bol de bouillie qu'elle essayait de lui faire avaler. Je vais demander à Rush si ça ne l'embête pas de le prendre avec eux dehors.

Nate suivit des yeux sa mère, avant de se rendre compte que j'étais toujours assise à côté de lui. Il se tourna alors vers moi avec un grand sourire, en plissant ses yeux bleu argenté. Il ressemblait de plus en plus à son père. Une excellente nouvelle pour toutes les petites filles du monde : un jour, il y aurait un nouveau Finlay célibataire.

Blaire revint accompagnée de Rush, qui tendit les bras vers son fils en souriant.

— Tu veux venir avec Papa, petit mec ? demanda-t-il, comme s'il ne connaissait pas déjà la réponse.

— Emporte son assiette avec toi, des fois que tu arriverais à le faire manger pendant que vous faites vos affaires entre hommes...

Après avoir desserré la ceinture de la chaise haute, Rush prit Nate dans ses bras. Le bébé, ravi, se mit à applaudir. De l'autre main, Rush saisit l'assiette que Blaire lui tendait, puis se pencha pour embrasser sa femme. Je détournai le regard quand j'aperçus sa langue effleurer doucement ses lèvres.

— Je m'occupe de ce bonhomme. Il va manger avec Papa. Vous n'avez qu'à vous amuser, les filles. Grant et moi, on se charge de lui apprendre la vie.

— Hum, tout un programme, répondit Blaire en riant, avant de se rasseoir avec moi.

Rush me lança un clin d'œil, puis sortit sur la terrasse. Avec tous ses tatouages, il n'avait pas vraiment le look d'un papa. Pourtant, il remplissait son rôle à merveille. C'était exactement comme ça que j'imaginais Grant avec notre enfant.

— Je te proposerais bien un café, mais..., soupira Blaire en souriant. Comment ça va, avec Grant ? Il gère un peu mieux la situation ?

Je ne savais pas trop quoi répondre. Cela faisait deux semaines que nous avions entendu les battements de

One more chance

cœur chez le cardiologue et Grant semblait plus serein. Il avait même prononcé le mot « bébé » une fois. Avant ça, il faisait comme s'il n'existait pas. Mais ce bébé était devenu bien réel pour lui. Je l'avais vu dans ses yeux. Il restait toutefois un peu tendu sur la question. Et il était toujours aussi déterminé à prendre soin de moi.

— Ça l'a un peu aidé d'entendre battre le cœur. Je crois qu'il réalise un peu mieux. Il comprend ce que je ressens. Il y a en moi cette vie que nous avons créée à deux et je ne peux pas y mettre un terme comme ça. Cela dit, je crois qu'il ne dirait pas non si je décidais soudain d'avorter, mais… Il a quand même commencé à établir un lien avec le bébé. C'est un début.

Blaire fronça les sourcils. Ce n'était pas son genre, pourtant.

— Il a peur de te perdre. Je pense qu'il est prêt à tout sacrifier pour toi. Il t'aime. Son front se lissa et un sourire vint remplacer son air soucieux. Et je suis tellement contente que ce soit toi qu'il ait trouvée. J'ai toujours su que Grant valait mieux que ces minettes qui entraient et sortaient de sa chambre, comme des trophées sur pattes.

Je m'efforçai de rester impassible. Blaire ferma brusquement les yeux en faisant la grimace :

— Pardon ! Je n'aurais pas dû dire ça. C'est juste que… J'ai toujours su que Rush avait eu un passé plutôt chargé, avant moi. Je l'ai même surpris avec une de ses nombreuses conquêtes d'un soir, avant qu'on ne sorte ensemble. Et je l'ai vu en draguer une autre comme un fou. Et j'en ai vu une troisième sortir de sa chambre, un matin. Je crois que je suis immunisée. C'était avant moi et cela ne me dérange pas. Mais toi, tu n'as pas connu le

Grant d'autrefois. Je dois surveiller ce que je dis. Pardon, pardon, pardon !

J'ignorais que Blaire avait vu Rush faire l'amour à une autre. Cela a vait dû être affreux, même si c'était le passé. Cela dit, leur relation n'avait pas démarré de façon banale. S'ils n'avaient évidemment aucun lien de parenté, le père de Blaire et la mère de Rush avaient été mariés, et Blaire s'était retrouvée du jour au lendemain parachutée dans la vie de Rush, qui n'avait rien demandé.

— Ne t'inquiète pas. Je sais comment était Grant. Je l'ai quand même entendu en pleine action avec Nan. C'est juste que je n'ai pas très envie de me représenter la scène.

— Nan et Grant ? Brrr... Moi non plus. Rien que l'idée me fait frémir. Parlons d'autre chose. Est-ce que vous allez demander à savoir le sexe du bébé ?

Oui. Je voulais savoir, juste au cas où je n'aurais pas l'occasion de prendre mon bébé dans mes bras. Je voulais lui donner un nom et lui parler.

— Oui.

Blaire sourit.

— Moi aussi, j'ai voulu savoir avant l'arrivée de Nate. Comme ça, je pouvais me l'imaginer et lui parler. Et puis, bien sûr, c'était plus pratique pour choisir la couleur de la chambre. Au fait... Où est-ce que vous allez l'installer ?

Comme il n'y avait qu'une chambre dans l'appartement de Grant, j'avais déjà envisagé de déplacer l'armoire dans le salon pour installer le berceau... même si nous n'avions pas encore de berceau. En fait, nous n'avions encore rien prévu.

One more chance

— Je ne suis pas encore sûre. Il va falloir faire de la place dans la chambre.

Même si je n'avais pas envie de penser au pire, je devais m'y préparer. Je ne pouvais pas abandonner Grant sans que rien ne soit prêt. Je savais que Maryann s'occuperait du bébé, en cas de besoin. C'était rassurant de savoir que, si Grant avait besoin d'aide ou s'il ne voulait pas endosser cette responsabilité tout seul, Maryann était prête à prendre le relais. Mais je voulais que cet enfant grandisse avec son père. Je voulais qu'il répète « pa-pa-pa-pa » pendant des heures en tendant ses petits bras vers Grant. Je n'étais pourtant pas certaine que cela se produirait. Surtout juste après l'accouchement.

Surtout si Grant était en deuil.

— Oh là, tu es partie très loin, dit soudain Blaire. Ça se lit sur ton visage. Qu'est-ce que j'ai bien pu dire ?

Elle avait toujours été très perspicace. Je devais être plus vigilante, car je ne voulais pas qu'elle sache que je pensais à la mort tous les jours. Personne ne devait le savoir, car j'avais bien l'intention de vivre. Cela dit, je ne croyais plus aux contes de fées et je savais qu'il était possible que mon cœur ne soit pas assez solide.

— Pardon, expliquai-je avec un sourire gêné. Des fois, je fais des plans sur la comète. J'aime bien prévoir l'imprévisible.

Grant

Rush revint sur la terrasse avec Nate et une assiette pleine. En me voyant, Nate se mit à applaudir.

— Oui! se moqua gentiment Rush. C'est tonton Grant qui est assez con pour ramasser quinze fois de suite un jouet, quand tu le fous par terre!

— T'as raison, continue! Un jour, ton môme va dire des gros mots devant sa mère, et toi, tu vas dormir sur le canapé pendant une semaine, mon vieux! Elle va peut-être même te forcer à prendre la chambre sous l'escalier... La vengeance est un plat qui se mange froid, paraît-il.

Je faisais allusion à l'époque où Blaire avait dû dormir dans une pièce sous l'escalier de la maison de Rush, à son arrivée à Rosemary.

Rush éclata de rire et installa Nate sur ses genoux.

— On n'aura qu'à dire que c'est la faute de tonton Grant, pas vrai, fiston? Tout ce que tu auras à faire, c'est montrer Grant du doigt pour sauver le cul de Papa.

Il approcha la cuiller de la bouche de Nate, qui détourna la tête. Pas bête, le gosse. Ça avait l'air infâme.

One more chance

— Qu'est-ce qu'il mange ? demandai-je.

— De la bouillie d'avoine. Il déteste ça, précisa Rush en essayant de nouveau de faire ingurgiter une bouchée à son fils.

— Franchement, je le comprends. Mais s'il déteste ça et qu'en plus c'est dégueulasse, alors pourquoi tu le forces ?

— Parce que Blaire a dit de le faire, répondit Rush en levant les yeux vers moi. Règle numéro 1 : ne jamais remettre en question ce que dit maman. Jamais.

C'était bon à savoir.

— Bon, alors, vous avez entendu les battements du cœur ? demanda soudain Rush en reposant l'assiette de bouillie d'un air résigné.

— Ouais... C'était... comment dire ? C'est devenu vrai, tout à coup. Comme s'il y avait quelque chose. Une vie. Pas juste Harlow, mais une autre vie à l'intérieur d'elle. Un second battement de cœur fabriqué par nos soins. Le truc, c'est que...

Je me penchai vers lui et baissai un peu la voix.

— C'est normal que je sois déjà attaché à ce truc ? Que j'aie envie de le protéger ? Je ne veux pas perdre Harlow. Pas moyen. Alors, je me dis que je ne devrais pas ressentir ça, tu vois ?

Rush regarda son fils et l'embrassa sur les cheveux.

— Tu poses la question à un type qui a déjà un gosse. Qui se jetterait sur la trajectoire d'une balle, sous les roues d'un camion ou je ne sais quoi encore... Je ferai n'importe quoi pour ce garçon. C'est le mien. Je ne peux même pas imaginer ne pas vouloir de lui. Cela dit, la vie de Blaire n'a jamais été en jeu. Nous n'avons pas eu de décision de ce genre à prendre. Alors... Je ne pense pas qu'il y ait quoi que ce soit d'anormal au fait de ressentir quelque chose quand tu as entendu le cœur. Moi, j'ai pleuré comme un veau à la première échographie. C'est un truc émotionnel. Ne va pas te bouffer le foie parce que tu aimes un truc que tu as créé avec la femme que tu aimes. Surtout si elle l'adore.

Ce qu'il disait me semblait honnête, mais j'avais toujours du mal à accepter l'idée que cet être auquel j'étais déjà en train de m'attacher pouvait mettre en danger la vie de Harlow. C'était elle, ma priorité.

— Si je la perds, ce sera ma faute. Je n'ai pas fait attention et, maintenant, elle est enceinte.

Ce n'était pas la première fois que j'en parlais avec Rush, mais la question me travaillait. D'autant plus que je ne voulais pas aborder la question avec Harlow. Et puis, Kiro était du même avis, en substance.

— Tu ne savais pas qu'elle avait des problèmes de santé. Elle a eu peur de t'en parler, ce qui se comprend. Cela dit, tu ne peux pas te sentir responsable de quelque chose que tu ignorais.

J'avais toujours pris des précautions. Ne jamais coucher sans protection. Sortez couverts. Toujours. Mais Harlow m'avait fait perdre le nord et j'étais tellement dingue d'elle que mes neurones s'étaient bloqués. Mon désir pour elle m'avait poussé à faire de mauvais choix. Mon ignorance changeait-elle quelque chose à l'équation ? Non. Le résultat était toujours le même. C'était ma faute.

La veille au soir, tandis que Harlow était blottie entre mes bras, je l'avais soudain vue observer la chambre en détail. Puis, au bout de quelques minutes, elle avait

One more chance

annoncé qu'il faudrait déplacer l'armoire dans le salon pour faire de la place pour le berceau. Je n'avais rien répondu. Je n'avais pas su quoi dire. L'idée de voir Harlow rentrer avec le bébé à la maison me plaisait ; j'avais hâte de la voir le bercer, le serrer contre elle et le mettre au lit. En même temps, j'avais peur de vivre dans ce monde, car, si les choses tournaient mal, j'allais devoir également endosser le rôle de Harlow.

Quand j'étais parti, ce matin-là, elle m'avait embrassé, puis s'était de nouveau pelotonnée sous la couette pour se rendormir. Cela m'avait un peu rassuré de savoir qu'elle se reposait.

Harlow pensait que j'étais parti au travail et je n'avais pas cherché à la contredire. Pourtant, personne ne m'attendait au chantier aujourd'hui. En réalité, je cherchais une maison. Si Harlow était capable de survivre par la seule force de sa volonté, j'avais décidé de lui donner des raisons de lutter, en commençant par une maison avec une chambre qu'elle pourrait décorer à sa guise pour le bébé. Nous pourrions la repeindre ensemble, choisir les meubles... Ou plutôt, j'étais prêt à suivre toutes ses idées, si cela pouvait la rendre heureuse. Sauf si c'était un gars et qu'elle tentait de mettre des trucs de princesse dans la chambre.

Je garai mon pick-up devant une maison que j'avais repérée pour elle. Pour nous. Elle n'était pas aussi grande que la plupart des bâtisses du coin, mais Harlow n'avait pas des goûts de luxe. Après tout, elle avait grandi avec sa grand-mère dans une modeste maison de Caroline du Nord.

La maison bleu ciel était un peu plus éloignée de la plage que je ne l'aurais souhaité, mais les résidences du front de mer étaient hors de prix. Elle se trouvait cependant dans une jolie petite copropriété fermée, un voisinage chaleureux et convivial, qui permettait cependant l'intimité. J'étais déjà passé plusieurs fois devant pour l'admirer : j'aimais sa barrière blanche et la véranda qui courait sur toute la façade. Avec ses volets antitornades, on aurait dit une de ces vieilles fermes de Floride... enfin, en plus petit et plus récent. Le type qui l'avait fait construire ne l'avait jamais habitée et elle était restée vide. J'avais toujours pensé que c'était dommage que personne ne profite de la balançoire accrochée à une branche du grand chêne dans le jardin, ni de la balancelle sur la véranda. C'était triste, une aussi belle maison vide.

La voiture de Rush se gara à côté de la mienne. Je l'avais appelé après avoir récupéré les clés à l'agence immobilière, la même qui s'occupait de nombreuses des villas que je faisais construire. Ils n'avaient donc pas hésité à me laisser me débrouiller pour la visite.

Rush me rejoignit. Arrivé à ma hauteur, il regarda un moment la maison, puis se tourna vers moi avec un grand sourire.

— On se croirait dans un catalogue ! Il y a même une putain de balançoire !

En riant, j'ouvris le portail et entrai dans le jardin.

— La vraie question, c'est : tu penses que ça va lui plaire ? demandai-je en grimpant les quatre marches qui montaient à la véranda.

— Tu veux rire ? Elle va adorer.

Je mis la clé dans la serrure et ouvris la porte. Le hall d'entrée était petit mais haut de plafond, avec des poutres apparentes. Sur la gauche, un escalier, et le

One more chance

salon se trouvait en face, au bout d'un couloir. Là, une large cheminée avec un manteau rustique occupait le mur opposé à l'entrée et le parquet à l'ancienne ajoutait un cachet authentique à la pièce. Sur la droite, une voûte d'ogives ouvrait sur la cuisine et la salle à manger. De là, une seconde voûte donnait sur une sorte de boudoir, orienté plein sud.

— Combien de chambres ? demanda Rush en jetant un œil par la fenêtre.

Le vaste jardin clos pouvait sans problème accueillir un portique et peut-être même une piscine, quand le bébé serait plus grand.

— L'agence en annonce quatre. À l'étage.
— Allons voir.

À l'étage, les murs en bardeaux créaient une atmosphère chaleureuse. Je savais aussi d'expérience que ça coûtait un peu plus cher que les plaques de plâtre… La première chambre à droite sur le palier était une chambre d'ami. Elle n'était pas grande, mais disposait d'un dressing et d'une petite salle d'eau privative. La deuxième chambre, un peu plus grande, avait un dressing encore plus spacieux et communiquait, *via* une salle de bains commune, avec une chambre jumelle. Enfin, au fond à droite, se trouvait la suite parentale, avec sa propre cheminée et une baignoire à jacuzzi dans la salle de bains privative. C'était mieux que ce que j'avais pensé. Restait juste à savoir si le propriétaire actuel accepterait de baisser un peu son prix.

— À mon avis, c'est parfait, commenta Rush, tandis que nous examinions les combles aménageables.

— C'est aussi ce que je pense.
— Tu devrais faire une offre tout de suite.

J'avais hâte de la faire visiter à Harlow. De la voir choisir les nouvelles couleurs pour les murs. C'était le genre de maison où je me voyais bien fabriquer toute une vie de souvenirs avec elle. C'était tout ce que je souhaitais et c'était l'endroit rêvé pour le faire.

Mon précieux bébé,

J'ai passé la journée à chercher un berceau. Je n'avais pas idée qu'il existait autant de modèles différents. Trouver celui qui te conviendra parfaitement va être plus difficile que je ne le pensais. Je suis donc repartie bredouille, mais je ne suis pas pour autant rentrée les mains vides.

Comme nous ne savons pas encore si tu es un garçon ou une fille, j'ai décidé qu'il valait mieux acheter un ensemble pour chaque scénario. Si tu es une fille, alors tu rentreras de la maternité dans une petite robe rose pâle avec un ourlet blanc et un bonnet assorti. Si tu es un garçon, ce sera une salopette bleu marine brodée d'une casquette et d'une batte de base-ball.

J'aurais sans doute pu attendre de savoir, mais j'étais trop impatiente. En voyant tous ces adorables petits vêtements, je me suis mise à imaginer à quoi tu ressembleras, le jour où je te tiendrai enfin dans mes bras.

Les occasions ne manqueront sans doute pas, puisque tu dormiras dans notre chambre. J'ai même déjà prévu l'endroit où nous installerons ton berceau. Je crois que la vue sur la mer va te plaire et que nous ferons bon ménage.

Finalement, peu importe où tu dors, puisque tu seras toujours en sécurité, chéri et aimé.

Ta maman qui t'aime pour toujours.

Harlow

Jamais je n'avais vu Grant si nerveux. Il n'arrêtait pas de me regarder en souriant, comme s'il avait une grande nouvelle à m'annoncer. C'était vraiment un comportement étrange de sa part.

Normalement, c'était moi, la pelote de nerfs, dans ce genre de situations, et cela me perturbait. La première fois que nous avions entendu le cœur du bébé, je tenais à peine en place. Ce jour-là, où nous devions apprendre si notre bébé était un garçon ou une fille, c'était Grant qui semblait avoir avalé un kilo de puces.

J'avais déjà eu une échographie, mais rien à voir avec celle-ci. La première, très simple, avait juste permis de vérifier la présence d'un bébé et d'entendre son cœur. Cette fois, l'appareil 3D devait nous permettre de voir les traits du bébé. La sage-femme entra enfin dans la petite salle d'examen, le docteur sur ses talons.

— Vous êtes prêts ? demanda celui-ci avec un grand sourire.

— Oui, répondis-je.

Grant resta silencieux. Il semblait si tendu que je lui massai le bras afin de le libérer un peu de ses tensions

One more chance

et de chasser son expression crispée. À le voir, on aurait pu penser que le bébé ou moi allions souffrir.

— Bien ! annonça le docteur en s'installant sur le tabouret. Voyons voir un peu à qui nous avons affaire, là-dedans. Normalement, c'est la sage-femme qui s'en occupe, mais je veux en profiter pour vérifier deux ou trois choses. Elle vient juste s'assurer que je n'oublie rien, ajouta-t-il avec un sourire.

Je me tournai vers Grant, qui ne lâchait déjà plus des yeux l'écran encore noir.

— Ça va ? chuchotai-je.

Il baissa brusquement les yeux vers moi.

— Ouais, bien. Et toi ? demanda-t-il soudain, se souvenant que cela faisait au moins cinq minutes qu'il ne s'en était pas assuré.

Il avait dépassé le stade de l'hyperprotection. Depuis que mon ventre avait commencé à s'arrondir, sa sollicitude avait pris des proportions un peu délirantes et il ne me lâchait plus d'une semelle.

Le docteur posa l'appareil sur mon ventre et inclina la tête sur le côté.

— C'est parti, murmura-t-il en voyant la première image de notre bébé apparaître sur l'écran.

Grant serra soudain ma main plus fort. Sur l'écran, deux petits pieds dansaient distinctement dans les airs. Je restai bouche bée, incapable de la moindre parole.

— Ah bien, ça ne va pas être très compliqué, plaisanta soudain le médecin. Elle nous facilite la tâche.

Elle.

Un seul mot qui prenait soudain une force inimaginable.

Elle.

En reniflant, je battis plusieurs fois des paupières afin de chasser les larmes qui m'emplissaient déjà les yeux.

— Regardez : elle a trouvé ses doigts et ça a l'air de lui plaire, expliqua le médecin en nous montrant notre petite fille qui suçait trois de ses doigts. Peut-être qu'elle sucera son pouce.

Je ne pus retenir un sanglot de joie.

— Et si je compte bien, elle a dix doigts et dix orteils, nous assura le médecin. Son rythme cardiaque semble toujours bon.

Je n'avais même pas prêté attention au son, tant j'étais captivée par l'écran. Pourtant, il était bien présent, ce petit battement vigoureux.

— Vous avez senti? demanda soudain le médecin.

— Quoi? dis-je, m'arrachant à grand-peine à l'écran.

— Comme un long frémissement... Là. Vous l'avez senti?

Oui. Oui! Cela faisait déjà une semaine ou deux que j'éprouvais cette sensation indescriptible, mais j'avais pensé que je souffrais simplement de ballonnements.

— Oui, chuchotai-je, en la regardant agiter les pieds sur l'écran, quelques secondes après avoir senti le frémissement.

— La 3D n'est pas en temps réel, expliqua le médecin. C'est pour ça que vous la voyez donner un coup de pied quelques secondes après, seulement.

— Et moi? intervint Grant pour la première fois. Quand pourrai-je la sentir à mon tour?

Complètement fasciné, il dévorait l'écran des yeux.

— Encore quelques semaines et vous devriez pouvoir en profiter aussi, lui assura le médecin.

One more chance

Pendant un quart d'heure, nous pûmes regarder notre petite fille gigoter dans tous les sens et lâcher ses doigts pour trouver son pouce. Elle tenta même de toucher son front avec ses pieds. Elle était parfaite.

Moi qui pensais ne plus pouvoir l'aimer davantage. J'étais loin du compte.

Lorsque Grant continua tout droit au lieu de tourner pour rentrer chez nous, je jetai un rapide coup d'œil vers lui. Le trajet s'était fait presque en silence, tant nous étions encore subjugués par le spectacle. De temps en temps, l'un de nous demandait à l'autre s'il l'avait vue faire telle ou telle pirouette, puis le calme revenait dans la voiture. J'avais hâte de lui écrire sur cet épisode, parce que je savais à présent que c'était une fille.

— J'ai quelque chose à te montrer, expliqua simplement Grant quand il vit que je le regardais.

— Hum, d'accord.

Je me demandais ce qui pouvait bien le pousser jusque sur les hauteurs de Rosemary, presque en bordure de la ville. J'espérais qu'il n'allait pas au club, car j'avais envie de rentrer chez nous pour penser à notre petite fille.

Toutefois, au lieu de prendre la direction du club, il tourna dans un hameau privé qui comptait une petite dizaine de maisons dans une zone close et surveillée. J'avais déjà remarqué l'endroit, sans y être jamais entrée. Les constructions étaient toutes de belles villas balnéaires, sans doute des résidences secondaires ou des locations pour vacanciers.

Lorsque Grant présenta une carte magnétique devant un lecteur et que la barrière s'ouvrit lentement, je me demandai s'il avait un chantier en cours à cet endroit. Bizarre. Grant s'occupait en général d'appartements neufs et en copropriété.

Nous empruntâmes une petite ruelle pavée que je trouvai charmante, puis Grant s'engagea dans l'allée d'une maison peinte en bleu qui semblait tout droit sortie d'un magazine de décoration.

Avait-il des amis qui vivaient là ?

— Qu'est-ce que tu en penses ? demanda soudain Grant, dont la voix trahissait de nouveau la même angoisse impatiente.

Qu'est-ce que je pensais de quoi ?

— Tu parles de la maison ?

Il fit signe que oui.

Pas besoin de la regarder de nouveau pour savoir que c'était l'endroit rêvé pour une famille avec des… Attendez une seconde… Je chassai rapidement l'idée saugrenue, mais ô combien excitante qui venait de me traverser la tête. Non, Grant n'envisageait pas d'acheter cet endroit. Impossible. D'ailleurs, n'étions-nous pas très heureux chez lui ? Nous n'avions pas besoin d'une maison, même d'une maison aussi parfaite que celle-là.

— Elle est magnifique, commençai-je avec prudence.

Il n'avait pas besoin de savoir que mon imagination venait de partir au grand galop. Je ne voulais pas qu'il s'imagine que je n'étais pas heureuse là où nous vivions. Cela le rendrait triste et je ne voulais pas le stresser davantage.

— Vraiment ? demanda-t-il encore, guettant mon expression.

Je hochai la tête.

One more chance

— Attends de voir l'intérieur, annonça-t-il en ouvrant la portière.

Il fit le tour du véhicule pour m'aider à descendre. L'intérieur ? Voulait-il que je visite l'intérieur ou bien étions-nous attendus ? Je n'étais pas encore bien sûre de la raison de notre présence. J'avais envie de laisser libre cours à mon enthousiasme, mais je craignais d'être déçue.

Grant sortit une clé de sa poche et ouvrit la porte, avant de s'effacer pour me laisser entrer la première. Je m'avançai à pas lents. La première chose qui me sauta aux yeux, c'était que la maison était entièrement vide. La seconde, c'était qu'elle était tout simplement époustouflante. Les voûtes du plafond et les finitions étaient fantastiques.

— Viens avec moi, dit-il soudain en me prenant par la main pour s'engager dans l'escalier.

En haut, nous traversâmes un large palier qui aurait pu faire office de salle de télévision ou de jeux, puis Grant ouvrit l'une des portes, qui donnait sur une vaste chambre aux murs rose pâle ornée d'un lustre à l'ancienne. Des fenêtres, on apercevait le jardin, vaste et complètement protégé, avec le Golfe, tout au fond.

Je me tournai vers Grant qui se passait la main dans les cheveux d'un geste nerveux, sans me quitter du regard.

— C'est une chambre magnifique, mais je ne comprends pas…, balbutiai-je, malgré l'excitation qui me gagnait.

Son regard s'égara une seconde vers mon ventre, puis revint vers moi.

— Je me disais que ça aurait pu être sa chambre…

Sa chambre.

Il nous voyait vivre ici.

Sentant que les grandes eaux menaçaient, je clignai plusieurs fois des yeux et inspirai profondément pour retenir mes sanglots.

— Elle est à vendre ? demandai-je, en me rendant soudain compte que je n'avais vu aucun panneau à l'entrée.

— Elle est vendue, répondit-il.

Le coup fut rude.

— À nous ! précisa Grant en levant les clés avec un grand sourire.

Il me fallut deux secondes pour enregistrer l'information, puis je me jetai dans ses bras en pleurant de joie.

Grant

Nous ne rentrâmes pas chez moi, ce soir-là. J'appelai Rush pour qu'il m'aide à déménager notre lit, afin que nous puissions passer notre première nuit dans notre nouvelle maison. Folle de bonheur, Harlow était trop excitée pour partir et je ne me lassais pas de la voir ainsi. J'avais un instant craint que la nouvelle ne la prenne de court ou que la maison ne lui plaise pas.

Je m'étais inquiété pour rien.

Putain, j'avais l'impression d'être le roi du monde !

La semaine suivante, des déménageurs vinrent nous aider à faire les cartons, car je ne voulais pas que Harlow se plie en deux ou porte quoi que ce soit. Petit à petit, nous avons déménagé nos affaires pour nous installer chez nous. Chez nous. Rien que le concept me plaisait. J'avais une maison, à présent. Une vraie. Pour la première fois de ma vie, j'avais un foyer. Pour y vivre avec ma famille.

Les visites hebdomadaires chez le médecin me redonnaient espoir et la peur commença bientôt à s'estomper. Harlow croyait dur comme fer qu'elle irait jusqu'au bout et elle pensait déjà à la balançoire qu'elle choisirait pour Lila Kate.

Nous avions passé une semaine à chercher des noms sur Internet, avant de tomber d'accord sur Lila Kate. À vrai dire, même si Harlow avait pris la décision toute seule, je crois que j'aurais fini par m'y faire : rien qu'en l'entendant prononcer ce nom, lorsqu'elle s'adressait à son ventre de plus en plus rebondi, je sentais que ça lui irait comme un gant. Harlow n'était pas encore très grosse, mais on voyait bien qu'elle était enceinte.

J'avais craint qu'elle ne s'inquiète de prendre du poids ou qu'elle ne trouve son corps difforme, mais il n'en fut rien. Debout devant le miroir, elle se regardait des pieds à la tête, puis se tournait vers moi en souriant, comme si tout était pour le mieux dans le meilleur des mondes. Elle allait faire une mère fantastique.

Puis, un jour, alors que j'étais en train de monter le berceau dans la chambre parentale, j'entendis Harlow crier dans la salle de bains :

— Grant ! Viiiite !

Un million de pensées plus atroces les unes que les autres me traversèrent l'esprit, si bien que je m'attendais au pire. Je trouvai cependant Harlow en train de barboter tranquillement dans son bain moussant, souriant jusqu'aux oreilles. J'inspirai profondément en m'efforçant de retrouver un rythme cardiaque normal. Je devais vraiment arrêter de m'affoler chaque fois qu'elle m'appelait.

— Elle bouge, chuchota Harlow, comme si elle craignait de lui faire peur en parlant trop fort. Viens sentir.

J'attendais cet instant depuis longtemps. Harlow sentait notre bébé bouger tous les jours, mais, moi, je n'étais jamais là au bon moment. Je m'agenouillai près de la baignoire et laissai Harlow positionner ma main sur son ventre.

— Là, vas-y, dit-elle d'une voix douce. Appuie un peu, tu vas voir : elle va répondre.

J'obéis et sentis aussitôt un léger coup contre ma paume. Je souris à m'en faire un claquage des zygomatiques. Il y avait une battante, là-dedans. Forte comme sa mère.

— C'est incroyable, non ? demanda Harlow.

Je gardai ma main contre son ventre pour sentir encore Lila Kate bouger. Apparemment, je l'avais dérangée et elle vaquait à présent à ses affaires.

— Elle m'a l'air d'avoir un sacré caractère, fis-je remarquer.

Harlow rejeta la tête en arrière et éclata de rire. Lila Kate donna un nouveau coup de pied contre ma main, comme si elle avait envie de nous rejoindre. Peut-être avait-elle entendu Harlow rire et voulait sortir pour partager cet instant.

— Tu peux lui parler, m'encouragea Harlow.

Harlow parlait souvent à son ventre, depuis quelque temps, mais je n'étais pas sûr d'en être capable. J'avais vu Lila Kate à l'écho et je venais de la sentir. Elle était bien réelle pour moi. Mais lui parler... J'étais quand même déjà en train de m'attacher à une personne que je risquais aussi de perdre.

— Je ne saurais pas quoi lui dire, bafouillai-je, en espérant qu'elle laisserait tomber.

— Dis-lui simplement bonjour et que tu l'aimes. Pas besoin de lui sortir des paroles profondes. Elle reconnaît déjà ta voix, j'en suis sûre. Elle saura que c'est toi.

Harlow avait une confiance totale en ce minuscule bébé à l'intérieur d'elle. Bien sûr, j'étais d'accord pour dire qu'elle avait réagi en entendant le rire de Harlow, mais je doutais fortement qu'elle reconnaisse vraiment ma voix. Pour elle, je n'étais sans doute qu'un vague murmure grave et assourdi, pour l'instant.

— S'il te plaît, dis-lui quelque chose, me supplia Harlow.

Je n'allais visiblement pas m'en tirer comme ça. Elle insistait et moi, je n'étais pas capable de lui refuser quoi que ce soit. Je m'éclaircis la gorge et m'approchai du ventre de Harlow.

— Ça va, là-dedans? commençai-je, avant de lever les yeux vers Harlow.

Elle avait l'air ravi.

— Tu dois avoir envie de sortir pour te dégourdir les jambes, non? Tu n'es pas à l'étroit, dans ton petit studio?

Harlow semblait attendre quelque chose de moi. Sans doute voulait-elle m'entendre dire à notre bébé que je l'aimais. Ces mots deviendraient réels, une fois prononcés. Et moi, je serais de nouveau vulnérable. Comment pouvais-je la protéger, elle aussi? Et si je me retrouvais tout seul? Fermant les yeux, je chassai cette pensée. Je refusais d'envisager cette possibilité.

— Je t'aime, Lila Kate. J'ai hâte de te prendre dans mes bras et de te regarder dormir contre ta mère.

Voilà, je l'avais dit. C'était exactement ce que je pensais. Ce que je ressentais. Mon cœur tout nu sur un plateau.

— J'espère qu'elle te ressemblera, murmura Harlow en me prenant le visage à deux mains. C'est toi le plus beau de nous deux.

One more chance

Approchant ma bouche de la sienne, je murmurai, juste avant de lui prendre ses lèvres voluptueuses :

— Personne ne sera jamais aussi belle que toi.

Harlow leva un bras humide et plein de mousse pour le passer autour de mon cou et m'embrassa avec plus de conviction. Je me laissai emporter par la chaleur soyeuse de sa bouche. Un baiser d'elle suffisait pour que tout s'arrange. La peur et l'angoisse s'envolaient quand elle était près de moi.

— Viens avec moi dans l'eau, proposa-t-elle en tirant sur l'ourlet de ma chemise.

Je ne me fis pas prier. J'enlevai ma chemise, me débarrassai de mon jean et de mon boxer, puis enjambai le rebord de la baignoire. Harlow se retourna pour se mettre à califourchon sur moi, me présentant ses seins épanouis couverts de mousse. C'était sans doute la meilleure marque de bain moussant jamais inventée. Pour les hommes, du moins. Je pris ses seins à pleines mains, tandis qu'elle redescendait lentement sur mon membre déjà érigé. Lorsque je fus complètement enfoui en elle, elle se cambra, faisant rebondir ses deux magnifiques joujoux.

— C'est toi le chef, ma douce, chuchotai-je en profitant de la vue. On va à ton rythme.

Elle se pencha en arrière pour prendre appui sur mes jambes. On n'aurait pu rêver meilleure position. Puis, elle passa à l'action et se mit à monter et descendre doucement sur moi, ce qui eut pour effet de faire rebondir ses seins en rythme. J'avais envie de m'emparer de nouveau de ses seins, mais ç'aurait été me priver d'un spectacle hypnotique. Je décidai plutôt de la prendre par les hanches pour l'aider à me chevaucher.

— Je pourrais admirer tes nichons toute la sainte journée, haletai-je, tandis qu'elle se mettait à gémir en accentuant ses mouvements.

Incapable de résister plus longtemps, je tendis une main pour lui pétrir un sein et agacer son bout érigé et dur contre ma paume. Lorsqu'elle cria mon nom, cela me rendit encore plus fou.

— Vas-y, ma belle. Montre-moi que ça te fait du bien. Ta petite chatte chaude, c'est mon paradis sur terre. Je suis tellement enfoui profond en toi que je ne pense à plus rien d'autre. Rien qu'à toi.

— Oh mon Dieu, je vais jouir! hoqueta soudain Harlow en couvrant mes mains des siennes sur sa poitrine. Continue à me parler comme ça!

— Ta petite chatte est toujours affamée et gonflée de plaisir. Chaque fois que je te vois, j'ai envie de glisser deux doigts dans ta petite culotte pour aller jouer avec elle. Pour te lécher et sentir ton odeur. Tu sens tellement bon.

Mes paroles lui firent perdre pied. Me saisissant par les épaules, elle se mit à crier mon nom.

— Vas-y, jouis! l'encourageai-je, tandis qu'elle se mettait à trembler. Ma jolie chatte.

— Oh mon Dieu, arrête! Je n'en peux plus. Je vais jouir de nouveau! gémit-elle en se penchant sur moi.

Son sexe se mit à me serrer de façon convulsive et je perdis à mon tour toute retenue. Une main dans ses cheveux, je criai son nom et la rejoignis dans l'extase.

Ma Lila Kate chérie,

Ta chambre est presque prête. On dirait celle d'une princesse, mais c'est normal : tu es une princesse. Notre princesse. Aucune autre petite fille au monde n'est plus chérie que toi. J'espère secrètement que tu ressembleras à ton père. Cela dit, peu importe à qui tu ressembles, car je sais que tu seras belle.

Nous avons hâte de te montrer tout ce que nous avons acheté pour toi. Nous avons même trouvé ta première chaussette de Noël, aujourd'hui. Elle est blanche à pois roses et nous avons fait broder tes initiales dessus. Quand je l'ai vue, je l'ai trouvée tellement adorable que j'ai tout de suite voulu que tu puisses l'accrocher à la cheminée tous les ans. Comme ça, si je t'observe des nuages, tu sauras que je l'ai choisie pour toi. C'est Papa qui a eu l'idée de faire broder tes initiales dessus. C'est un malin, ton père.

J'espère que nous pourrons l'accrocher ensemble tous les ans. Je ferai des cookies que tu pourras décorer avec des vermicelles en chocolat ou des perles de sucre. Ensuite, on fera des guirlandes de pop-corn et on mettra de la colle partout en essayant de fabriquer des décorations en papier crépon pour le sapin. Ce sera le plus beau de tout Rosemary et nous inviterons Nate pour qu'il vienne nous aider. Je suis sûre qu'il adorera lui aussi mettre de la colle partout.

J'ai déjà commencé à remplir ta bibliothèque de tous mes livres d'images préférés. J'ai écrit un petit mot sur la première page, avec la date à laquelle je l'ai acheté, au cas où je ne serais plus là pour les lire avec toi. C'est ton papa qui le fera. Il pourra aussi te parler de toutes ces librairies où je l'ai traîné pour trouver un titre particulier.

Les semaines passent et, bientôt, je verrai ta frimousse. Que nous ayons la vie devant nous ou seulement quelques instants volés, tu resteras à jamais la chose la plus importante qui me soit arrivée dans ma vie.

Ta maman qui t'aime pour toujours.

Harlow

Ce soir-là, un bal de charité était organisé au club, pour soutenir la caserne de pompiers de Rosemary Beach. La ville n'était pas très grande et la caserne la plus proche se trouvait à quarante-cinq minutes de route. Nous tenions donc tous à notre équipe de pompiers volontaires, dont la présence était nécessaire.

Woods s'était proposé pour accueillir l'événement, même si, en vérité, la plupart des habitants étaient suffisamment riches pour simplement faire un don. C'était d'ailleurs ce que faisaient déjà certains, ce qui avait permis d'ouvrir la caserne. Mais les riches sont friands de galas somptueux ; ça leur donne l'occasion de mettre de beaux habits et de passer la soirée en compagnie de gens importants, comme le père de Rush. Dean Finlay, le batteur de Slacker Demon et le meilleur ami de mon père, faisait partie du comité de direction du Kerrington Country Club. Il n'avait pas le profil habituel, mais Grant et Rush non plus, à vrai dire. Lorsque Woods avait hérité du club, à la mort de son père, il avait viré l'ancien comité pour choisir sa propre équipe. Son père et lui n'avaient jamais vu les choses de la même façon.

Abbi Glines

Je ne connaissais pas toutes les personnes sur la liste des invités, mais je savais que le sénateur Barnes devait être présent, ce soir-là. J'avais entendu son nom dans la bouche de Woods, récemment. Depuis le retour de Nan, je fréquentais moins souvent le club, préférant profiter de la nouvelle maison et tout préparer pour Lila Kate. Je gardais un peu mes distances avec la dynamique sociale du Kerrington Club, pour l'instant. Je voyais Blaire ou Della chez elles ou chez moi.

Ce soir-là, pourtant, Grant devait jouer son rôle de membre du conseil d'administration et il voulait que je sois à ses côtés. Trouver une robe pour l'occasion n'avait pas été une mince affaire, car mon ventre commençait vraiment à se voir. J'étais enceinte de trente et une semaines et tout allait bien pour Lila Kate et moi. Elle bougeait de plus en plus et avait même commencé à appuyer si fort avec ses petits pieds que je voyais des bosses apparaître sur mon ventre. Cela amusait toujours beaucoup Grant et son rire allégeait un peu l'inconfort que j'en ressentais. Franchement, je n'aurais pas échangé ces instants pour tout l'or du monde.

Avec l'aide de Blaire, j'avais déniché une petite robe en crêpe noir qui m'arrivait juste au-dessus du genou, avec une taille empire. Je la portais avec une paire de Louboutin argentées. Pourquoi avait-il fallu attendre d'avoir un ventre de la taille d'un ballon de basket pour me sentir merveilleusement bien dans ma peau ?

Un sifflement admiratif vint interrompre mes pensées et je levai les yeux vers le miroir. Derrière moi, Grant s'avançait, le regard brillant d'admiration. Je pris le

One more chance

temps de l'admirer de la tête aux pieds : son smoking lui allait comme un gant. J'avais beau l'avoir déjà vu en costard, je ne me lassais pas de sa beauté dévastatrice. Et puis, cette fois, c'était mon homme à moi. À la fin de la soirée, c'était moi qui aurais le droit de le déshabiller. Moi seule.

— Si je n'étais pas membre de ce putain de conseil, murmura-t-il après avoir déposé un baiser sur mon épaule nue, je crois que je te séquestrerais ici. Tu pourrais quand même porter ta petite robe sexy et on pourrait jouer au strip-tease. Toi, tu te déshabilles, et moi, je regarde.

Son sourire effronté me fit rire.

— Une fois de plus, c'est moi qui fais tout le boulot, à ce que je vois !

Il se passa la langue sur les lèvres et précisa d'un air gourmand :

— Fais-moi confiance, bébé. Quand l'effeuillage sera fini, je te promets que tu ne le regretteras pas.

— D'accord, tu m'as convaincue. On reste à la maison pour jouer.

Grant m'attira contre son torse, son regard plongé dans le mien dans le miroir. Nous étions là, tous les trois. Mon ventre inévitable, avec Lila Kate dedans. J'aurais voulu prendre une photo de nous trois à cet instant. Pour la glisser dans la prochaine lettre que je lui écrirais.

— Tu as ton téléphone sur toi ? demandai-je, en cherchant le mien du regard.

Il fouilla dans sa poche intérieure.

— Tiens.

— Je veux prendre une photo de nous, expliquai-je. De nous trois. Exactement comme ça.

— D'accord, répondit-il en me serrant davantage contre lui. Je pourrais peut-être la prendre à bout de bras, en contre-plongée. Des fois qu'on raterait ton adorable bosse.

— Ce n'est pas une bosse, d'abord. Soyons sérieux cinq minutes : c'est un ballon de plage.

— Oui, mais il ne faut jamais dire à une femme, même enceinte, que son ventre ressemble à un ballon de plage. Ça peut être dangereux. Maintenant, regarde la-haut. Le petit oiseau va sortir.

Au troisième essai, il réussit à nous avoir tous les deux en train de sourire, avec une belle vue sur mon ventre. La photo était parfaite.

— Envoie-la-moi sur mon téléphone. Je la veux aussi.

— Tu sais qu'on pourrait demander à quelqu'un de prendre de meilleures photos de nous, ce soir.

J'adorais notre *selfie* avec Lila Kate, mais l'idée n'était pas mauvaise. Je demanderais à Blaire. Comme ça, j'aurais plusieurs photos à glisser avec les lettres.

Le bal des pompiers était une réussite. Des centaines d'invités étaient venus et chacun avait payé une coquette somme en échange de son billet d'entrée. Rosemary verrait sans doute bientôt de nouveaux camions rutilants circuler dans ses rues.

Grant serrait des mains en souriant, sans jamais me laisser hors de sa vue. Il y avait tant de gens que je n'avais pas encore rencontrés ! Cela me rendait fière de le voir ainsi se glisser dans son rôle avec autant d'aisance. Il pouvait passer du play-boy sexy à l'homme d'affaires en un clin d'œil... Même si le play-boy était strictement réservé pour mon usage personnel.

One more chance

— Je vais essayer de trouver Dean. Rush le cherche. Il y a quelques invités de renom présents ce soir que Woods aimerait bien compter parmi les membres du club et il pense que Dean pourrait être l'homme de la situation. Ça ne t'embête pas si je t'abandonne quelques minutes ? Je ne vois pas Blaire, mais Della est juste là-bas, en train de bavarder avec Bethy et Jimmy.

Je préférais de loin la compagnie de Della, Bethy et Jimmy à celles de parfaits inconnus, même si plusieurs d'entre eux semblaient savoir qui j'étais. En voyant leurs yeux ronds quand ils remarquaient mon ventre, je me doutais que les magazines *people* allaient s'en donner à cœur joie dès le lendemain. Quelqu'un finirait bien par tweeter une photo de moi, afin de faire savoir au monde entier l'incroyable et délirante nouvelle. J'avais jusqu'alors réussi à rester discrète mais, dans cette foule, cela devenait vraiment difficile.

— Toujours enceinte, à ce que je vois... Genre, tu vas vraiment aller jusqu'au bout ?

La voix de Nan me glaça. J'hésitai un instant entre la saluer ou poursuivre mon chemin sans lui accorder un regard, mais j'en avais assez de cette agressivité entre nous. Je n'avais aucune raison de lui en vouloir et, même si je savais qu'elle me haïrait toute sa vie, je n'avais pas envie de m'abaisser à son niveau en jouant le même jeu qu'elle. Je me tournai donc vers elle.

— Oui, c'est mon intention, répondis-je simplement.

Elle ne méritait pas davantage d'explications.

Le front soucieux, elle lâcha un soupir exaspéré :

— Comment ça ? Ce cher vieux Papa ne t'a pas forcée à te faire avorter pour être sûr de sauver sa petite fille chérie ?

L'amertume dans sa voix me rendit triste. Triste pour elle. Nan était mauvaise, mais la vie n'avait pas toujours été rose pour elle. Notre père m'avait toujours fait comprendre qu'il m'aimait, quand j'étais petite. Nan, elle, n'avait pas eu la même chance.

— Kiro ne peut pas m'obliger à faire quoi que ce soit. C'est mon bébé. Pas le sien. Et la vie de cet enfant est plus importante à mes yeux que la mienne.

Elle me regarda un instant sans rien dire, comme si elle essayait de comprendre.

— Tu es sérieuse ? demanda-t-elle enfin.
— Oui.

L'espace d'une brève seconde, je crus que peut-être, juste peut-être, une page allait se tourner. Peut-être allions-nous connaître une trêve et forger des liens différents. Était-ce trop demander que ma demi-sœur et moi puissions éprouver un semblant d'affection l'une pour l'autre ? Apparemment, oui, car Nan haussa les épaules avec une moue dubitative.

— O.K., pourquoi pas ? C'est ta vie, après tout.

Elle fit volte-face sur ses talons aiguilles et disparut dans la foule. J'aurais pu jurer qu'elle portait une robe Valentino. Parfaite pour habiller son cœur de glace.

Pendant ce temps, Della, Bethy et Jimmy avaient disparu. Je tournai un instant sur moi-même pour essayer de repérer un visage familier dans la foule, mais je ne vis personne. Un peu d'air frais me ferait du bien, si bien que je décidai de sortir un instant en attendant Grant.

Lorsque la douceur de la nuit me caressa le visage, je fermai les yeux pour savourer cet instant. Je commençai à ne plus supporter ces regards braqués sur moi,

One more chance

me suivant partout où j'allais, étudiant chacun de mes gestes. C'était trop. Je voulais rentrer à la maison. Mon activité préférée, en ce moment, c'était de planter des fleurs dans le jardin, en la seule compagnie de Grant. Je vivais vraiment comme une recluse.

— Alors comme ça, la presse disait vrai. Elle est en cloque. On dirait même qu'elle ne va pas tarder à pondre.

Une voix féminine me parvint de l'obscurité du jardin. Je reculai dans l'ombre d'un chêne, de peur qu'on ne m'aperçoive. Quelle que soit la personne qui venait de parler, je n'avais pas envie de la croiser.

— Enceinte jusqu'aux yeux, oui! Et il est de Grant! Tu as vu? Il ne l'a pas lâchée de toute la soirée. Bailey s'est pratiquement jetée à ses pieds quand il est sorti faire un tour et il l'a repoussée.

L'autre fille émit un son agacé.

— N'importe quoi. À mon avis, c'est juste un petit coup de culpabilité. Genre, il a pitié parce qu'elle est enceinte de lui. Ce n'est pas comme s'il prévoyait de passer le restant de ses jours avec elle, non? Vous avez vu une bague de fiançailles dans le tableau, vous? Pas moi. CQFD.

L'estomac noué, je reculai davantage dans l'ombre. Je voulais fuir devant ces paroles cruelles. Ces filles ne savaient absolument pas de quoi elles parlaient. Elles n'étaient pas au courant de ma maladie cardiaque. Elles ne savaient pas que Grant se protégeait.

— Une chose est sûre, c'est qu'il était à deux doigts de demander Nan en mariage, l'an dernier. Elle a même dit qu'il avait déjà la bague et tout. C'est pour ça qu'elle l'a trompé. Elle n'était pas prête à s'engager. J'imagine qu'elle doit s'en mordre les doigts, mais peut-être que ce n'est pas trop tard. Après tout, la fille Manning est enceinte, c'est tout.

Demander Nan en mariage ? Il ne m'en avait jamais parlé. À le croire, sa relation avec elle n'avait jamais vraiment eu de sens. Il avait surtout cherché à l'aider. Lui avait-elle vraiment brisé le cœur ? Était-ce pour cette raison qu'il n'avait jamais abordé la question du mariage avec moi ? J'avais toujours pensé que c'était à cause de mon cœur et qu'il serait toujours temps d'en parler, si je survivais à la grossesse et à l'accouchement.

— Je les ai vus discuter tout à l'heure. Ils avaient l'air drôlement copains. Au fait, cette fille, elle n'a pas un problème cardiaque ? On peut avoir des gosses, avec ce genre de maladie ?

J'en avais assez entendu. Il était temps de rentrer. Retourner dans cette salle bondée, sachant que les autres invités pensaient tous à peu près la même chose, c'était trop. Je voulais juste rentrer chez nous pour me cacher. Ou bien, devrais-je dire « chez lui » ? Je n'avais rien acheté. C'était Grant, le propriétaire. Ne faisais-je partie du décor que de façon temporaire ? Trois petits tours et puis s'en vont ?

Oh mon Dieu. J'en avais la nausée. Il fallait vraiment que je parte. Je fis un long détour pour éviter les deux pipelettes, puis rejoignis le voiturier. Impossible d'emprunter le pick-up de Grant. Même s'il n'y avait que quelques kilomètres jusqu'à la maison, je ne me sentais pas assez en forme pour conduire.

— Bonsoir, mademoiselle Manning. Voulez-vous que j'avance votre voiture ?

C'était Henry, l'un des voituriers du club.

One more chance

— Est-ce que je pourrais avoir un chauffeur, plutôt ? demandai-je, en m'efforçant de ne pas fondre en larmes devant lui. J'aurais besoin qu'une des limousines du club me dépose chez moi.

Henry fit un signe en direction du parking. J'avais laissé ma cape au vestiaire, mais j'avais ma pochette avec moi, si bien que j'avais au moins la clé de la maison. Je ne me sentais pas la force de faire face à Grant tout de suite. Mais il allait s'inquiéter. Sortant mon téléphone, je décidai de lui envoyer un texto.

Je ne me sens pas bien. La soirée est finie pour moi. Tu n'as qu'à rester pour en profiter. Un chauffeur du club me ramène.

Au moment même où j'envoyais le message, une Mercedes noire freina devant moi et Henry m'ouvrit la portière.

— Bonsoir, mademoiselle Manning, salua-t-il avec chaleur.

— Merci, répondis-je en me glissant sur la banquette de cuir.

Le chauffeur croisa mon regard dans le rétroviseur.

— J'ai cru comprendre que vous vouliez rentrer chez vous, mademoiselle Manning. Est-ce exact ?

— Oui, s'il vous plaît, parvins-je à articuler.

La voiture démarra et je laissai mon regard se perdre par la fenêtre.

Grant

Je ne me sens pas bien. La soirée est finie pour moi. Tu n'as qu'à rester pour en profiter. Un chauffeur du club me ramène.

Qu'est-ce que c'était que ce bordel ?

Je fis demi-tour pour ressortir de la salle de réception, ignorant un invité qui me faisait signe de loin. Je me dirigeai vers la sortie en composant le numéro de Harlow. Au bout de trois sonneries, je tombai sur la messagerie. Je me crispai : je détestais ce répondeur. Je haïssais son message d'accueil, qui me rappelait une période de ma vie que j'aurais préféré oublier.

— Voulez-vous que je fasse avancer votre pick-up, monsieur Carter ? demanda le voiturier, tandis que j'essayais de nouveau d'appeler Harlow.

— Quand est-ce que Har... Mlle Manning est partie ? demandai-je. Et oui, je veux bien ma voiture. Fissa.

— Bien, monsieur. Mlle Manning est partie il n'y a pas cinq minutes. C'est Vern Bower qui la ramène dans l'une des limousines du club, monsieur.

— Il est déjà revenu ? demandai-je.

One more chance

De nouveau, le répondeur.

— Non, monsieur. Mais il est parti il y a...

— Cinq minutes, j'ai entendu, l'interrompis-je un peu brutalement.

Je mettais d'habitude un point d'honneur à être toujours poli avec le personnel du club, mais là, j'étais inquiet. Pourquoi Harlow serait-elle partie comme ça, sans un mot ? Il avait dû se passer quelque chose. Je n'aurais pas dû la laisser toute seule dans cette foule. Quelqu'un avait dû lui dire quelque chose qui l'avait blessée.

— Mlles Dreyden et Quinton se trouvaient sur la pelouse, là-bas, il y a quelques minutes encore, annonça soudain le voiturier. Elles bavardaient entre elles.

Les noms me disaient quelque chose. C'était deux copines de Nan.

— Et donc ?

Henry se redressa un peu et ajusta son nœud de cravate, puis il regarda autour de lui pour s'assurer que nous étions seuls.

— Elles parlaient de la grossesse de Mlle Manning, monsieur. Ainsi que de sa relation avec vous. Ou plutôt, de l'absence de relation, si vous voyez ce que je veux dire.

Pardon ? « L'absence de relation » ? De quoi parlait-il ? Il n'y avait pas d'absence de relation entre Harlow et moi, bordel ! Au contraire, notre lien était si fort qu'il emportait tout sur son passage.

— Je ne suis pas sûr de comprendre, mon vieux...

Mon pick-up fut avancé. Harlow m'expliquerait ce que ces deux perruches avaient bien pu dire pour la faire fuir ainsi. J'ouvris la portière. Henry s'éclaircit la gorge.

— Elles se sont vaguement interrogées sur l'absence d'un diamant au doigt de Mlle Manning, monsieur...

Je me tournai vers lui, une jambe dans la voiture. Il était rouge comme une pivoine, comme si cela lui avait coûté de prononcer ces paroles. Tout était clair, à présent. Et jamais Harlow ne m'aurait avoué avoir entendu une horreur pareille.

— Merci, Henry.

—Je vous en prie, monsieur. Mlle Manning s'est toujours montrée très gentille avec moi. Il m'a été aussi pénible qu'à elle d'entendre de telles sornettes.

Ce type méritait une augmentation. Je devais appeler Woods dès le lendemain pour lui en toucher deux mots.

— Merci, Henry. Je saurai m'en souvenir.

Je fermai la portière et démarrai en trombes.

La lumière était allumée sur la véranda, ainsi que dans la chambre, à l'étage. Elle était rentrée sans problème. Au moins, j'étais rassuré sur ce point. Je remontai l'allée aussi vite que possible. À peine entré dans la maison, je montai l'escalier. J'entendais de l'eau couler dans la salle de bains. Elle avait dû décider d'en prendre un. Le parfum de lavande m'accueillit dès que je posai le pied dans notre chambre. Son téléphone était posé près de son sac à main, sur notre lit. Elle n'avait donc pas ignoré mes appels. Elle était simplement trop occupée dans la salle de bains pour m'entendre. Enfin, je l'espérais.

— Harlow ? appelai-je pour ne pas la surprendre.

Allongée dans la baignoire, elle leva vers moi un regard sérieux. Je ne savais pas trop si elle était furieuse ou blessée, car son visage ne trahissait rien. Après les

One more chance

épreuves que nous avions traversées et après l'avoir persuadée de me redonner une place dans son cœur, j'avais du mal à me retrouver de nouveau exclu. J'avais besoin de savoir ce qu'elle pensait.

— Tu es partie sans moi, dis-je en m'approchant de la baignoire.

Le bout de ses orteils apparut à la surface de l'eau pour jouer avec le filet qui coulait du robinet.

— Je voulais que tu profites de ta soirée, répondit-elle doucement.

— Pas possible si tu n'es pas avec moi, dis-je en m'asseyant sur le rebord de la baignoire.

— Tu vas mouiller ton smoking, fit-elle remarquer avec sollicitude.

— Si tu savais comme je m'en fous. C'est toi qui m'inquiètes, plutôt.

— Je vais bien, répondit-elle en levant les yeux vers moi. J'étais juste un peu fatiguée. Ça faisait trop de monde d'un coup.

Comme je l'avais craint, elle ne m'avouerait jamais ce qu'elle avait dû entendre. Elle ne voulait pas donner l'impression de me forcer la main pour le mariage, comme si c'était quelque chose qui pouvait me déranger ou me répugner. La connaissant, c'était sans doute quelque chose dans ce goût-là.

Inutile d'essayer de la faire parler. Je devais simplement lui prouver que ce qu'elle avait entendu dans la bouche de ces furies n'était pas vrai. J'avais déjà envisagé de lui passer la bague au doigt et m'étais demandé comment lui présenter la chose. Je craignais d'aller trop vite pour elle, car elle n'avait pas besoin de stress supplémentaire. Mais cela faisait bel et bien partie de mes projets ! Je n'avais pas acheté cette maison pour y vivre avec ma petite copine du moment. Je l'avais achetée pour nous. Harlow, Lila Kate et moi. C'était chez nous.

J'avais pensé que c'était clair entre nous. Cela dit, je savais aussi à quel point ces filles pouvaient être de vraies peaux de vache et que, si elles croyaient dur comme fer à leurs ragots, elles n'avaient sans doute pas eu de mal à déstabiliser Harlow. J'avais déjà dû repousser les assauts lourdingues de Bailey et expliquer à Nan que ma relation avec Harlow ne la regardait pas, mais l'inquiétude de cette dernière était pire que tout.

— Ne t'inquiète pas pour moi. Je vais bien. Je voulais juste prendre un peu le large et me reposer.

Je repoussai une mèche de cheveux qui s'était échappée de son chignon.

— Je t'aime, tu sais ?

— Je t'aime aussi.

Cela ne suffisait pas. Je devais lui prouver la force et la sincérité de mes sentiments.

Ma petite Lila Kate,

Je t'ai acheté plus d'habits que tu n'en porteras jamais. Je les ai pliés et repliés un million de fois et je m'assure sans cesse que tes petites robes sont bien suspendues dans ton placard ou que tu as une paire de chaussures assorties à chaque tenue. Des trucs bêtes dont un bébé se fiche bien, mais ça m'occupe en attendant ton arrivée.

J'ai également commencé un album de photos de ton papa et moi. Il y en a même de nous trois. J'adore celle où ton père a la main posée sur mon ventre. On dirait qu'il te tient aussi dans ses bras. Hier, il a engagé un photographe professionnel pour faire notre portrait. C'était une surprise ! Nous avons à présent des photos magnifiques de nous dans tous les coins de la maison.

Mon endroit préféré chez nous, c'est la balançoire sous l'arbre. En plus, je pourrai dire que j'ai été la première à t'y faire te balancer. J'ai même une photo pour preuve : elle se trouve sur la couverture de ton album de famille. Tu la reconnaîtras tout de suite.

Je m'imagine assise sur la véranda avec toi un jour, en train de feuilleter l'album. J'espère que les pages en seront écornées, à force d'avoir été tournées.

Si jamais tu regardes cet album avec ton père ou toute seule, sache que j'en ai créé chaque page avec amour. Je me sentais tellement heureuse et ma vie me semblait enfin complète.

Ta maman qui t'aime pour toujours.

Harlow

Je scellai la dernière enveloppe et nouai un ruban de satin rose autour de la pile de lettres. Il me restait encore huit semaines avant le terme et j'avais bien l'intention d'en écrire d'autres. Pour l'instant, il y en avait une de prévue pour chacun des anniversaires de Lila Kate, ainsi que chaque Noël jusqu'à ses vingt et un ans. Il y en avait également une pour son premier jour de maternelle, son dernier jour de lycée, le jour de son mariage, la naissance de son premier enfant et son trentième anniversaire. Si jamais je venais à disparaître, je voulais lui laisser un petit morceau de moi-même. Si seulement j'avais pu avoir un peu de ma mère en grandissant... J'aurais tout donné pour ça. Lila Kate, au moins, aurait une preuve de mon amour.

Je pris dans mes mains la seconde pile de lettres. Celles-ci étaient adressées à Grant : une pour le jour de mon enterrement, une pour son premier jour seul avec Lila Kate, quand il faudrait reprendre le cours normal de la vie, une pour le premier jour de maternelle de notre fille et une au cas où il tomberait de nouveau amoureux. Celles-là étaient entourées d'un ruban rouge.

One more chance

Si jamais je n'étais pas à ses côtés pour l'aider à élever notre petite fille, je voulais qu'il ait au moins mes mots. Je voulais qu'il sache que je le regardais de là-haut, que j'étais fière de lui et que je pensais qu'il s'en sortait comme un chef. Je voulais aussi qu'il se sente libre de continuer sa vie, le moment venu. Il restait mon seul et unique amour. Mon prince charmant. Mais il était possible que je ne sois pas sa princesse de contes de fées. Il avait encore une longue vie devant lui et je ne voulais pas qu'il la passe seul.

Je rangeai les deux piles de lettres dans le dernier tiroir de la commode de Lila Kate, puis plaçai une lettre solitaire sur le dessus, la première qu'il lirait. Bientôt, je lui expliquerais où elles se trouvaient et pourquoi je les avais rédigées.

Je laissai l'album sur la commode, car Grant en connaissait l'existence, même s'il ne savait pas pourquoi je réunissais toutes ces photos. Il pensait juste que je faisais un album de souvenirs pour Lila Kate. J'avais fait encadrer ma photo préférée de nous trois, celle où nous étions assis sur les marches de la véranda ; j'appuyais ma tête contre l'épaule de Grant, qui me serrait dans ses bras, une main posée sur mon ventre. Le cadre était accroché au-dessus de la table à langer de Lila Kate et c'était la première chose qu'on voyait en entrant dans sa chambre.

— Encore en train de plier de la layette ? demanda Grant en entrant.

Je ris. Ce n'était pas la première fois qu'il me surprenait en train de ranger une énième fois le placard et les tiroirs. Même s'il ne comprenait pas, il ne se moquait jamais de moi. Cela le faisait sourire et il me répétait que Lila Kate allait avoir la plus fantastique maman du monde. J'espérais seulement que c'était vrai.

Grant ne parlait jamais de ce qui pouvait m'arriver. Chaque visite chez le médecin le rassurait un peu plus et il ne regardait plus mon ventre d'un air circonspect, comme on regarde un ennemi dont il faut se méfier. Il posait souvent les mains dessus et avait même commencé à parler régulièrement à Lila Kate.

— Je veux que tout soit parfait pour elle, expliquai-je en refermant le tiroir avec les lettres.

— Tout sera parfait, parce que tu seras là, répondit-il.

Avant que je ne puisse répondre, il s'avança vers moi.

— Le photographe revient cet après-midi. Il y a encore quelques photos que j'aimerais qu'il prenne.

Vraiment? J'allais lui demander des précisions quand il se planta soudain en face de moi et me prit les deux mains. Puis, comme au ralenti, il mit un genou à terre. Soudain, je ne fus plus en mesure de parler ni même de respirer. C'était tellement inattendu. Après l'épisode du bal, j'avais fini par accepter le fait que Grant n'était pas prêt pour le mariage. Il prenait déjà de gros risques avec moi et il n'aimait pas ça. Il était plutôt du genre prudent.

— Harlow Manning, commença-t-il en sortant une petite boîte en satin noir de sa poche. Je suis sans doute tombé fou amoureux de toi dès le premier jour. Après notre rencontre, je ne parvenais pas à t'oublier. Je cherchais le moindre prétexte pour être avec toi. Je rêvais de toi et fantasmais sur toi. Et puis, un jour, grâce au traiteur chinois…

Le souvenir nous fit sourire tous les deux.

— … j'ai réussi à te coincer plus d'une minute dans la même pièce que moi. J'ai compris ce soir-là en t'embrassant que je ne serais plus jamais le même. Que plus rien ne serait jamais pareil. Tu étais entrée dans ma vie.

Il s'interrompit un instant puis, avec un petit sourire craintif, il ouvrit la boîte. À l'intérieur, un diamant en poire était niché dans un petit coussin de velours. Simple et élégant. Je ne portais pas souvent de bijoux, mais ça... J'étais prête à le porter pour toujours. Mes yeux se remplirent de larmes. C'était bien réel. Je m'essuyai rapidement les joues et laissai échapper un petit rire, aussi léger qu'une bulle. J'étais encore dans un bel état!

— Tu me terrifies. Je n'ai jamais connu personne de plus lumineux que toi et aucune femme ne m'a jamais donné autant que toi l'envie de devenir meilleur. Je pourrais passer ma vie à essayer d'être digne de toi, mais cela ne suffirait pas. Personne ne tiendrait la comparaison. Tu es une perle rare et précieuse et je ne peux imaginer vivre sans toi. Tu es mon bonheur. Mon foyer. Accepterais-tu de faire de moi le plus heureux des hommes en devenant ma femme?

Les larmes coulaient à présent sans retenue, tandis que je restai là, devant cet homme magnifique agenouillé devant moi. Un homme qui venait de prononcer les paroles les plus douces qu'on puisse rêver entendre.

— Oui, chuchotai-je simplement.

Inutile de lui rappeler les risques qu'il prenait. Il le savait. Nous le savions tous les deux parfaitement. Mais il s'en fichait. À ses yeux, je valais la peine de prendre des risques. Voilà ce que signifiait sa demande.

— Oui? répéta-t-il, tandis qu'un sourire radieux se dessinait lentement sur son visage.

Lorsque je hochai la tête, il laissa échapper un rire soulagé, puis bondit sur ses pieds pour me prendre le visage à deux mains. Quand ses lèvres se posèrent sur les miennes, je compris que, même si je devais mourir le lendemain, j'aurais eu une vie. Une belle vie. Grant me souleva soudain dans les airs pour m'emporter hors de la chambre.

— Repose-moi! m'écriai-je. Je pèse au moins une tonne! Tu vas te casser le dos!

— Tu n'as pris que huit kilos, bébé. On est loin du compte.

Voyant qu'il se dirigeait vers la chambre à coucher, je décidai de ne plus protester. S'il avait la même chose que moi en tête, j'étais partante à cent pour cent. Grant me posa en douceur sur le lit, puis commença à me retirer mes chaussures. Il m'embrassa délicatement la plante des pieds, avant de se relever pour m'enlever mon chemisier. Je me laissai déshabiller sans un mot, car il semblait bien s'amuser. Lorsqu'il tira sur mon legging, je levai simplement les fesses pour l'aider. Bientôt, je me retrouvai complètement nue devant lui.

— Ce n'est pas très juste, protestais-je en tendant une main vers la ceinture de son jean.

En riant, il me laissa déboutonner son pantalon, qu'il retira et laissa à terre, bientôt rejoint par son T-shirt. J'admirai un instant son corps puissant et sculpté, avant de laisser une main courir sur son ventre. J'adorais admirer ses muscles ciselés.

— Allonge-toi et écarte les cuisses pour moi, tu veux bien?

Sa voix avait pris une teinte sombre et sexy, et son regard s'était fait plus brûlant sur mon corps exposé.

One more chance

Je reculai un peu sur le lit et ouvris les jambes comme il me l'avait demandé. Le petit sourire gourmand qu'il m'adressa avant de glisser sa tête entre mes cuisses me laissa frissonnante d'impatience. J'adorais les sensations qu'il faisait naître en moi.

Lorsque sa langue passa une première fois sur ma fente, je levai les bras pour agripper la tête de lit, m'efforçant de ne pas m'acharner sur ses cheveux et de garder un minimum le contrôle sur la situation. Ou pas. J'étais devenue hypersensible dans ces régions, mais j'avais lu que c'était normal. Je pensais bien plus souvent au sexe qu'avant. Cela dit, il me suffisait de regarder Grant pour que des pensées coquines se mettent à fleurir en moi. Je voyais des corps-à-corps torrides et moites. Du genre que nous ne pouvions pas avoir en ce moment, malheureusement. Cela me manquait. Vraiment.

— Donne-moi ta main, ordonna-t-il.

J'obéis rapidement et il la positionna sur mon sexe humide.

— Tiens-toi ouverte pendant que je te lèche.

Hum. Voilà qui était nouveau. À deux mains, j'écartai doucement mes replis secrets, tandis qu'il concentrait les caresses de sa langue sur mon point sensible. J'étais déjà à deux doigts de jouir et mon vagin se contractait déjà d'impatience. Sentant l'orgasme se préciser, je me mis à gémir avec force mais, juste avant le point de non-retour, Grant cessa ses caresses et se redressa pour se glisser en moi, avec aisance et lenteur, laissant échapper un grognement de satisfaction.

— Chaque fois que je te pénètre, je me dis que c'est la sensation la plus incroyable au monde, mais la fois suivante est encore plus dingue.

Je plantai mes ongles dans les muscles de ses bras et il commença à accélérer le rythme.

— Je ne m'en lasse jamais. Je voudrais vivre à l'intérieur de cette chatte.

À ces mots, je fus de nouveau sur le point de jouir. Cette fois, pourtant, au lieu de se retirer, il se pencha vers ma poitrine pour prendre dans sa bouche le bout d'un de mes seins, qu'il se mit à sucer avec ardeur. Cela suffit à me faire basculer et un orgasme fabuleux me propulsa au septième ciel.

— Oh, comme tu m'excites! haleta-t-il en bougeant plus rapidement encore ses hanches.

Avec un grognement, il roula sur le côté, m'entraînant avec lui jusqu'à ce que je me retrouve à califourchon sur lui.

— Ne t'arrête pas, souffla-t-il. Je vais jouir.

Son corps fut parcouru de soubresauts. Lorsqu'il eut fini, je déposai une pluie de baisers entre son épaule et sa bouche.

— Quand on pourra de nouveau faire des folies de notre corps, j'ai des projets pour toi, ma belle. Des projets très coquins.

— C'est une promesse? demandai-je en souriant.

— Parfaitement.

Ce soir-là, Grant passa plusieurs heures à me montrer combien il m'aimait et je profitais de tous les plaisirs qu'il pouvait faire naître en moi. Plus tard, nous étions endormis, lovés dans les bras l'un de l'autre, lorsque je ressentis soudain une vive douleur. Aussitôt, je me roulai en boule sur le côté en hurlant. La douleur était trop forte. Quelque chose n'allait pas. Je savais que les

One more chance

contractions étaient douloureuses, mais ce ne pouvait être ça. Il se passait vraiment quelque chose de grave.

Grant bondit hors du lit en essayant de me parler, mais je ne parvenais même pas à comprendre ce qu'il me disait, m'efforçant par-dessus tout de retenir mes cris. Sa voix ne m'apaisait pas. Rien ne me soulageait. La douleur s'estompait lentement, puis reprenait de plus belle.

— L'ambulance sera là dans cinq minutes, dit soudain Grant, d'une voix terrorisée.

J'aurais voulu le rassurer mais, cette fois, c'était au-dessus de mes forces. Je devais d'abord penser à moi et à notre bébé. Je sentis soudain un linge frais m'essuyer le front et Grant répétait qu'il m'aimait et qu'il allait veiller sur moi. Soudain, il poussa un juron et glissa sa main entre mes cuisses.

— Non ! Putain, non !

En baissant les yeux, je vis une mare de sang sur les draps. Puis, tout devint noir.

Grant

La double porte se referma sur les médecins et les infirmières qui poussaient le brancard où Harlow gisait, sans connaissance. Je n'avais pas le droit d'aller plus loin. Hébété de douleur et de terreur, je regardai ma vie disparaître dans ce couloir, sans aucune promesse de retour.

À travers les petites vitres, je vis le brancard tourner dans un autre couloir, puis plus rien. Je devais attendre ici. C'était tout ce qu'on m'avait dit. Pas un mot de plus. Personne n'avait pu me dire si je reverrais un jour le sourire de Harlow. Si elle ouvrirait de nouveau les yeux. Ni si Lila Kate verrait la lumière du jour.

Tout ce que je savais, c'était que mon cœur et mon âme se trouvaient là-bas, quelque part, avec Harlow.

— Grant.

La voix de Rush retentit derrière moi, mais je ne me retournai pas, refusant de quitter la porte des yeux. C'était mon seul lien avec Harlow. Une main se posa sur mon épaule et deux bras m'entourèrent. Je ne savais même pas comment Blaire et Rush étaient au courant,

One more chance

car je n'avais appelé personne. J'aurais pu leur poser la question, mais je restai sans voix, focalisé sur ma porte. Je devais me concentrer, pour encourager Harlow à vivre. Elle devait revenir.

— Bethy a aperçu une ambulance partir de chez vous en rentrant du boulot, expliqua Blaire. Elle nous a aussitôt appelés. C'est elle qui garde Nate. Woods et Della sont en route et Rush va appeler Mase. Il vaut mieux que ce soit lui qui prévienne Kiro.

Du coin de l'œil, je vis Rush hocher la tête, puis s'éloigner pour passer son coup de fil.

Kiro. C'était mon seul espoir. Je n'aurais pas à vivre sans Harlow, car, si elle ne survivait pas, Kiro me tuerait. Il me l'avait promis. J'étais prêt à lui prêter mon flingue, en cas de besoin.

— Ils vous ont dit quelque chose ? demanda soudain la voix de Della, tandis que ses talons cliquetaient furieusement contre les dalles du couloir.

Je restai incapable de détacher mon regard de ces portes. De cette fenêtre.

— Non. Je voulais que Rush se renseigne, mais il est d'abord allé appeler Mase. Il trouvera peut-être quelqu'un pour nous tenir informés.

— Woods va s'en occuper, affirma Della.

De nouveau, une main se posa sur mon épaule.

— Je reviens au plus vite, murmura Woods. On est là, mon vieux. Ça va aller. C'est une battante.

Je hochai vaguement la tête, même si je n'y croyais pas du tout. Peut-être que plus rien ne serait jamais comme avant.

— Mase arrive, annonça Rush en s'approchant de moi. On dirait bien que l'hôpital va être plein. Je suis désolé, mais tout le monde vous adore, Harlow et toi. Elle fait partie de la famille, maintenant.

Elle en était même le meilleur élément. Blaire me tira doucement par le bras.

— Viens t'asseoir un instant, proposa-t-elle de sa voix douce.

— Non. Je veux voir.

Je n'avais pas l'intention de m'expliquer davantage, mais je refusai de bouger.

— Allez tous vous asseoir, dit Rush. Je reste avec lui.

Rush, au moins, semblait comprendre mon besoin de rester là, à monter la garde. Les autres s'éloignèrent lentement, mais Rush resta avec moi. J'avais besoin de lui, même si je ne lui aurais jamais avoué une chose pareille. Sa simple présence à mon côté me faisait du bien. Je me sentais plus fort. Comme si j'avais soudain une infime chance de ne pas exploser en un million de morceaux, en attendant Harlow. Il m'aidait à ne pas perdre complètement la boule.

Je n'avais même pas pris la peine d'appeler mon père. Il n'avait pas pris une seule fois des nouvelles de Harlow, depuis son coup de fil quelques mois plus tôt. Il se fichait bien de savoir ce qui se passait dans ma vie. Tout ce qui l'intéressait, c'était que je fasse mon boulot. Cela dit, il faudrait bien que je l'appelle tôt ou tard pour lui expliquer pourquoi je ne venais pas travailler.

— Elle est au bloc, c'est tout ce que j'ai pu apprendre, annonça Woods, à son retour. Ils nous tiendront au courant dès qu'ils en sauront plus.

Au bloc. Ils étaient en train de l'opérer. Et je n'étais pas là pour lui tenir la main. Pour lui murmurer que tout irait bien. Elle était seule.

One more chance

— Elle a besoin de moi, hoquetai-je.
— Elle a besoin que tu sois fort, répondit Rush.

Je le savais, mais je n'étais pas sûr d'en avoir le courage. Et s'ils commettaient une erreur ? Et si son cœur ne tenait pas le coup ?

— Quand nous étions gosses, elle a subi une opération à cœur ouvert. Elle avait tellement peur que, la veille, elle s'est pelotonnée sur les genoux de Kiro en pleurant. Pour la calmer, il lui a raconté l'histoire d'une princesse qui sombrait dans un profond sommeil. Tout ce dont elle avait besoin pour se réveiller, c'était de savoir que l'homme qu'elle aimait le plus était en train de l'attendre. Si elle savait qu'il était là, elle se réveillerait pour le voir.

Rush laissa échapper un petit rire.

— Je pensais que c'était une histoire à la con mais, après l'opération, quand je suis allé la voir, je lui ai demandé si le fait d'être endormie était aussi flippant qu'elle l'avait cru. Elle a répondu : « Non. Je savais que mon papa attendait que je me réveille. Alors, je me suis réveillée. » C'était aussi simple que ça. Elle sait que tu es là, à attendre son réveil. Et j'ai confiance : elle va rouvrir les yeux.

Je voulais croire que je pouvais être sa force. Qu'elle me reviendrait. Qu'elle ne renoncerait pas. Pourtant, j'avais si peur que mes espoirs ne suffisaient pas. Je revoyais sans cesse tout ce sang sur le lit et son visage si pâle. Et puis soudain, plus rien. Le noir. Son cœur battait encore et elle respirait toujours, mais pas moi. C'était comme si j'étais en train de vivre mon pire cauchemar.

J'entendis de nouvelles voix dans la salle d'attente, mais je ne me retournai pas. Rush restait à côté de moi, en silence. Je continuai à regarder les portes closes et je crois que lui aussi.

Des infirmières entraient et sortaient. L'une d'elles finit par nous demander ce que nous faisions là et Rush lui expliqua que nous attendions. Elle dut lire la détermination sur mon visage, car elle repartit sans rien ajouter.

Plusieurs personnes vinrent me voir pour me murmurer quelques paroles de soutien et me tapoter l'épaule. Jimmy, Thad, Darla, la tante de Bethy et même Henry, le voiturier. Je ne savais pas qui d'autre encore était là, car je refusais de quitter la porte des yeux.

— On a des nouvelles ?

La voix de Nan me prit par surprise et je me crispai légèrement. Elle choisissait vraiment mal son moment. Elle n'avait rien à foutre là. Elle se fichait bien de Harlow. Elle n'avait jamais rien eu d'autre que de la rancœur pour elle et avait toujours cherché à lui pourrir la vie à la moindre occasion.

— Non, répondit Rush à sa sœur. Si tu as l'intention de rester, va t'asseoir avec les autres dans la salle d'attente.

Je m'attendais qu'elle proteste ou fasse un commentaire mesquin, mais elle s'éloigna sans rien dire. Si je n'avais pas été aussi obnubilé par Harlow, je me serais demandé si un miracle ne venait pas de se produire.

— Ça fait plus d'une heure que tu es planté là, me dit soudain Rush. Tu veux que j'aille te chercher quelque chose à boire ?

— Non.

Je n'allais quand même pas siroter un soda alors que la vie de Harlow ne tenait qu'à un fil.

One more chance

— Bon. Je te laisse te déshydrater, alors...

Soudain, la double porte s'ouvrit et un médecin sortit. Il étudia un moment la foule dans le couloir et son regard se posa sur moi.

— Je cherche la famille de Harlow Manning, annonça-t-il.

J'essayai de répondre, mais aucun son ne sortit. J'avais la gorge si serrée par la panique que j'avais même du mal à respirer. Voilà. Le moment était arrivé. La nouvelle que je redoutais tant.

— C'est nous, répondit Rush à ma place, comprenant que je n'y arriverais pas.

Le médecin s'approcha, puis jeta un nouveau coup d'œil par-dessus l'épaule de Rush.

— Jamais vu autant de monde dans la salle d'attente, fit-il remarquer.

— Harlow est très appréciée, répondit Rush.

Un hoquet étrange m'échappa et le médecin me regarda d'un air bizarre :

— Ça va ?

— Donnez-lui des nouvelles de Harlow, répondit la voix de Blaire derrière moi. Sinon, il va faire une crise de panique.

— Je cherche la famille directe, expliqua le médecin.

— C'est ma fiancée, parvins-je enfin à balbutier.

— O.K. Ça me va. J'imagine que vous êtes le père du bébé.

J'acquiesçai.

— Félicitations, alors. Vous avez une petite fille qui est née à 2 h 45, avec un peu d'avance... Nous avons dû faire une césarienne en urgence et elle va devoir rester en néonat' pendant un moment. En dehors de ça, son développement est parfait et il ne semble y avoir aucun problème avec son cœur. Elle pèse 1,5 kilo et mesure 40 centimètres. Je vais avoir besoin de vous pour l'acte de naissance. Dès que vous serez prêt à passer dans le service pour la voir.

Lila Kate était vivante. Elle était là. Le 28 septembre 2014, j'étais devenu papa. J'inspirai profondément. Harlow avait réussi. Elle avait mis au monde un bébé vivant et en bonne santé. Mais elle-même...

Comme s'il venait de lire dans mes pensées, le médecin poursuivit :

— Nous avons perdu Harlow pendant quelques secondes, mais elle est revenue assez vite. C'est une battante.

— Vous l'avez perdue ? demandai-je, sans comprendre.

— Son cœur s'est arrêté de battre, mais on l'a un peu aidé et il est reparti. Toutefois, elle n'a pas encore repris connaissance et son état reste critique. Je ne peux pas vous dire pour l'instant si elle va se réveiller. Son cœur et son organisme viennent de subir un traumatisme grave. Elle a perdu beaucoup de sang et il va falloir la transfuser. En raison de sa nature délicate, il faut que ce soit du A positif. Si vous connaissez un membre de sa famille avec le même groupe sanguin, un parent, un frère ou une sœur, ce serait l'idéal.

J'étais B négatif. Je ne pouvais rien pour elle. Elle avait besoin de moi et je ne pouvais rien faire pour elle.

— Je suis O négatif, intervint Woods. Je ne suis pas de la famille, mais je sais que les O négatifs sont des donneurs universels.

One more chance

— C'est vrai, reprit le médecin. Mais un membre de la famille avec le même groupe, ce serait encore mieux.
— Moi, je suis A positif, intervint une voix. Je suis sa sœur. Je veux bien donner mon sang.
Toutes les personnes présentes dans la salle d'attente se turent pour regarder Nan, qui s'était levée.

Ma douce Lila Kate,

Aujourd'hui, tu es venue au monde. J'écris ces lignes avant même de t'avoir vue, au cas où je ne serais pas là pour te prendre dans mes bras et t'accueillir dans la vie. J'imagine, cependant, que tu es parfaite et belle. Et aussi, je parie que tu as les yeux bleus de ton papa. J'espère que tu as aussi son sourire.

Si jamais nous n'avons pas pu nous rencontrer, sache que tu es ma plus grande réussite. Tu étais un rêve que je n'espérais même pas voir un jour se réaliser. Depuis toute petite, je rêvais d'être maman. Je voulais un bébé à moi. Mais je n'ai véritablement compris ce que cela signifiait que lorsqu'on m'a appris que tu étais à l'intérieur de moi. J'aimais déjà tellement ton papa. Tu étais un bout de lui et je t'aimais avec la même adoration féroce.

Tous les choix que j'ai faits à ce jour ont été délibérés et je ne changerais rien. Bien sûr, j'aimerais avoir la chance de te serrer dans mes bras, au moins une fois. Si jamais c'est impossible, sache que je t'ai portée en moi pendant neuf mois (j'espère) et que je t'ai aimée chaque jour.

Dors bien, tu es en sécurité entre les bras de ton père. Je le sais d'expérience. Il saura te protéger. Quand tu auras peur, il te rappellera qu'il est à tes côtés, toujours.

Plus que tout, je veux te dire ceci : tu es une battante. Tu es forte. Tu es courageuse. Tu peux accomplir tout ce que tu décideras d'entreprendre. Ce monde t'appartient. Profite de

One more chance

la vie, qui te le rendra en te comblant d'un tel bonheur que je le sentirai de là-haut.

Ne laisse jamais personne te tirer vers le bas. Les paroles des autres ne peuvent changer qui tu es. C'est toi-même qui décideras de cela. Toi, ma jolie Lila Kate, tu es la fille de ta mère. Nous n'avons que faire des bavardages et avons confiance en nous-mêmes. Montre au monde qui est cette étonnante Lila Kate Carter et franchis des montagnes, mon bébé. Franchis-les toutes.

Ta maman qui t'aime pour toujours.

Grant

Elle était minuscule. C'était même l'être le plus minuscule et le plus parfait que j'aie jamais vu de ma vie. Ils m'avaient fait prendre une douche et j'avais dû enfiler un habit vert avant d'entrer dans la petite chambre où se trouvait Lila Kate. Elle dormait dans une couveuse, un tube relié à sa poitrine. Ses petits pieds étaient complètement recroquevillés contre son torse. En dehors d'une minuscule paire de chaussettes, elle ne portait qu'une couche et un petit bonnet de tricot. N'avait-elle pas froid ?

— Dans quelques jours, vous pourrez la prendre dans vos bras, m'expliqua doucement l'infirmière. Pour l'instant, il faut la surveiller de près pour être sûr qu'elle est en aussi bonne santé qu'elle en a l'air. Elle a poussé un cri en sortant, ce qui est bon signe.

— Elle est forte. Comme sa mère.

Ma voix se brisa. Je n'avais pas encore été autorisé à voir Harlow. Quand ils m'avaient proposé de voir Lila Kate à la place, je n'étais plus très sûr d'en avoir envie. Pas sans Harlow. Puis l'idée que Lila Kate soit seule dans cette pièce, sans sa mère, m'avait fait horreur. Harlow

One more chance

aurait voulu que je sois avec notre fille. Je n'allais pas la laisser tomber.

— On vous l'a déjà dit, mais elle pèse 1,560 kilo, ce qui est un bon poids. Elle va devoir franchir plusieurs étapes avant qu'on la laisse sortir de l'unité de néonatologie. En général, pour un prématuré né à sept mois, cela prend une quinzaine de jours.

Je n'étais pas prêt à la ramener chez nous. Elle était trop petite. J'avais peur de la prendre dans mes bras, comme si je craignais qu'elle ne se casse en deux. J'avais besoin de Harlow. Elle saurait quoi faire, la prendre contre elle, la rassurer et tout ça.

— Vous pouvez vous asseoir dans le fauteuil à bascule pour la regarder, si vous voulez. Elle va peut-être bientôt se réveiller et vous pourrez alors faire la connaissance de votre fille.

Ma fille. J'avais une fille. Cette petite vie était une partie de moi-même. Une partie de Harlow. Soudain, un sentiment brutal et impérieux s'empara de moi et je me rendis compte que j'aimais ce bébé. Totalement. C'était notre fille.

— Je vais rester, mais je veux qu'on vienne me chercher dès que je serai en mesure de voir Harlow. Tout de suite, vous comprenez ?

Elle avait besoin d'entendre ma voix. Elle ouvrirait les yeux en m'entendant, parce qu'elle saurait que j'étais là à l'attendre. Il le fallait. Lila Kate et moi ne pouvions pas avancer sans elle. Les médecins devaient simplement me laisser voir Harlow. Elle m'attendait, je le savais.

Je m'assis dans le fauteuil à bascule qui était placé du côté où Lila Kate avait la tête tournée. Lorsqu'elle se réveillerait, je verrais ses petits yeux. Impossible de savoir à qui elle ressemblait, pour l'instant. Elle était si petite qu'on aurait plutôt dit une poupée.

Harlow lui avait acheté un ensemble à porter pour le jour de la sortie de la maternité, avant même de savoir si c'était un garçon ou une fille. Elle avait acheté une tenue de garçon et une tenue de fille, par précaution. La petite robe rose était à présent rangée dans la valise qu'elle avait préparée avec tant de soins pour l'hôpital et qui était restée à la maison. C'était moi qui étais chargé de la mettre dans le coffre de la voiture, aux premières contractions, mais rien ne s'était déroulé comme prévu. Je n'avais eu qu'une seule idée en tête : conduire Harlow à l'hôpital au plus vite. Il faudrait que je demande à Blaire de passer à la maison pour nous rapporter quelques affaires. Je refusais de quitter l'hôpital sans les filles. Les deux.

Les yeux de Lila Kate papillonnèrent un instant et, quelques secondes plus tard, son regard plongea droit dans le mien. Je me levai lentement, craignant qu'un mouvement brusque ne l'effraie, et m'approchai de la couveuse. On m'avait donné des gants et il y avait des ouvertures sur le côté de la couveuse. Elle me suivait du regard, presque avec curiosité.

— Bonjour, Lila Kate, chuchotai-je en glissant ma main dans la couveuse pour toucher sa petite main. C'est moi, ton papa. On s'est déjà parlé, mais pas face à face.

Des doigts minuscules se refermèrent sur mon index pour ne plus me lâcher. Elle continuait à me regarder.

— Tu es aussi belle que ta mère. Tu la verras bientôt. On attend juste qu'elle se réveille. Il va falloir que tu

One more chance

m'aides, d'ailleurs. Elle le sait. Je vais aller lui raconter tout ça, dès que les médecins m'y autoriseront.

Le pouce de son autre main vint se glisser dans sa bouche. Elle ne me lâchait toujours pas des yeux.

— On dirait qu'il te plaît, ce pouce, hein ? Ta maman et moi, on t'a regardée le sucer quand tu étais encore dans son ventre. Tu donnais des coups de pied et faisais des galipettes sur un écran. Le docteur nous avait bien avertis que tu serais sans doute une suceuse de pouce.

Elle relâcha un peu mon index, mais juste une seconde. J'étais surpris qu'un si petit être puisse s'agripper avec une telle force.

— Tu vas bientôt sortir de ta boîte et je pourrai alors te montrer le monde. Nous pourrons te le montrer, ta maman et moi. Ta maman a décoré ta chambre exprès pour toi. Elle a passé beaucoup de temps à préparer ton arrivée avec amour. J'ai hâte que nous puissions retourner tous les trois à la maison.

Lila Kate cligna des yeux, sans cesser de sucer son pouce. Ses petites jambes s'étirèrent rapidement, comme un ressort. Glissant mon autre main dans la seconde ouverture, je lui retirai une de ses petites chaussettes pour examiner ses orteils. Ils étaient minuscules mais, comme le reste, remarquablement proportionnés. Je tins un instant son petit pied dans ma main. Il était plus petit que mon petit doigt.

Je remis la chaussette en place, ce qui ne sembla pas lui plaire, car elle se mit à donner des coups de pied de plus belle.

— Monsieur Carter, le père de Harlow vient d'arriver. Maryann Finlay m'a demandé de venir vous chercher.

Kiro était là. L'heure était venue. Je comprenais son désir de me tuer. Harlow était tout pour lui. Elle était une partie d'Emily et l'amour qu'il éprouvait pour sa femme se répandait jusqu'à Harlow. Je le comprenais parfaitement. En regardant ma propre fille, je ne voyais que sa mère. À cet instant, je savais que mon cœur était assez grand pour accueillir deux amours aussi phénoménaux.

— Je reviens. Il faut que j'aille voir ton grand-père. Tu le verras bien assez tôt. Prépare-toi, ce n'est pas un cadeau...

Retirant ma main de la couveuse, je lui soufflai un baiser et me dirigeai vers la porte. Avant de sortir, j'annonçai à l'infirmière :

— Je reviens. Je ne veux pas qu'elle reste seule. Assurez-vous qu'elle n'ait pas froid.

— Oui, monsieur Carter, répondit-elle avec un sourire. Nous allons bien prendre soin d'elle.

— Merci.

Je repris l'ascenseur pour descendre au rez-de-chaussée, puis fis un crochet par le bureau des infirmières le plus proche avant d'affronter Kiro.

— Des nouvelles concernant Harlow Manning ? Sa sœur est venue donner du sang pour la transfusion. Je voudrais savoir comment ça s'est passé.

L'infirmière décrocha son téléphone. Elle échangea quelques paroles avec son interlocuteur, puis leva les yeux vers moi :

— Vous êtes son fiancé, Grant Carter ?

J'acquiesçai.

— La transfusion s'est bien passée. Harlow est toujours dans le coma. Ses ondes cérébrales sont positives mais, tant qu'elle n'aura pas ouvert les yeux, impossible de savoir si elle aura des séquelles. Un médecin viendra vous voir bientôt. Ils ont été informés de l'arrivée de son père.

— Merci, dis-je, m'agrippant à ces bonnes nouvelles comme à une bouée de sauvetage.

J'avais besoin d'ondes positives. Je me fichais bien que la présence de Kiro Manning leur foute un peu la pression. Si cela pouvait les rendre plus réactifs, alors tant mieux.

Je n'étais pas encore revenu du fait que Nan s'était proposée pour donner à Harlow le sang dont elle avait besoin. Qu'avait-elle à y gagner ? Nan ne donnait jamais rien sans essayer de manipuler les gens en retour. Elle devait avoir un motif. Cela dit, je m'en foutais. Elle l'avait fait et c'était tout ce qui comptait.

Kiro

Pourquoi est-ce que ce n'était pas mon cœur, hein? Pourquoi avait-il fallu que ça tombe justement sur celui de ma fille, putain? Mon bébé, ma toute petite. Je me posais cette question depuis le jour de sa naissance, quand les médecins nous avaient annoncé que quelque chose clochait avec le cœur de Harlow. J'avais remué ciel et terre pour tenter de la guérir. Mais tout comme je n'avais pas pu sauver ma Emmy, je ne pouvais sauver notre fille.

Elle était têtue comme dix mules, mais elle était surtout courageuse. Même si je m'étais parfois arraché les cheveux à cause de sa détermination, je ne pouvais m'empêcher de l'admirer pour ça. J'avais toujours été fier de ce trait de caractère... jusqu'à ce qu'elle décide d'avoir un bébé. Je savais qu'elle n'avorterait jamais. Ce n'était pas dans sa nature. Elle essayait de sauver le monde depuis l'âge de trois ans. Elle avait toujours fait passer les autres avant elle-même. Elle préférait ceux qu'elle aimait à ses propres envies ou besoins. C'était exactement ce qui faisait d'elle quelqu'un d'aussi merveilleux. Tout comme sa mère.

One more chance

Harlow était tout ce qui me restait d'Emmy. La lumière avait quitté les yeux de ma femme depuis si longtemps. Chaque fois que je lui rendais visite, j'espérais voir son regard s'illuminer. En vain. La seule façon pour moi de retrouver cette flamme, c'était de regarder Harlow. Notre petit miracle. Et voilà qu'elle était dans un putain de lit d'hôpital, avec des tubes qui lui sortaient de partout et sa vie qui ne tenait qu'à un fil.

À bord du jet qui me conduisait à Rosemary, je n'avais pensé qu'au moment où j'allais pouvoir étrangler Grant Carter de mes propres mains. Il n'avait pas pensé à sa santé. Il n'avait pensé qu'à sa queue. Dire que ma douce Harlow aimait ce type ! Qu'elle voulait un enfant de lui. Et ce couillon qui l'avait laissée faire.

À présent, j'avais rejoint les autres dans la salle d'attente. Rush tentait de me changer les idées, craignant que je ne m'en prenne physiquement à Grant quand il reviendrait du service de médecine néonatale, pour voir ce bébé qui avait peut-être bien tué mon bébé. Selon Rush, Grant était en miettes. Il était resté là, debout, comme un possédé, à surveiller la porte, guettant la moindre nouvelle.

Il avait peur. Tant mieux. Oui, tant mieux, putain ! Il avait raison d'avoir peur. La mort était peut-être même trop bonne pour lui. Une vie comme la mienne, l'enfer sur terre, voilà ce qu'il méritait. La mort ? Non. Ce serait trop facile.

Je jetai un coup d'œil à Dean et à Blaire, puis aux copains. Lorsque Mase m'avait appelé, tous les membres du groupe s'étaient pointés à l'aéroport avec moi. Eux aussi aimaient ma fille. Elle était leur famille. Il y avait de grandes chances qu'eux aussi cherchent à buter Grant.

— Kiro.

La voix de Grant me fit sursauter et je levai la tête vers le responsable de toute cette horreur. Il portait une blouse verte et ses yeux étaient profondément cernés. Je n'éprouvai pas la moindre pitié en voyant la pâleur extrême de son visage.

— Tu as tué mon bébé, grondai-je incapable de me retenir.

Il fallait bien que je libère ma colère contre quelqu'un. Grant se crispa et, aussitôt, Rush vint se placer entre nous, l'air farouche. Il était prêt à m'affronter en cas de besoin.

— Elle est vivante. Elle se bat, parce que c'est dans sa nature. Je me fous bien de qui tu es, Kiro. Je te ferai virer de ce putain d'hôpital si tu ne sais pas te tenir. Je suis désolé que tu aies de la peine. Je sais à quel point tout cela doit te foutre la trouille, mais... à lui aussi.

Il désigna Grant du menton.

— Il est terrifié. Si Harlow mourait, cela le détruirait. Il est déjà à deux doigts de s'effondrer, alors pas la peine d'en rajouter en remuant la merde ou en l'accusant de quoi que ce soit. Il a respecté et soutenu le choix de la femme qu'il aime, parce qu'elle était déterminée à avoir ce bébé. Il ne pouvait pas la forcer à faire quelque chose dont elle ne se serait jamais remise.

Dean s'avança alors pour poser une main sur l'épaule de son fils, comme pour me faire comprendre qu'il ne me laisserait pas non plus sauter à la gorge de Grant.

— Ce gosse vit un enfer, ajouta Dean d'une voix grave. Pense à Harlow. Elle aurait voulu que vous vous serriez les coudes. Tu le sais, Kiro.

One more chance

Ils prenaient tous les deux son parti. Alors que ce sale type aurait pu empêcher tout ça. Mon bébé avait voulu lui donner un bébé, parce qu'elle l'aimait. Alors, oui : à mes yeux, c'était lui le coupable.

— Il n'a pas su la protéger. Il aurait pu nous épargner tout cela à tous, si seulement il n'avait pas été assez con pour oublier d'enfiler une capote.

Grant ferma les yeux et je le vis trembler. Apparemment, il était d'accord et acceptait sa responsabilité. Tant mieux. Il devait savoir que, si nous perdions Harlow, ce serait sa faute.

— Il n'a su qu'elle avait une maladie cardiaque que le jour où elle l'a quitté, expliqua Rush. Elle était enceinte avant de partir, mais ne le savait pas encore.

Je m'en contrefoutais. Il aurait quand même dû utiliser une capote. Une fille comme Harlow, il fallait la respecter et la protéger. Un minimum de courtoisie, bordel.

— Et Mase ? Il est où, celui-là ? demandai-je soudain, furieux que son frère chéri ne soit pas encore là.

— Je suis là, vieux con.

Mase

— J'y crois pas ! Tu viens de le traiter de vieux con ? chuchota Major, debout à côté de moi.

— Surveille ton langage, Mase, me gronda ma mère qui savait pourtant que j'avais raison. C'est quand même ton père.

— Il n'en reste pas moins un vieux con, répétai-je en fusillant du regard cet homme à qui je devais pourtant la vie.

Je ne le considérais pas comme une figure paternelle, loin de là. Il était plus un père pour Harlow que pour moi. Et que pour Nan, qu'il n'avait daigné reconnaître que lorsque celle-ci était déjà adulte. Et encore, c'était le père de Blaire qui avait levé le lièvre.

— C'est Kiro, quand même, reprit Major. Tu ne peux pas le traiter de vieux con.

Major ne connaissait rien de cette partie de ma vie, dont on avait tenté de me protéger le plus possible. Le père de Major était le frère de mon beau-père et Major avait parcouru le monde, comme tous les enfants de militaires. Il ne voyait en Kiro que le dieu vivant du rock. Il ne savait pas quel père merdique il faisait.

One more chance

— Ta sœur est peut-être en train de claquer, mais toi, le grand frère chéri, tu n'arrives pas à dégager cinq minutes dans ton emploi du temps de cow-boy pour arriver plus tôt ? cracha Kiro. Si je suis un vieux con, je me demande ce que ça fait de toi…

Je sentis ma mère se tendre à côté de moi, prête à bondir, mais je la retins par le bras. Kiro et elle ne s'entendaient pas. Il ne représentait pour elle qu'une méchante erreur de parcours pendant la période la plus rebelle de sa vie. Je me demandais encore comment elle avait à ce point pu s'égarer. Chaque fois que je lui avais posé la question, elle m'avait simplement répondu que c'était Kiro Manning et qu'elle était très jeune. C'était aussi simple. Ensuite, elle me rappelait qu'elle ne regrettait rien, puisque j'étais venu au monde.

— Je ne possède pas de jet privé, moi. J'ai dû prendre un vol régulier, comme les gens normalement constitués. Je suis venu aussi vite que possible. Regarde-moi : je suis couvert de poussière, de sueur et de crottin. Je ne suis même pas passé par la maison pour me changer.

Kiro sembla se calmer un peu, mais son regard croisa celui de Major.

— C'est qui, ce gus ? demanda-t-il.

Il n'avait toujours pas regardé ma mère. Quel connard.

— Major Colt. Mon cousin. Major, voici Kiro Manning.

Inutile de préciser que c'était mon père. Major le savait et moi, je n'avais pas besoin qu'on me le répète. Je ne le supportais que pour Harlow. Elle était la seule Manning qui m'intéressait. C'était ma petite sœur et, si Grant Carter n'avait pas eu l'air aussi pitoyable, je lui aurais bien pété sa gueule d'ange. J'avais besoin de frapper quelqu'un et il était le coupable parfait à mes yeux.

— Tu n'as pas de cousin. Tu ne t'appelles pas Colt, à ce que je sache ? demanda-t-il avec cette arrogance que je détestais tant chez lui.

Ses airs de rock star ne prenaient pas avec moi. Son petit jeu marchait avec la plupart des gens... sauf avec ses enfants, qui savaient à quoi s'en tenir.

— Il ne ferait cependant pas honte à ce nom, intervint ma mère, incapable de se contenir plus longtemps.

Kiro posa enfin sur elle un regard glacial. Mieux valait pour lui qu'il ne s'en prenne pas à ma mère, car je guettais le moindre prétexte pour lui botter le cul.

— Je m'appelle Mase Colt-Manning, rappelai-je. L'homme qui m'a élevé est un Colt.

Kiro savait pertinemment que j'étais plus un Colt qu'un Manning. Mon père était l'homme qui avait été là pour moi, pas celui qui avait donné un peu de sperme pour la bonne cause.

Kiro haussa les épaules, puis s'assouplit la nuque. Je le connaissais suffisamment pour comprendre pourquoi il se montrait ainsi sous son pire jour. Il était terrifié et se comportait comme un crétin juste pour ne pas se jeter sur Grant.

— Je vais m'asseoir, lâcha soudain ma mère, exaspérée. Il ne vaut mieux pas que je reste trop près de lui plus longtemps.

Elle sortit son téléphone pour appeler à la maison.

— Joli tableau de famille ! lança soudain une voix féminine que j'aurais préféré ne plus jamais entendre.

Je me tournai vers Nan. Qu'est-ce qu'elle foutait là, celle-là ? Elle se fichait bien de Harlow. Si elle n'avait pas

One more chance

été une fille, je lui aurais volontiers pété la gueule, juste pour me soulager... et lui faire payer tout le mal qu'elle avait fait à Harlow.

— Je ne m'attendais pas à te voir ici, marmonnai-je, sans même essayer de cacher mon mépris.

— On a tous le même père, rappela-t-elle d'une voix aigre-douce, en rejetant une mèche de ses longs cheveux roux.

— C'est bien la première fois que je t'entends revendiquer ce genre de lien de parenté. Si tu as des vues sur Grant, tu peux remballer tout de suite. Au cas où tu ne l'aurais pas remarqué, il touche déjà le fond. Tu n'apparais même pas sur son radar.

Nan accusa le coup. Ce fut très discret, mais je la connaissais.

— Calme, Mase, m'avertit Rush. Elle s'est proposée pour donner du sang à Harlow, qui avait besoin d'une transfusion. Elle ne mérite pas que tu la traites comme ça.

Nan avait donné son sang à Harlow ? Pour de vrai ?

— Quoi ? Tu te fous de ma gueule ? demandai-je en regardant Rush, puis Kiro, qui avait l'air aussi surpris que moi.

— Laisse tomber, Rush, soupira Nan. Je ne l'ai pas fait pour un peu de reconnaissance paternelle.

L'air inquiet, Rush regarda sa sœur s'éloigner. Il avait grandi avec Nan. Ils avaient été élevés par la même mère égoïste et merdique. Rush était le seul à aimer Nan, ce que je respectais, même s'il fermait les yeux sur beaucoup de choses la concernant.

— Je ne l'ai pas vue faire quelque chose pour quelqu'un d'autre qu'elle-même depuis ses dix ans.

Encore moins faire preuve d'inquiétude ou de compassion envers quiconque. Je ne l'ai même jamais vue montrer aux autres qu'elle avait un cœur, sous toute cette rancœur. Jusqu'à aujourd'hui. Elle n'a pas hésité une seconde. Quand le docteur a expliqué qu'un donneur du même groupe sanguin était préférable et que ce serait encore mieux s'il s'agissait d'un membre de la famille, Nan s'est aussitôt proposée.

C'était insensé. Cela ne ressemblait pas à Nan. Elle ne donnait jamais rien sans chercher à manipuler les autres pour obtenir quelque chose en échange. À vrai dire, peu importait. Elle avait aidé Harlow et j'étais prêt à pardonner beaucoup pour ça.

Rush partit rejoindre Blaire, tandis que Kiro s'adossait au mur le plus proche. Je cherchai Grant du regard et le trouvai debout dans un coin, les bras croisés sur le torse, en train de surveiller la double porte battante par laquelle le médecin était parti, comme s'il attendait son retour.

— Alors comme ça, c'est ta sœur aussi, la rouquine ? Putain, quelle bombe ! T'en as combien, comme ça ? Pourquoi tu ne m'as jamais parlé de celle-là ?

J'ignorai les remarques de Major. Il ne connaissait pas Nan. Il n'avait pas la moindre idée. S'il était malin, il garderait ses distances. Il retournerait au Texas et oublierait jusqu'à l'idée même de ma sœur. Comme je l'avais fait.

Grant

Deux jours plus tard

— Monsieur Carter ?

Une main se posa sur mon bras pour me secouer avec douceur. Je me réveillai en sursaut et clignai des yeux plusieurs fois, le temps de me souvenir où j'étais. Une infirmière était penchée sur moi.

— Désolée de vous réveiller, mais le médecin vient de passer. Il a ausculté Lila Kate et vous avez le feu vert pour la prendre dans vos bras, si vous êtes prêt.

La prendre dans mes bras. Cela faisait deux jours que je veillais près elle, en attendant de pouvoir voir Harlow.

— Et Harlow ? Quand est-ce que je pourrai la voir ?

C'était le plus urgent. Je voulais lui parler de Lila Kate. Je voulais aussi qu'elle soit là, la première fois que je prendrais le bébé dans mes bras. Je ne savais pas comment m'y prendre sans elle.

L'infirmière sourit.

— Oui, j'allais vous en parler aussi. Son état est stable et, même si elle n'a toujours pas ouvert les yeux, vous pouvez aller la voir. Son cardiologue a dit qu'elle préférerait sans doute que vous veniez avant son père. Il pense que votre voix lui donnera une raison de se battre.

Par-dessus mon épaule, je jetai un coup d'œil à ma fille qui dormait. J'étais prêt à la serrer contre moi. Chaque fois que j'avais glissé une main dans la couveuse, elle m'avait serré le doigt en me regardant et, selon les infirmières, c'était un bébé sage qui ne pleurait pas souvent. En revanche, quand elle s'y mettait, c'était l'enfer ! Cela me faisait toujours sourire.

— Je veux d'abord voir Harlow.

L'infirmière hocha la tête et ouvrit la porte.

— Allons-y, dans ce cas.

Je m'apprêtais à la suivre, mais je me retournai soudain vers Lila Kate, hésitant. Je retournai près de la couveuse un instant pour caresser son petit visage endormi.

— Je vais voir ta maman, chuchotai-je. Souhaite-moi bonne chance.

Quand je rejoignis enfin l'infirmière dans le couloir, je vis qu'elle avait les yeux qui brillaient un peu trop. Si seulement elle savait. J'avais deux anges dans ce monde et j'étais prêt à tout pour les sauver toutes les deux. Je voulais vivre cette vie que Harlow et moi avions imaginée. Mais pour cela, elle devait absolument se réveiller.

— Vous devez vous préparer à ce qui vous attend. Harlow est branchée à diverses machines. Comme son état s'est amélioré, nous avons pu retirer le masque à oxygène. Cependant, elle a toujours une sonde dans

One more chance

la bouche pour la nourrir. Elle a les yeux très cernés et elle a perdu du poids. Mais sachez que son état est bien meilleur que ce qu'on pourrait espérer, après ce qu'elle a traversé. La plupart des femmes ne survivent pas.

Lorsqu'elle ouvrit la porte de sa chambre, la douleur qui m'assaillit fut comme une explosion silencieuse en moi. Harlow avait l'air si fragile et si petite sur ce lit d'hôpital. Cela faisait presque trois jours qu'elle était seule, sans moi, dans cette pièce. Être loin d'elle m'avait été insupportable. L'idée qu'elle puisse croire que je l'avais abandonnée me rendait malade.

— Je suis dans le couloir, si vous avez besoin de quoi que ce soit, me souffla l'infirmière avant de refermer la porte.

Je m'approchai du lit pour lui prendre la main. Celle-ci était un peu froide. Elle avait besoin de ma chaleur.

— Salut, ma belle. Je suis là. J'attendais juste qu'on m'autorise à venir te voir. En attendant, j'ai tout raconté sur toi à Lila Kate. Elle est prête à voir sa maman. Je crois que j'ai enfin trouvé quelqu'un capable de comprendre à quel point je t'aime, parce qu'elle t'adore aussi, ça saute aux yeux.

Je luttais pour ne pas m'effondrer. Je ne voulais pas l'inquiéter. Je voulais lui redonner de l'énergie et de la force. Je voulais qu'elle sache que je la croyais capable de s'en sortir.

— La salle d'attente est pleine à craquer de gens qui t'aiment. Rush et Blaire se relaient depuis que tu as été amenée ici. Nate est même passé dire bonjour à tout le monde. Della et Woods aussi viennent tous les jours. Et Mase, également. Il dort carrément ici. Major est venu avec lui. Il y a aussi ton père, avec le groupe au grand complet. Cela fait même sensation dans l'hôpital. Tu parles! Les gars de Slacker Demon qui traînent dans le hall et commandent des pizzas pour tout le monde, ils n'ont jamais vu ça, ici!

Je continuai à parler. Je voulais qu'elle sache combien je l'aimais et combien Lila Kate et moi avions besoin d'elle.

— Lila Kate est magnifique. Elle est parfaite. J'ai hâte que tu puisses la tenir contre toi. Juste avant que je vienne te voir, l'infirmière a dit que je pouvais la prendre dans mes bras. Cela fait deux jours qu'elle me tient le doigt chaque fois que je lui parle. Elle est petite, alors ils ont dû la mettre en couveuse, mais il n'y a aucune complication. Elle grandit bien. Quand je lui parle, elle m'observe avec attention, mais je crois que c'est toi qu'elle cherche. Elle attend sa maman. Oh! Et puis elle suce son pouce comme une championne. C'est son passe-temps favori. On va sans doute en chier pour la faire arrêter un jour mais, pour l'instant, je trouve ça tellement adorable que je m'en fous.

Je serrai avec force sa petite main molle, entrelaçant nos doigts, puis je la portai à mes lèvres. J'embrassai ensuite chaque bleu dont son bras était couvert, à cause de toutes les piqûres qu'on lui avait faites. Ils allaient avoir du mal à me faire bouger de là. Lorsque je l'avais vue s'éloigner sur son brancard, j'avais cru que jamais plus je ne la toucherais ou ne la prendrais dans mes bras. Pourtant, elle était là. Et elle respirait. Elle allait revenir.

— Il faut que tu te réveilles pour moi, ma belle. Tu dois le faire pour nous. Lila Kate et moi t'attendons. Il faut que tu sois là quand elle verra sa chambre pour

One more chance

la première fois. Je ne suis pas aussi fort que toi, Harlow. Je ne peux pas vivre sans toi. Je ne sais pas me battre comme toi. J'ai besoin de toi. Je ne peux pas m'occuper de Lila Kate tout seul. Elle aussi a besoin de toi. Elle a besoin de sa mère. Elle a besoin de ce qui t'a toujours manqué. Alors, tu dois te battre, bébé. Bats-toi pour elle. Bats-toi pour ouvrir les yeux et revenir nous voir. J'ai confiance en toi. Tu m'as prouvé que tu étais capable de mettre ce joli bébé au monde. À présent, prouve-moi que tu peux rester avec moi. Prouve-le-moi.

Je m'arrêtai avant de me mettre à supplier. Soudain, on frappa à la porte et l'infirmière entra.

— M. Manning demande à la voir, expliqua-t-elle.

À son expression, je compris que Kiro était en train de faire un scandale. Je hochai la tête, puis me tournai de nouveau vers Harlow.

— Ton père est en train de tout péter dans la salle d'attente. Il s'inquiète pour toi. Tu lui as fichu une de ces trouilles. Je vais sortir, maintenant, pour qu'il puisse venir te voir. Mais je reviendrai. Je vais juste raconter à Lila Kate que je t'ai vue et que tu es toujours aussi belle. Je vais aussi lui dire de se tenir prête, car tu vas bientôt te réveiller. Ensuite, je la prendrai dans mes bras. J'aurais préféré tu sois là, mais je ne veux pas la faire attendre plus longtemps. Je vais la bercer et je te raconterai tout à mon retour.

Je me penchai pour déposer un baiser sur ses lèvres gercées. Elle détestait avoir les lèvres sèches.

— Pourriez-vous faire quelque chose pour ses lèvres ? demandai-je en me tournant vers l'infirmière. Ça ne doit pas être très confortable.

— Oui, monsieur. On va s'en occuper.
— Je repasserai après la visite de son père et de son frère. J'aimerais que ce soit fait à mon retour.
— Oui. Je m'en occupe tout de suite.

Après un dernier regard à Harlow, je sortis de la chambre et me dirigeai de nouveau vers le service de médecine néonatale.

Ma douce Lila Kate,

Tu dois avoir l'impression d'être une princesse, maintenant que tu as vu ta chambre. Je sais que ton papa t'adore et qu'il doit te couvrir de baisers. Fais-lui plein de sourires, dès que tu le pourras. Donne-lui des raisons de rire de nouveau. Si je ne suis plus avec vous, sois sa force et montre-lui qu'aimer est un risque que nous devons tous prendre, car une vie sans amour n'a pas de sens. D'ailleurs, s'il n'avait pas déjà pris ce risque, il ne pourrait pas te serrer contre lui.

Je ne sais pas si j'aurai la chance de te raconter cette histoire moi-même, alors je vais le faire par écrit. C'est une histoire que mon père m'a racontée, il y a longtemps, et elle m'a donné tant de courage que je m'en souviendrai toujours. Elle m'a aidée à surmonter tant de moments difficiles et je veux que tu comprennes le rôle important que tu joues dans cette histoire.

Il était une fois… une princesse. Elle était très aimée dans son royaume pour la bonté de son cœur. Tout le monde se fichait bien de sa beauté extérieure ; seule sa richesse intérieure comptait. Mais un jour, elle fut maudite par une méchante reine très jalouse qui la plongea dans un profond sommeil. Pour la réveiller, il fallait que l'homme qui l'aimait le plus au monde reste à l'attendre. Si elle savait qu'il l'attendait, alors elle ouvrirait les yeux pour lui.

Mon père a cependant oublié une partie de cette histoire, la plus importante, à mon avis.

L'homme qui aimait le plus au monde cette princesse était bien là, mais la princesse n'était pas obligée d'ouvrir les yeux pour autant, car elle lui avait laissé un cadeau. Une adorable petite fille, la plus magnifique et la plus extraordinaire de toutes, qui devait l'aimer et prendre soin de lui. Lui donner une raison de vivre sa vie dans la joie. La princesse n'était donc pas obligée d'ouvrir les yeux. Elle savait que, si c'était trop dur, elle laisserait derrière elle de l'amour et de la joie, pas de la tristesse et des larmes.

Si c'est moi qui te lis ces lignes, alors c'est que la princesse a pu ouvrir les yeux, cette fois. Sinon, je sais qu'elle a laissé l'homme qui l'aimait le plus au monde en compagnie de quelqu'un qu'il aimait tout autant.

Ta maman qui t'aime pour toujours.

Grant

Elle avait besoin que je la prenne dans mes bras. Elle avait besoin de se sentir aimée. Mais elle était si petite et Harlow n'était pas là pour m'aider à faire les choses bien. Et si je m'y prenais n'importe comment ? Je ne voulais pas lui faire de mal.

— Vous n'avez qu'à vous installer dans le fauteuil à bascule et je vais vous l'amener dans une couverture, proposa l'infirmière en ouvrant la couveuse. Vous semblez nerveux, mais c'est normal pour les nouveaux papas.

Lila Kate s'était mise à agiter les jambes avec entrain et elle sortit son pouce de sa bouche, comme si elle attendait cet instant avec impatience et qu'elle voulait le saisir à deux mains.

L'infirmière lui changea d'abord sa couche, un processus qui me sembla bien déroutant, puis l'emmitoufla avec soin dans une couverture. Lorsqu'elle la prit dans ses bras, je retins mon souffle et bondis, les mains en avant, craignant qu'elle ne laisse tomber mon bébé.

L'infirmière étouffa un petit rire.

— Je ne vais pas la lâcher, je vous le promets.

Toujours pas très rassuré, je me forçai pourtant à me rasseoir dans le fauteuil.

— Vous voyez ? Il faut bien lui tenir la tête, c'est le plus important. Elle ne peut pas encore le faire elle-même, donc c'est à vous de l'aider avec votre bras. Comme c'est une préma, elle a aussi besoin de chaleur et de contact. C'est super ce que vous avez fait avec elle jusqu'ici, en lui parlant et lui laissant tenir votre doigt. Maintenant, elle a besoin de plus. Vous pouvez la garder contre vous aussi longtemps que vous le voulez. Si vous avez peur de vous mettre debout avec elle, au début, vous n'avez qu'à appuyer sur le bouton, là, sur le mur. Je viendrai vous aider. Mais il va falloir apprendre à le faire tout seul.

Oui. Un jour, j'allais devoir la ramener à la maison. L'infirmière n'avait pas besoin de le dire, je comprenais le message. J'avais jusqu'alors refusé d'envisager que je pourrais rentrer chez moi sans Harlow. Je n'étais pas prêt. À présent, c'était une possibilité que je devais accepter, même si elle m'était désagréable.

— Prêt ? demanda l'infirmière.

Je hochai la tête. Je devais être prêt. J'étais le papa de Lila Kate. Lorsque l'infirmière plaça le petit paquet entre mes bras, une odeur de bébé tout propre me monta aussitôt au nez. Lila Kate me scrutait avec attention.

— Je vous laisse tous les deux. Appelez, si vous avez besoin.

Elle sortit. Je calai Lila Kate contre mon torse. Elle était incroyablement légère. On aurait dit une plume. Son pouce trouva de nouveau le chemin de sa bouche.

— Je viens de voir maman. Elle n'a pas encore ouvert les yeux, mais ça ne va pas tarder, parce qu'elle veut te

One more chance

voir. Il faut juste être un peu patient et lui donner le temps de guérir. Ensuite, la première chose qu'elle voudra faire, c'est te prendre dans ses bras. Je ferais d'ailleurs mieux d'en profiter, parce que dès qu'elle se réveillera, elle ne voudra plus te lâcher. J'ai tellement hâte de voir mes deux chéries ensemble. Ça fera la plus belle photo du monde.

Lila Kate fit une petite moue, comme si elle était sur le point de pleurer. Je n'étais pas sûr de savoir quoi faire d'un bébé en pleurs, mais il était temps d'apprendre. Je la remontai doucement contre moi et me mis à la bercer doucement. Le mouvement sembla l'apaiser. La petite moue chagrine disparut et ses petits yeux commencèrent à se fermer.

Et puis soudain, comme si c'était la chose la plus naturelle du monde, je me mis à chantonner. Tout le répertoire y passa. Toutes les berceuses auxquelles je pouvais penser. Elle avait déjà fermé les yeux depuis longtemps et avait enfoui son visage contre moi tandis que je chantais encore doucement.

Un petit coup frappé à la porte m'interrompit cependant et je vis Blaire passer la tête dans l'entrebâillement. Elle sembla hésiter, puis elle regarda Lila Kate comme si elle mourait d'envie de la prendre dans ses bras. Dommage. Je n'étais pas prêt à partager.

— J'ai apporté les affaires que Harlow avait préparées, chuchota-t-elle. J'ai aussi fouillé dans la commode pour trouver quelque chose de plus petit, mais il n'y avait rien en taille « prématuré ».

— Elle va porter ce que Harlow avait prévu, dis-je. Ça ira forcément, puisque c'est sa mère qui l'a choisi.

Blaire sourit.

— Oui, tu as raison. Ça lui ira forcément. J'ai aussi trouvé d'autres choses. Plein d'autres choses, en fait. Je ne sais pas si tu es au courant...

Elle sortit d'un sac une enveloppe non scellée. C'était le papier à lettres de Harlow, celui dont elle se servait tout le temps.

— Il y en a tout un paquet, mais celle-ci était la seule ouverte et elle t'est adressée, alors je te l'ai apportée. Elle n'avait peut-être pas prévu que tu la lises tout de suite, mais... étant donné la situation, je me suis dit que ça pourrait t'aider. Je la pose sur le meuble. Tu pourras la lire plus tard.

Elle s'approcha sur la pointe des pieds pour regarder Lila Kate.

— Elle est parfaite. Absolument parfaite.

J'étais au courant, mais ça faisait sacrément du bien de l'entendre et j'en crevai presque de fierté.

— Elle tient de sa mère. Évidemment qu'elle est parfaite.

Je me souvins soudain qu'il fallait que je retourne voir Harlow.

— Est-ce que Kiro et Mase ont fini ? demandai-je.

— Mase y est encore. Avec sa mère. Maryann a demandé des nouvelles de Lila Kate et j'ai expliqué que tu étais avec elle. Je crois qu'elle tient beaucoup à Harlow. En gros, je crois qu'il va falloir que tu les vires à coups de pied.

J'étais content que Harlow ait de la compagnie. Je ne voulais pas qu'elle soit seule pendant que j'étais avec Lila Kate.

— Rush m'a dit que tu t'étais présenté comme le fiancé de Harlow. On ne savait pas si tu disais juste ça comme ça ou...

One more chance

— Je lui avais demandé de m'épouser juste avant... tout ça. Elle a dit oui.

Une boule d'émotion me noua la gorge lorsque je revis le sourire de Harlow. Elle était tellement heureuse. Et moi, j'étais fou de joie. Ensuite, ça avait juste été l'enfer.

— Félicitations, dit Blaire en souriant. Je me demandais quand vous alliez vous décider. J'ai hâte de voir la bague et de l'aider à tout préparer.

Ce que je préférais, chez Blaire, c'était son optimisme inébranlable. Elle avait aussi confiance en Harlow et j'avais besoin de ce genre de pensées positives.

— Merci. Vivement qu'elle puisse la remettre à son doigt. Et j'ai encore plus hâte qu'elle puisse prendre cette petite demoiselle dans ses bras.

— Si tu veux retourner voir Harlow, je peux m'occuper de Lila Kate et rester avec elle, proposa-t-elle. Comme ça, elle ne sera pas toute seule.

J'avais envie de lire cette lettre et d'aller voir Harlow.

— D'accord. Merci, c'est gentil. Je n'ai pas envie de la remettre dans sa boîte tant qu'ils ne me le demanderont pas.

— Je te comprends. Elle a passé assez de temps dedans.

Lorsque Blaire tendit les mains vers Lila Kate, cependant, je me figeai. Elle était debout. Pas question de laisser quelqu'un prendre mon bébé debout. C'était beaucoup trop haut.

— Un problème ? demanda Blaire.

— Je... Euh... Tu ne vas pas la laisser tomber, hein ?

Blaire écarquilla les yeux, puis un grand sourire apparut sur son visage.

— Je crois que je peux essayer de ne pas la faire tomber. Mais si ça peut te rassurer, tu n'as qu'à laisser tes mains en dessous tant que tu veux. C'est ce que Rush a fait pendant les quinze premiers jours à chaque fois que quelqu'un prenait Nate, ajouta-t-elle en soupirant. J'ai l'habitude.

Je me décidai enfin à lui faire confiance. Après tout, elle avait réussi à ne pas faire tomber son propre enfant pendant presque un an… Je lui tendis Lila Kate avec le plus grand soin et, lorsque je fus sûr qu'elle la tenait bien, je plaçai mes mains dessous, comme filet de sécurité, le temps qu'elle s'installe confortablement dans le fauteuil à bascule.

— Tu vois ? Zéro faute ! me taquina Blaire.

— Merci de rester avec elle. Je reviens vite. Ils vont peut-être venir pour la remettre dans la couveuse, mais si ça ne t'embête pas de rester avec elle encore, ce serait super. Elle aime bien qu'on lui parle quand elle est dans ce truc.

— Pas de souci. On fera la causette, toutes les deux. Vas-y, Papa. Je veille sur elle.

Je m'emparai au passage de la lettre posée sur un meuble et sortis. J'informai rapidement les infirmières que j'avais laissé Lila Kate avec sa tante, puis me dirigeai vers l'ascenseur.

À l'amour de ma vie,

Si tu as trouvé cette lettre, c'est que je ne suis pas à la maison avec toi et notre petite fille. J'espère que je t'ai dit où j'avais rangé les autres. Sinon, je suis heureuse que tu aies réussi à les trouver tout seul.

Je sais que je t'ai répété que j'y arriverais et que j'étais assez forte. J'étais assez déterminée pour m'en sortir. J'avais espéré qu'en y croyant assez fort cela suffirait.

Pardonne-moi. Je n'ai jamais voulu te quitter. Je voulais vivre cette vie dont nous parlions tous les deux. Je voulais prendre notre petite fille dans mes bras et la regarder faire ses premiers pas avec toi. Je voulais tout cela. Si tu lis ces mots, c'est que je n'ai pas eu cette chance. En revanche, j'ai eu la chance de t'avoir, toi.

J'ai su ce que c'était que d'être aimée par toi. Ma vie a peut-être été interrompue trop tôt, mais elle m'a permis de connaître l'amour d'un homme qui m'a fait me sentir spéciale et aimée. J'ai connu la joie de porter son enfant et de le sentir grandir en moi. J'étais là lorsqu'il a entendu son cœur pour la première fois ou quand il l'a senti bouger pour la première fois. Ton expression durant ces instants, c'est quelque chose que toutes les femmes devraient vivre. J'ai connu ce que d'autres attendent toute leur vie. Je n'aurais pu demander plus. Avec toi, chaque journée était neuve et pleine d'excitation. Être avec toi me donnait de la force. Je me devais donc de te faire ce cadeau en mettant notre petite fille au monde.

Je n'ai jamais envisagé de ne pas l'avoir. C'était impensable. Je l'ai aimée dès que j'ai su que j'étais enceinte. Elle était une partie de nous deux. À présent que tu peux la serrer dans tes bras et la regarder, tu dois comprendre. Comment pouvais-je renoncer à elle pour me sauver ?

C'est avec toi que j'ai connu les moments qui ont rendu ma vie digne d'être vécue. Avec toi, le monde était lumineux et merveilleux. Et je t'en remercie. Merci pour tout. Je t'aime, Grant Carter. Chaque fois que tu regarderas notre fille, sache que je vous aime tous les deux.

Il y a d'autres lettres. Celles qui ne sont pas encore attachées ensemble sont des lettres que j'ai écrites sur ma grossesse et ce que nous avons vécu ensemble. Elles sont destinées à Lila Kate. Elles lui expliquent ce que je ressentais pendant que je la portais et je veux que tu lui les lises quand elle sera assez grande pour comprendre.

Ensuite, il y a une pile de lettres avec un ruban rose. Chacune porte une inscription et est destinée à un moment spécifique de sa vie. Je ne serai peut-être pas là, mais elle aura au moins mes mots et mon amour.

La pile entourée d'un ruban rouge est pour toi. Elles portent également une inscription, qui te permettra de savoir quand tu dois lire chacune d'elles. Ne les ouvre pas tout de suite. Donne-toi du temps. Ne les lis que pour les occasions indiquées dessus. Ce sera ce que tu as besoin d'entendre à ce moment de ta vie.

Tu étais tout mon univers. Tu étais mon seul et unique amour. Je t'ai quitté, mais j'ai laissé une part de cet amour derrière moi. Ne laisse jamais une journée passer sans rappeler à Lila Kate à quel point tu l'aimes. Aime-la pour moi aussi.

Pour toujours et à jamais,
Harlow

Grant

Elle avait préparé des lettres au cas où elle ne survivrait pas. Je m'adossai au mur dans un couloir vide de l'hôpital, le visage baigné de larmes. Je m'en foutais complètement. Chaque larme coulait parce que je ne lisais pas cette lettre pour la raison initialement prévue. Harlow ne nous avait pas quittés. Elle luttait de toutes ses forces pour rester avec nous. Et même lorsque son cœur s'était arrêté, elle n'avait pas renoncé.

C'était une battante. Une guerrière. Ma merveilleuse, magnifique guerrière.

Je repliai la lettre et embrassai le papier, sachant qu'elle l'avait tenu peu de temps auparavant, puis je le glissai dans ma poche. J'allais lui dire de ce pas que je refusais cette lettre, puisqu'elle-même était encore là. Elle s'accrochait et il était d'ailleurs grand temps qu'elle ouvre ses beaux yeux noisette pour me regarder.

J'essuyai mes larmes et me dirigeai vers les soins intensifs.

Dans le couloir, j'aperçus Mase appuyé contre la porte de sa chambre, le menton rentré dans la poitrine. Les épaules basses, il avait l'air abattu. Mieux valait qu'il retourne s'asseoir dans la salle d'attente, plutôt que de déprimer dans le couloir. Harlow allait bientôt se réveiller. Pas besoin de se comporter comme si elle était déjà partie. Elle était encore parmi nous et je refusais de la laisser filer.

Lorsque je m'arrêtai devant lui, il releva soudain la tête. Étrangement, une folle lueur d'espoir dansait dans son regard. S'était-il passé quelque chose ? Pourquoi restait-il dehors au lieu d'être avec elle ?

— Qu'est-ce que tu fous là ? demandai-je.

— Elle a ouvert les yeux et prononcé ton nom malgré la sonde dans sa gorge, puis elle a refermé les yeux.

Il me fallut quelques secondes pour enregistrer ses paroles. Puis, je le poussai sans ménagement pour ouvrir la porte. Deux infirmières et un médecin étaient au chevet de Harlow. La sonde alimentaire avait été enlevée, ainsi que plusieurs câbles, mais ses yeux étaient fermés.

— Ah, bonjour, monsieur Carter ! lança le médecin.

— Elle a ouvert les yeux ?

— C'est en tout cas ce qu'affirme M. Manning Junior et, selon le monitoring, on dirait bien qu'il y a eu de l'activité cérébrale. Nous avons retiré la sonde, parce qu'il paraît qu'elle a essayé de parler. Elle aurait même prononcé votre nom. À présent, nous attendons. Si elle est en train de sortir du coma, elle est épuisée et son corps ne sera pas capable de rester éveillé pendant de longues périodes. Cependant, avec des soins appropriés, je crois que Harlow va pouvoir voir sa fille grandir. Avec un peu de chance, aussi.

Je dus me retenir au bord du lit et laissai également échapper un sanglot violent incontrôlable.

— Elle ne va pas me laisser...

Ce fut tout ce que je parvins à articuler. La porte s'ouvrit brusquement et Mase entra. Il me regarda, l'air effaré, puis se tourna vers Harlow.

— Que se passe-t-il ? demanda-t-il d'une voix paniquée.

— Rien, tout va bien. M. Carter était simplement submergé de joie en apprenant que sa fiancée allait bientôt se réveiller.

— Dieu soit loué, murmura Mase en s'effondrant dans le fauteuil le plus proche, le visage enfoui entre ses mains.

— Pour l'instant, nous allons laisser Grant lui parler. Je soupçonne qu'elle a cherché à se réveiller pour lui et je suis sûr qu'elle a envie d'avoir des nouvelles de leur bébé. Laissons-les un peu tout seuls.

Il tint la porte ouverte pour laisser sortir Mase.

— Tu nous tiens au courant dès qu'elle se réveille ? demanda ce dernier, qui ne semblait pas avoir envie de partir.

— Bien sûr.

Après un dernier regard à sa sœur, il sortit. Je tirai une chaise pour m'asseoir près du lit. La main de Harlow était encore fraîche. Je la pris entre les miennes pour la réchauffer.

— Je n'étais pas là quand tu m'as appelé. Je berçais Lila Kate. Ils m'ont laissé la prendre. Elle est aussi légère qu'une plume et elle sent vraiment bon. Je lui ai chanté des chansons. Toutes les berceuses dont j'ai pu me souvenir. Ensuite, je suis passé aux classiques de Toby Keith. Je crois qu'elle aime bien *I Love This Bar*...

J'inspirai profondément. Je voulais tellement voir ses yeux s'ouvrir, même si cela pouvait demander encore des heures de patience. Je devais être patient. Lui donner le temps.

— J'ai lu ta lettre. La première, du moins. Blaire a trouvé les autres en allant chercher des affaires à la maison.

Je portai sa main à mes lèvres.

— Je ne peux pas accepter. Enfin, si... J'accepte d'être tout pour toi, d'être ton seul et unique amour, mais je refuse d'envisager de ne pas vivre pour toujours avec toi. Tu as déjà ouvert les yeux, alors tu vas recommencer. Et tu vas me parler.

— 'K...

Ce fut à peine un murmure qui s'échappa de ses lèvres, mais mon cœur bondit comme un fauve. Sa main frissonna dans la mienne, puis serra faiblement.

— Tu es réveillée, tu m'entends, bafouillai-je, émerveillé.

— Mmmh...

Sa voix était presque inaudible, mais pas pour moi. Ses paupières battirent un instant, puis, comme au ralenti, Harlow ouvrit les yeux. Son regard resta vague un moment, puis se posa droit sur moi. Je me levai pour poser mon front contre le sien.

— Tu as réussi, chuchotai-je avant de l'embrasser sur les lèvres, qui n'étaient plus sèches.

One more chance

Les infirmières avaient bien fait leur travail.

— C'est la petite fille la plus parfaite du monde. Je lui ai parlé de toi et elle est impatiente de faire ta connaissance.

Lorsqu'elle laissa échapper un petit rire affaibli, je sentis que je respirais vraiment pour la première fois depuis le cri atroce qu'elle avait poussé dans notre lit, quelques jours plus tôt.

— Tu peux rire, mais elle est bien exigeante, pour une préma de 1,5 kilo. Je suis sûr qu'elle me mène déjà par le bout du nez sans que je me sois rendu compte de rien.

Je me redressai un peu pour la regarder, puis ajoutai :

— Tu m'as fichu une sacrée trouille, quand même.

— Désolée…, chuchota-t-elle avec un sourire triste.

— Mais tu es revenue, dis-je, une main posée sur sa joue. C'est tout ce qui compte. Tu n'as pas renoncé et tu as ouvert les yeux pour moi. Pour nous. Tant mieux. Pour être honnête, je ne vois pas comment Lila Kate et moi aurions pu nous en sortir sans toi.

— La… voir ? demanda-t-elle, un peu plus fort.

— Ne bouge pas. Et garde les yeux ouverts, surtout.

Je reculai jusqu'à la porte, craignant de la quitter du regard. Elle me sourit et je lui lançai un clin d'œil. J'ouvris la porte et, sans cesser de regarder Harlow, je criai dans le couloir, par-dessus mon épaule :

— Elle est réveillée et elle m'a parlé. Elle a besoin d'eau et nous voulons voir notre fille. Quelqu'un peut s'occuper de tout ça ?

Aussitôt, une infirmière arriva en courant pour prendre la tension de Harlow et écouter son cœur.

— Vous avez décidé de revenir parmi nous, c'est bien. Il y a ici trois hommes et une minuscule petite fille qui vous attendent avec la plus grande impatience, vous savez ?

— Trois ? coassa Harlow en me regardant.

— Kiro et Mase sont là. Et tout Rosemary, en fait. Ainsi que Slacker Demon au grand complet. Mais sinon, ouais : ton père et ton frère vont vouloir te voir rapidement. Ils n'ont pas bougé d'ici. Il a même fallu forcer Mase à prendre une douche et à se changer, parce qu'il a débarqué plein de crottin après une urgence de nuit avec un des chevaux de son ranch. Je ne te raconte pas l'odeur, au bout d'un moment.

Harlow laissa échapper un rire.

— Je ne veux pas la laisser seule, expliquai-je à l'infirmière. Quelqu'un pourrait-il aller chercher son frère et son père ?

— Le médecin arrive et il va vouloir d'abord vérifier deux ou trois choses. Nous allons devoir vous demander de sortir pendant l'auscultation. S'il donne son feu vert, on pourra la mettre dans un fauteuil roulant pour qu'elle puisse rendre visite à sa fille. Mais d'abord, le médecin doit la voir.

L'idée d'abandonner Harlow ne me plaisait pas. Je commençai à protester, mais Harlow me serra la main avec un peu plus de force.

— Je ne vais pas repartir. Je suis revenue pour de bon. Je serai encore là quand tu reviendras. Je veux voir Papa et Mase.

— Promis ?

J'hésitais encore à quitter la pièce.

— Promis.

One more chance

Après avoir déposé un dernier baiser sur ses cheveux, je rejoignis la salle d'attente pour annoncer à tout le monde que Harlow venait de se réveiller. Puis je retournai au service de médecine néonatale pour demander aux infirmières s'il ne pouvait pas y avoir un moyen d'amener Lila Kate plus vite à sa mère.

Harlow

— Je suis sûre que votre sœur va vouloir revenir vous voir, elle aussi, m'annonça l'infirmière après le départ de Grant. C'est juste que les hommes semblaient plus pressés...

Ma sœur? Pensait-elle que Blaire était ma sœur?

— Étant donné que c'est elle, l'héroïne du jour, je pense qu'elle mériterait de passer en premier, mais votre père et votre frère ne seront sans doute pas de cet avis.

— L'héroïne?

Je ne comprenais rien. Blaire avait sans doute fait quelque chose qui m'avait sauvé la vie, mais je n'avais pas la moindre idée de ce dont il s'agissait. L'infirmière sourit et régla une de mes perfusions.

— Vous avez perdu beaucoup de sang et il a fallu vous transfuser. Alors, non seulement votre groupe sanguin est plutôt rare, mais, avec votre problème cardiaque, il vaut mieux un donneur qui soit membre de la famille avec le même groupe. Votre sœur s'est tout de suite portée volontaire. Grâce à elle, nous avons pu agir beaucoup plus rapidement.

One more chance

Nan? Elle m'aurait refusé un verre d'eau dans un incendie, alors donner son sang? Était-elle seulement venue à l'hôpital?

— Quelle sœur? demandai-je.

J'avais si mal à la gorge que parler m'était difficile, mais je devais éclaircir ce mystère.

— Ah, je ne savais pas que vous en aviez plusieurs. La grande demoiselle avec des cheveux roux... Très jolie.

Elle parlait bien de Nan. Wouah! Nan était ici et elle avait donné son sang pour moi? Finalement, je dormais peut-être encore. Tout cela n'était-il qu'un rêve? Allais-je pouvoir vraiment rencontrer ma fille? Mes yeux se remplirent de larmes. Je voulais tellement être réveillée. Lila Kate m'attendait et Grant avait besoin de moi. C'était tellement déchirant de l'entendre me supplier d'ouvrir les yeux que j'avais tout fait pour apaiser ses craintes. Je pensais avoir réussi.

— Pourquoi pleurez-vous? demanda soudain l'infirmière, inquiète. Vous ai-je fait mal? Avez-vous mal quelque part?

Je secouai la tête en reniflant. Au moins, l'infirmière de mon rêve était gentille.

— Je suis encore endormie, sanglotai-je.

Elle me regarda sans comprendre et s'apprêtait à répondre, lorsque la porte s'ouvrit et que le médecin entra.

— Eh bien! Regardez qui est revenue! lança-t-il avec un grand sourire.

Je me mis à pleurer de plus belle. J'aurais tellement voulu être réveillée.

— Que se passe-t-il ? demanda le médecin, soudain inquiet.

— Elle pense qu'elle est encore en train de dormir, expliqua l'infirmière.

— Hein ? Pourquoi ?

— Pas la moindre idée...

— Il ne faut pas pleurer. Nous voulons voir des sourires. Vous nous avez prouvé à quel point vous étiez forte et que ce n'était pas une petite maladie cardiaque qui allait vous arrêter. Vous allez bientôt rencontrer votre fille. Elle est adorable.

Sa bonne humeur n'arrangeait rien.

— Je suis encore en train de dormir, dis-je, toujours en larmes. Je voudrais la voir, mais si je dors encore, à quoi bon ?

— Non, Harlow, vous êtes réveillée, ma chère. Et bien réveillée. La salle d'attente est pleine à craquer de gens qui viennent de pousser des cris de joie, quand Grant leur a annoncé que vous étiez sortie du coma. Je n'avais jamais rien vu de tel. Ça réchauffe le cœur, je vous assure. Alors, arrêtez de pleurer. Soyez heureuse. Vous avez réussi. Vous êtes revenue.

— Non. Nan ne donnerait jamais son sang pour moi, répétai-je. Elle me déteste.

J'avais la gorge si sèche que je commençai à m'étouffer et me mis à tousser.

— Donnez-lui un peu d'eau, demanda le médecin à l'infirmière.

— À petites gorgées, me conseilla cette dernière en approchant le verre de mes lèvres.

J'obéis et fis la grimace lorsque l'eau coula dans ma gorge.

One more chance

— Vous aurez mal pendant quelques jours, à cause de l'intubation. Nous venons juste d'enlever votre sonde gastrique.

— Je crois comprendre, reprit le médecin. Vous pensez être encore endormie parce que vous ne parvenez pas à croire que votre sœur vous ait donné son sang, c'est ça ?

J'acquiesçai.

— Je peux vous assurer que vous êtes réveillée. Parfois, les gens changent quand ils se retrouvent face à des situations extrêmes ou quand une vie est en danger. Votre sœur et vous ne vous entendez peut-être pas, mais elle n'a pas voulu que vous mouriez. Elle voulait vous aider à vivre.

Je parvins enfin à m'arrêter de pleurer pour le laisser m'ausculter. Lorsqu'il eut fini, il ouvrit la porte et annonça qu'il allait s'occuper de me faire transférer dans une chambre normale. Ce fut à cet instant que mon père fit irruption dans la pièce, en mode « Kiro » à deux cents pour cent.

— Ma petite fille chérie se fout bien d'une chambre « normale » ! tonna-t-il. Je veux le meilleur pour elle. Le meilleur, vous entendez, bordel ? Elle a besoin de place pour se reposer et se remettre.

Le docteur le regarda un instant, interdit, puis hocha la tête dans ma direction et sortit de la chambre. En temps normal, je me serais recroquevillée de honte sous ma couverture, mais j'étais tellement heureuse de revoir mon père. D'être encore en vie pour le voir.

— Salut, P'pa !

En deux enjambées, il fut à côté de moi.

— J'ai dû assommer Mase pour arriver le premier. Je n'en pouvais plus d'attendre. Sa mère risque de m'en coller une bonne quand je vais redescendre, mais Maryann ne me fait pas peur. Il fallait que je te voie. Putain, tu m'as foutu une de ces trouilles, petite ! Je ne suis déjà plus tout jeune, mais, avec tes conneries, tu viens de me faire perdre au moins dix ans de vie ! J'ai cru mourir cent fois. J'ai aussi failli buter Grant Carter au passage, d'ailleurs, ajouta-t-il en baissant la voix.

Il me caressa doucement les cheveux. Mon père, ce fou sauvage et délirant. Mon papa à moi.

— Je t'aime, coassai-je.

Il se renfrogna un peu et se pencha pour m'embrasser sur la joue.

— Je t'aime aussi, fillette, grommela-t-il.

— J'ai une petite fille, maintenant, annonçai-je. Tu l'as vue ?

Un éclair de chagrin traversa son regard et il baissa les yeux.

— Non. Je ne pouvais pas. C'est trop pour moi, Harlow. J'ai cru que je t'avais perdue.

C'était moi, son bébé. Pas Lila Kate. Je comprenais ce qu'il ressentait.

— Grant dit qu'elle est parfaite.

— Évidemment qu'elle est parfaite ! C'est ta fille.

Je serrai sa main dans la mienne, puis caressai mes initiales tatouées sur les articulations de ses doigts, aux côtés de ceux de ma mère. Il l'avait fait faire le lendemain de ma naissance. Il adorait me raconter encore et encore qu'il était tellement heureux d'avoir deux filles pour lui tout seul qu'il avait voulu graver cet instant dans son corps.

— Il paraît que Nan a donné son sang pour moi, dis-je soudain, guettant sa réaction.

One more chance

Il fronça les sourcils. Apparemment, je n'étais pas la seule que cela rendait perplexe.

— Ouais, elle a fait ça. Pas vraiment capté le truc. Personne n'a vraiment compris, en fait. Mais Rush veille sur elle comme un vrai chien de garde et je n'ai pas encore pu lui parler. Cela dit, elle t'a sauvé la mise. Peut-être qu'elle n'est pas complètement aussi tordue et méchante qu'on le croit, après tout.

Je souris. J'espérais qu'il avait raison.

Grant

Lorsque j'ouvris la porte de la chambre de Lila Kate, Blaire était toujours assise dans le fauteuil à bascule et chantonnait doucement. En me voyant, elle désigna la couveuse du menton.

— Ils l'ont remise dedans il y a une demi-heure, car ils devaient la changer, l'ausculter et lui donner à manger. Je suis restée avec elle pour l'aider à se rendormir en lui chantant des berceuses.

— Harlow s'est réveillée, annonçai-je de but en blanc, savourant ses paroles comme un bon vin. Je lui ai même parlé.

Blaire bondit de son fauteuil pour se jeter dans mes bras en poussant un cri de joie.

— Elle est réveillée ! Oh, merci, mon Dieu ! Elle est réveillée ! Ça va aller, Grant !

Elle s'essuya les yeux.

— Toutes ces lettres... Je ne les ai pas lues, mais quand j'ai compris de quoi il s'agissait, je suis restée assise par terre dans la chambre de Lila Kate à pleurer comme un bébé. J'avais le cœur brisé de savoir qu'elle

One more chance

avait envisagé le pire. Mais elle va bien ! Lila Kate n'aura pas à se contenter d'une maman de papier !

— Kiro est avec elle. Il a quand même bousculé Mase pour passer le premier, après que j'ai annoncé la nouvelle dans la salle d'attente. Je venais voir s'il était possible d'amener Lila Kate à Harlow, parce qu'elle veut voir sa fille.

Blaire reniflait toujours en essuyant ses larmes.

— Il faut qu'elle la voie. Va leur parler, je vais rester encore un peu.

— Non. Nate est dans la salle d'attente avec Rush. Va voir ton fils. Rush et toi êtes restés presque tout le temps. Rentrez chez vous pour vous reposer un peu.

— O.K., dit Blaire en souriant. Mais alors juste un bain et une sieste rapide. Ensuite, je reviens voir Harlow. J'ai déjà plein d'idées pour ce mariage !

— Merci, Blaire. Merci d'être son amie. Jamais elle n'avait eu quelqu'un comme toi dans sa vie, avant. Merci de l'aimer comme tu le fais.

— Arrête de me faire pleurer, andouille ! s'écria-t-elle en fondant de nouveau en larmes.

— Désolé... Mais ça vient du cœur !

Avec un soupir, Blaire renifla deux ou trois fois.

— Je sais. C'est bien pour ça que ça me fait pleurer.

— Allez, va retrouver ta famille et allez tous vous reposer un peu. Je vous appelle dès qu'elle est prête à avoir de la visite.

Blaire me serra une dernière fois dans ses bras avant de quitter la chambre. Je m'approchai de la couveuse pour regarder notre Lila Kate. Jamais je n'avais su que je voulais un bébé ; je n'avais même pas réfléchi à la question avant de connaître Harlow. À présent que Lila Kate était née, je ne pouvais plus imaginer ma vie sans elle.

— Elle s'est réveillée. Ta maman a ouvert les yeux et elle t'attend. Elle s'est réveillée pour nous et on va pouvoir commencer à se fabriquer des souvenirs, tous les trois.

Une heure plus tard, Lila Kate était couchée dans un berceau à roulettes, direction la chambre de Harlow. Comme ses poumons étaient à présent matures et qu'elle ne présentait aucun autre problème, les médecins avaient donné leur feu vert pour qu'elle passe un peu de temps avec sa mère. Comme elle avait aussi commencé à se nourrir normalement, Harlow allait pouvoir lui donner le biberon. J'avais emporté tout ce qu'il fallait avec moi.

J'entrouvris la porte pour m'assurer que Harlow était réveillée et que Kiro et Mase étaient bien partis. Harlow était assise dans son lit, en train de boire de l'eau. J'avais hâte de voir son sourire quand j'entrerais avec notre fille. Il n'y avait qu'une infirmière avec elle.

— Il y a quelqu'un de très important qui attend de te rencontrer, annonçai-je en ouvrant la porte en grand. Elle s'est montrée très patiente jusqu'ici, mais je crois que le moment est venu.

Harlow écarquilla les yeux, émerveillée de faire enfin la connaissance de notre petite fille. Lila Kate dormait encore, inconsciente de l'importance de ce moment unique.

— Je peux la prendre? demanda Harlow d'une voix encore fragile. Ça ne va pas lui faire mal? Je préfère attendre, si c'est risqué...

One more chance

L'infirmière ajusta l'oreiller derrière elle.

— Le meilleur remède pour elle, pour l'instant, ce sont les bras de sa mère. Votre voix et les battements de votre cœur ont dû lui manquer. Je peux vous assurer qu'elle n'attend que ça.

Je regardais Harlow qui regardait notre fille. L'infirmière prit Lila Kate pour venir la déposer doucement entre les bras de Harlow. Je m'approchai autant que possible d'elles pour savourer ce spectacle unique auquel j'avais craint de ne jamais assister.

— Elle est magnifique! chuchota Harlow, avec adoration.

— Je te l'avais bien dit.

— Elle est toute petite. Est-ce normal? demanda-t-elle en se tournant vers l'infirmière.

— Elle est née avec deux mois d'avance. Elle pèse 1,5 kilo, ce qui est très bien pour une préma de trente-deux semaines. Ses poumons fonctionnent à merveille, ainsi que son cœur. Elle prend même le biberon sans problème.

Harlow prit sa petite main dans la sienne, puis suivit du bout du doigt l'arête de son nez.

— Je vais pouvoir la regarder grandir, murmura-t-elle. Je vais pouvoir être sa maman.

— La meilleure maman de toute la terre, affirmai-je en admirant mes deux chéries, réunies pour la première fois.

Harlow passa quelques minutes à compter les doigts et les orteils de Lila Kate, puis souleva son body pour examiner son ventre. Elle voulait tout voir. Tandis que je l'aidais à renfiler les chaussettes, Lila Kate ouvrit doucement les yeux, l'air un peu grognon.

— Bonjour, mon joli bébé, c'est maman. Je suis là.

L'air grognon disparut aussitôt et Lila Kate leva les yeux vers Harlow. Sortant mon téléphone de ma poche, j'immortalisai l'instant. Elles se perdirent dans les yeux l'une de l'autre, au point qu'il était impossible de savoir laquelle aimait l'autre le plus. Le genre de moment qu'aucun mot ne pouvait capturer.

Sans lâcher sa mère du regard, Lila Kate se cala un pouce dans la bouche. Harlow leva les yeux vers moi, radieuse :

— Elle suce son pouce ! chuchota-t-elle, émerveillée.

— Elle le fait depuis le premier jour. Elle aime bien glisser un deuxième doigt dans sa bouche, de temps en temps.

Lorsque Harlow se mit à rire, Lila Kate cessa de sucer son doigt et ses petits yeux s'écarquillèrent de surprise, comme si elle venait de comprendre qui était cette personne qui la tenait.

— Tu es notre renouveau, lui chuchota Harlow. Il est temps de chasser la peur de nos vies. Tu es le plus beau pari sur l'avenir que j'aie jamais tenté.

Je m'approchai pour l'embrasser sur le front.

— Merci de me l'avoir donnée.

Puis je me penchai pour embrasser le second amour de ma vie, qui dormait dans ses bras.

Harlow

Le lendemain de mon réveil, je fus transférée dans une chambre plus grande. En fait, le terme exact aurait été une « suite ». C'était la meilleure de tout l'hôpital, mais comme elle n'était pas prise en charge par les assurances, elle ne servait pratiquement jamais. Kiro avait décidé de régler la note, ce dont je lui étais très reconnaissante. Au moins, nous n'étions pas à l'étroit. Le lit supplémentaire pour Grant, ainsi que le canapé pour les visiteurs étaient vraiment pratiques. Si je devais rester un moment dans cet hôpital, au moins je n'en garderais pas un trop mauvais souvenir.

Grant entra avec ma petite valise.

— Ils ont dit que tu pourrais te laver, aujourd'hui, alors je voulais que tu aies ton gel douche et ton peignoir, annonça-t-il.

— Merci.

Il posa la valise au pied du lit et m'embrassa doucement sur la bouche.

— Maryann arrive. Elle voulait absolument te voir, avant de rentrer au Texas.

Mase m'avait expliqué que sa mère était venue quand j'étais encore dans le coma, mais qu'elle était retournée se reposer à l'hôtel, juste avant que je me réveille la première fois. Je voulais la voir pour la remercier de m'avoir toujours soutenue dans ma décision.

— Super.

Grant désigna alors l'énorme bouquet de roses et le cadeau posé juste à côté.

— C'est de sa part. Elle les apportés hier soir et je les ai fait monter.

J'admirai le bouquet. Soudain, la porte s'ouvrit et je souris à Maryann, qui fondit en larmes, malgré un grand sourire qui éclairait toujours son beau visage. Elle pleurait de joie. Tant mieux.

— Je t'avais dit de garder ton bébé, puisque c'était ce que tu voulais vraiment, bafouilla-t-elle. Mais comme tu ne te réveillais pas... Je m'en suis voulu. J'étais tellement sûre que tu aurais la force d'aller jusqu'au bout et puis, tu as... Oh mon Dieu ! Ne recommence plus jamais ça, d'accord ?

Elle me prit dans ses bras pour me serrer très fort.

— Merci d'avoir cru en moi. C'est la petite fille la plus jolie, la plus parfaite et la plus merveilleuse du monde.

Maryann se redressa en essuyant ses larmes.

— Je le savais. Mais j'ai eu peur, tu sais. Ils disaient que ta vie ne tenait qu'à un fil. Je ne m'étais pas préparée à ça.

— Je ne me serais jamais pardonné de ne pas l'avoir gardée. Je devais le faire. C'était la seule option. Et maintenant, j'ai la chance d'être devenue une maman. Je vais pouvoir jouer les Maryann, faire des cookies et jouer

One more chance

au ballon dans le jardin avec elle. Tout ce que tu as fait avec Mase. J'étais tellement jalouse de lui, quand j'étais petite, parce qu'il avait une maman comme toi. Maintenant, je peux être comme toi.

Maryann était la mère que je rêvais de devenir.

— Arrête, petite, je vais me remettre à pleurer comme une fontaine. Je t'aime, ma chérie. Je t'ai toujours aimée. Ta mère et toi, vous êtes les seuls éléments de la vie de ton père qui le rachètent un peu. Il n'est pas évident de percer la carapace de ce type, mais vous avez réussi. Inutile de chercher à me ressembler. Tu n'auras qu'à être toi-même et ce sera merveilleux.

Je savais pourtant que je voulais offrir à Lila Kate ce que Mase avait connu durant son enfance. Ce dont j'avais toujours rêvé.

— Je rentre au Texas aujourd'hui. J'emmène Major avec moi, avant qu'il ne fasse quelque chose de stupide. Je suis sûre que Mase va traîner ses guêtres encore quelques jours ici, le temps d'être complètement rassuré sur ton état de santé. Il est toujours aussi inquiet pour toi, mais ça fait de lui le meilleur des grands frères.

— Et c'est bien pour ça que je l'aime.

— Je sais…

Elle rassembla ses affaires pour partir et je me souvins du cadeau.

— Merci beaucoup pour les roses et le cadeau, au fait !

— De rien. Les roses sont pour toi. Le cadeau, c'est pour Lila Kate.

Maryann sortit. Savoir qu'elle avait tout abandonné pour venir me voir m'emplissait de gratitude. C'était vraiment une des femmes les plus extraordinaires que je connaisse.

Une semaine plus tard, je fus autorisée à rentrer chez moi, à condition de revenir voir le médecin toutes les semaines et de ne pas faire le moindre effort. En gros, j'étais censée rester au lit la majorité du temps. On m'avait même imposé un régime spécial et mes médicaments avaient de nouveau été ajustés.

Lila Kate ayant franchi haut la main tous les tests imposés par les pédiatres, elle avait reçu l'autorisation de rentrer chez elle deux jours plus tôt. Cependant, l'hôpital avait accepté qu'elle reste encore. Le fait que Kiro ait payé des sommes ridicules pour s'assurer que je reçoive les meilleurs soins possible devait bien avoir joué un rôle dans la décision. Ou alors, c'était juste sa célébrité.

Debout près de la porte de ma chambre, Grant tenait dans ses bras Lila Kate, qui était vêtue de sa petite robe rose avec son bonnet assorti, achetés plusieurs mois auparavant. Il fit un grand sourire et je pris une photo pour l'album de famille. Encore une part de notre histoire, tout comme ces lettres. J'en avais une que je voulais lui lire dès ce soir.

— Tiens, reprends-la, proposa Grant. Moi, je vais pousser ton fauteuil. Ton père a embauché des déménageurs pour s'occuper de toutes ces fleurs, ballons et paniers garnis qu'on t'a offerts.

La chambre était en effet pleine à craquer des attentions de tous nos amis et connaissances. Je ne pensais même pas connaître autant de gens. Soudain, un agneau blanc attira mon attention et j'arrêtai Grant.

One more chance

— Attrape l'agneau, demandai-je.

Il me regarda sans comprendre. C'était une belle peluche en cachemire très doux, avec une couverture assortie.

— Et la couverture, aussi.

Nan ne m'avait pas rendu visite. Mase m'avait raconté qu'elle était partie juste après l'annonce de mon réveil et personne n'avait plus eu de ses nouvelles depuis. Sans doute était-elle finalement venue à l'hôpital pour des raisons égoïstes. Peu importait. Quelles que soient ses raisons, je lui en étais reconnaissante. Je lui devais la vie. Puis, deux jours plus tard, un cadeau était arrivé : un magnifique tricot en layette d'une grande marque française que j'avais découverte en surfant sur Internet pendant ma grossesse. Le paquet contenait également le mouton et la couverture, ainsi qu'une carte qui disait simplement : « Félicitations. Nan. »

C'était tout. Et pourtant, c'était beaucoup. Elle n'avait pas cherché à attirer l'attention de Kiro, ni de quiconque, d'ailleurs. Elle avait juste envoyé un cadeau. C'était si inattendu que le cadeau n'en était que plus précieux. Quoi qu'il arrive à l'avenir, je n'oublierais jamais ce qu'elle avait fait pour moi.

— Ce n'est pas Nan qui a envoyé ça ? demanda Grant, en glissant le mouton et la couverture à côté de moi, sur le fauteuil.

— Si, répondis-je.

Sans un mot de plus, il nous poussa toutes les deux jusqu'à l'ascenseur, puis jusqu'au parking de l'hôpital où était garée une Land Rover gris métallisé.

— Un cadeau de ton père, expliqua Grant en ouvrant la portière. Il paraît que tu as besoin d'une familiale, à présent. J'ai essayé de lui faire comprendre que j'étais capable de pourvoir aux besoins de ma famille, mais il a répondu que c'était un cadeau et que je n'avais qu'à fermer ma gueule. Enfin, tu saisis le concept.

Avec un grand sourire, il revint vers moi pour me prendre Lila Kate des bras comme un vrai pro.

— Si mademoiselle Carter veut bien se donner la peine de monter, roucoula-t-il. Tu vas voir, ma jolie, c'est un carrosse grand luxe, avec les compliments de Pépé Manning.

Il l'installa dans son siège auto, manœuvre qui me sembla infiniment complexe. Grant semblait pourtant savoir ce qu'il faisait. Lorsqu'il eut fini, il vint m'aider à me mettre debout pour m'accompagner jusqu'à la portière passager.

— Comment as-tu appris à faire ça ? demandai-je en désignant le siège auto.

— Ça fait trois jours que je bosse la notice à fond. Quand Kiro s'est pointé avec, en plus de la Land Rover, je me suis dit qu'il valait mieux que je sois au point en prévision de la sortie.

J'avais donc vu juste. Il était bien ce genre de père. Il adorait notre fille et lisait les notices de sécurité des sièges auto de A à Z.

— Tu es merveilleux, dis-je.

— C'est seulement maintenant que tu t'en rends compte ? demanda-t-il avec un petit sourire malin.

Il referma ma portière, puis monta à son tour. Au lieu de démarrer le moteur, il hésita un instant, le regard perdu au loin, puis il se tourna vers moi, soudain très pâle.

— Qu'est-ce qui se passe ? demandai-je en me redressant, inquiète.

One more chance

Se sentait-il mal ?

— Je vais devoir conduire avec Lila Kate dans la voiture. Je n'avais... Je crois que je n'avais pas encore réfléchi à la question jusqu'à maintenant. Elle est... si petite.

Voyant qu'il était sérieux, je me retins de sourire.

— Grant, ramène-nous à la maison. Maintenant. Tu es un excellent conducteur et elle se trouve dans une voiture très sûre, avec un siège auto dernier cri. Ça va le faire. Tu réfléchis trop, c'est tout.

Il hocha la tête, puis inspira un grand coup, avant de mettre le contact. Il sortit lentement du parking, puis prit la direction de la maison.

Grant entra le premier pour allumer les lumières, tandis que j'attendais dehors, tenant dans mes bras une Lila Kate visiblement très contente d'être de la fête. Elle s'était réveillée de très bonne humeur quand nous l'avions sortie de son siège auto.

— Bienvenue chez toi, chuchotai-je, lorsque nous entrâmes tous les trois dans sa chambre.

Je fis le tour de la pièce pour qu'elle puisse bien tout voir. L'énorme licorne envoyée par Dean Finlay sembla attirer son regard. Grant me désigna le fauteuil à bascule.

— Assieds-toi. Tu ne dois pas te fatiguer.

Apparemment, il avait l'intention de respecter scrupuleusement les instructions du médecin et de reprendre son rôle de protecteur. Après ce qu'il avait enduré, je lui devais bien ça. Pour un homme qui ne craignait rien tant que de perdre un être cher, il s'en était plutôt bien sorti. Il ne m'avait pas laissée renoncer. C'était sa voix que j'entendais, quand j'essayais de toutes mes forces d'ouvrir les yeux. *Je refuse d'envisager de ne pas vivre pour toujours avec toi.*

Moi aussi, j'avais refusé cette fatalité et j'avais décidé d'ouvrir les yeux, coûte que coûte. Je savais qu'il m'attendait et que notre petite fille avait besoin de moi. J'étais prête à la voir.

Ma jolie Lila Kate,

Aujourd'hui, tu es sortie de la maternité pour rentrer avec nous à la maison. Cela fait une semaine que je ne parviens pas à quitter ta jolie frimousse des yeux. Je n'ai pas tout de suite été là pour toi. Ton papa et toi êtes d'abord restés tous les deux pendant quelques jours, mais je suis revenue. J'ai ouvert les yeux. Ton papa me manquait trop et j'avais hâte de te voir.

Nous avons tant de choses à vivre ensemble. J'ai hâte de voir le jour où tu diras ton premier mot ou feras tes premiers pas. J'imagine déjà l'état dans lequel ton père et moi serons lorsque viendra ta première rentrée en maternelle. Lorsque tu me raconteras ton premier béguin. Lorsque je te ferai des anglaises pour ta première soirée. Lorsque je te verrai en toge et coiffe noire le jour de la remise des diplômes au lycée. Ou quand tu partiras accomplir de grandes choses dans ta vie.

Pour l'instant, je veux juste te tenir dans mes bras et embrasser chacun de tes minuscules orteils. Je veux te lire les livres dont j'ai rempli ta chambre. J'ai hâte de passer des nuits sans sommeil avec toi et de devoir me changer dix fois par jour parce que tu as régurgité sur mon T-shirt. Rien de tout cela ne sera une corvée pour moi, car j'ai failli ne pas connaître cette chance.

Abbi Glines

Prends ton temps pour grandir. Je ne veux rien précipiter et savourer chaque instant. Le bon, le sale et le très sale ! Tu peux y aller, ma puce, je suis prête.
Ta maman qui t'aime pour toujours.

Grant

Harlow prenait un bain pendant que je surveillais Lila Kate. Celle-ci dormait comme un ange, mais Harlow ne voulait pas qu'elle soit seule quand elle se réveillerait. Elle pensait qu'il fallait la rassurer pendant quelque temps, pour lui faire comprendre que nous étions là pour de bon.

J'avais posé la pile de lettres enrubannée de satin rouge sur le lit devant moi, mais j'avais presque peur de lire l'intitulé de chacune. Je n'avais pas très envie d'imaginer les circonstances dans lesquelles j'aurais pu les lire. Rien que d'y penser, ça me faisait mal. Pourtant, Harlow les avait écrites pour moi.

La première était destinée à être ouverte le lendemain de son enterrement. Une autre, pour le premier jour où je devais m'occuper de Lila Kate seul. Une autre encore, pour sa rentrée en maternelle. Il y en avait même une pour le jour où j'aurais pensé être de nouveau capable d'aimer. Je savais que je ne serais jamais en mesure d'ouvrir cette dernière, car je savais que ce jour ne serait jamais venu. Jamais je ne pourrais même essayer d'aimer quelqu'un d'autre, parce que ce ne serait pas juste pour cette personne. Dans mon cœur, il y aurait toujours Harlow. Personne ne pouvait prendre sa place. Et chaque fois que notre fille me sourirait, je pourrais voir sa mère et repenser au sacrifice qu'elle avait fait pour qu'une aussi jolie petite fille puisse voir le jour.

— Tu es bien silencieux, appela Harlow depuis la salle de bains. Tu dors ?

Je pris les lettres et gagnai la salle de bains. Lorsque Harlow les aperçut, un petit sourire apparut sur ses lèvres. Si elle avait disparu, ces lettres auraient été un véritable trésor, pour moi. Mais Harlow était là.

— Tu comptes les lire ?

Je contemplai un instant les lettres, puis Harlow.

— Non. C'est inutile. Elles étaient destinées à un Grant qui avait perdu sa Harlow. Mais moi, j'ai ma Harlow avec moi. Ce Grant n'existe pas. Cet homme vide, brisé, à qui tu as écrit, n'existera jamais. Je vais les garder, cela dit. Les ranger quelque part. Un jour, peut-être, on retombera dessus et je serai prêt à les lire. Mais pas aujourd'hui.

Harlow sembla réfléchir un instant. Une mèche de cheveux humide s'était glissée sur son cou.

— Ta vie n'aurait pas été vide, car Lila Kate aurait comblé ce vide.

Peut-être. Cela n'aurait pourtant rien changé au fait que la femme qui possédait mon âme était partie.

— Lila Kate sera toujours ma petite fille et je l'aimerai jusqu'à ma mort. Mais toi… Tu es l'amour de ma vie. Tu es mon éternité. Je veux vieillir avec toi.

One more chance

Harlow soupira, mais sans aucune tristesse.

— Tu es un beau parleur, Grant Carter. Un véritable beau parleur.

— Harlow ? demandai-je soudain.

— Oui ?

— Veux-tu m'épouser ?

Harlow éclata de rire et sortit de l'eau sa main gauche pleine de mousse, où brillait le diamant que je lui avais offert.

— Tu radotes, mon cher. J'ai déjà dit oui, tu te souviens ?

— Demain. Tu veux bien m'épouser demain ?

Elle me regarda un instant comme si j'avais perdu la tête.

— On revient juste de l'hôpital.

— Je sais, mais je veux pouvoir dire que tu es ma femme. Je veux que tu portes le nom de Carter. Je veux que tu sois mienne.

— Je suis à toi. Depuis très longtemps.

— S'il te plaît.

Elle se mordilla un instant la lèvre, comme si elle réfléchissait.

— Trois semaines, répondit-elle enfin. Donne-moi trois semaines. Je vais demander à Blaire de m'aider pour la robe et cela donnera à tes parents, à mon père et aux Colt le temps d'organiser leur venue. Je n'ai pas besoin d'un grand mariage. Je préfère même faire les choses simplement, mais je veux que les gens que nous aimons soient présents.

Je pouvais envisager d'attendre trois semaines.

— Marché conclu, mademoiselle Manning.

Elle se leva alors et me désigna les sorties de bain.

— Tu veux bien m'en passer une ? Il faut que j'appelle Blaire tout de suite.

Je ne répondis rien, l'esprit embrumé par la vision de son corps nu et humide, sur lequel la mousse glissait lentement. Je n'avais pas le droit de la toucher tant que le cardiologue n'aurait pas donné son feu vert, mais le spectacle n'en était pas moins des plus plaisants.

— Je commence à avoir froid, s'impatienta-t-elle en plaisantant.

Me saisissant d'une serviette, je vins l'enrouler autour de son corps. Je me penchai pour l'embrasser, lorsque les pleurs de notre fille résonnèrent dans le babyphone.

— Va vite voir, me pressa gentiment Harlow.

Je me dirigeai vers la chambre de Lila Kate. J'ouvris la porte et réglai le variateur de lumière avant d'allumer, afin de ne pas l'éblouir. Lorsqu'elle me vit, Lila Kate arrêta de pleurer et se mit à battre des pieds en suçant son poing avec force. Le message était clair : elle avait faim. C'étaient les infirmières qui m'avaient donné le truc.

Je la sortis de son lit et la posai sur la table à langer pour la changer, puis l'emmenai voir sa mère. Je devais descendre préparer le biberon et Harlow ne voulait pas que je la laisse pleurer seule dans sa chambre.

— Je connais un bébé qui a faim et qui veut voir un peu sa maman pendant que papa prépare le biberon, annonçai-je en retournant dans notre chambre.

Harlow enfila rapidement un peignoir et s'installa sur le lit, afin que je puisse coucher Lila Kate à côté d'elle.

One more chance

— Salut, jeune fille, roucoula-t-elle. Tu as faim, il paraît ? Ce poing risque de ne pas te suffire bien longtemps, alors...

Je les laissai toutes les deux pour aller préparer le biberon dans la cuisine.

Harlow

Ce matin-là, j'avais dû mettre Grant à la porte. Cela faisait trop longtemps qu'il n'était pas retourné travailler et il ne pouvait plus continuer à tourner en rond dans la maison en essayant de régler ses affaires par téléphone. Quand il était monté dans sa voiture, sa mine abattue faisait pourtant peine à voir. Mais j'étais tout à fait capable de me débrouiller seule : Lila Kate passait encore le plus clair de son temps à dormir et j'en profitais pour me reposer. Quand elle se réveillait, je m'allongeais avec elle sur mon lit pour bavarder et jouer. Cela n'était pas difficile.

À l'heure du déjeuner, quand Lila Kate commença à s'agiter, je la descendis avec moi dans la cuisine et l'installai un instant dans le transat pendant que je préparais son biberon. Évidemment, la sonnette de la porte d'entrée retentit juste quand le biberon fut à bonne température. Je me dirigeai vers la porte, un torchon à la main, le biberon dans l'autre.

Un homme que je n'avais jamais vu se tenait devant moi, mais il ne me fallut pas longtemps pour comprendre de qui il s'agissait. La ressemblance était trop

One more chance

forte. Son visage était une version plus âgée de celui de Grant. C'était son père, l'homme dont nous ne parlions jamais.

Chaque fois que j'avais tenté d'aborder le sujet, j'avais lu un tel chagrin dans les yeux de Grant que je n'avais pas eu le cœur d'insister. Quant à sa mère, il n'avait pas la moindre idée de l'endroit où elle se trouvait et elle n'avait pas donné une seule fois de ses nouvelles depuis le début de ma grossesse, plus de sept mois plus tôt. Il attendait encore qu'elle appelle pour lui annoncer la naissance du bébé.

— Bonjour, dis-je à l'homme, pour rompre le silence.

À son sourire, je compris qu'il était un peu stressé. C'était le même que Grant.

— Je suis... euh... Je suis Brett Carter. Le père de Grant.

— J'avais compris. La ressemblance est frappante.

Il eut un petit rire.

— Sans blague. Je savais qu'il finirait par se ranger avec une fille de votre genre. Il a eu sa dose d'instabilité dans sa vie.

Je hochai la tête sans rien dire, sachant que cet homme y était certainement pour quelque chose. À moins qu'il ne soit simplement froid et insensible. Grant avait toujours cherché à nouer des liens avec son père, sans jamais y parvenir.

— J'arrive juste du chantier. Il m'a appris la nouvelle. Félicitations.

Comme si elle avait senti que nous parlions d'elle, Lila Kate se remit à pleurer dans la cuisine, pour me rappeler qu'elle avait faim.

— Merci. C'est l'heure du biberon et elle a faim. Vous pouvez entrer et faire la connaissance de votre petite-fille, si vous voulez.

Sans lui laisser le temps d'inventer une excuse, je retournai dans la cuisine, le laissant planté devant la porte grande ouverte. En me voyant arriver avec le biberon, Lila Kate se mit à pleurer de plus belle. Je la pris dans mes bras et, en me retournant, je vis que Brett s'était finalement décidé à entrer et qu'il regardait Lila Kate avec inquiétude.

— Elle est sacrément petite, quand même...

— Elle avait huit semaines d'avance, expliquai-je.

Lila Kate accueillit la tétine de son biberon avec gloutonnerie et, fermant à demi les yeux, elle se mit à téter comme si c'était la chose la plus délicieuse du monde. Pour avoir goûté moi-même, je savais au contraire que le mélanger était assez répugnant.

— Ah? Grant ne m'a rien dit. Elle a dû rester longtemps à l'hôpital?

Mais d'où sortait-il, ce type? N'était-il vraiment au courant de rien?

— Oui, un peu plus d'une semaine. Moi aussi, d'ailleurs. Je désignai le salon du menton : Il vaut mieux que je m'assoie, ce sera plus confortable pour elle. On peut passer à côté, si vous voulez.

Il se recula pour me laisser passer. Sans vérifier s'il me suivait, je me dirigeai vers mon gros fauteuil, afin de pouvoir m'installer en tailleur et déposer Lila Kate sur mes genoux. C'était la position qu'elle préférait pour manger.

Du coin de l'œil, je vis Brett s'asseoir sur le bord du canapé, en face de nous. J'attendis d'être sûre que Lila

One more chance

Kate fût bien lancée pour lever de nouveau les yeux vers lui.

— Ça s'est bien passé, alors…, dit-il.

J'avais envie de rire. Où était-il quand son fils attendait à l'hôpital, persuadé qu'il allait devoir élever sa fille tout seul ?

— Pas exactement… J'ai fait une hémorragie et j'ai perdu connaissance. Ensuite, ils ont dû m'opérer en urgence et mon cœur s'est arrêté. Après je suis restée un moment dans le coma, mais j'étais bien décidée à m'accrocher. Quelques jours plus tard, je me suis réveillée pour faire la connaissance d'un bébé tout neuf et en bonne santé. J'ai aussi retrouvé son père, qui était, lui, complètement terrifié.

Brett ouvrit des yeux ronds. Il n'était absolument pas au courant.

— Je… Je ne savais pas, bafouilla-t-il. Grant m'a laissé un message disant qu'il était à l'hôpital avec vous et que le bébé était né. Il m'a demandé de le rappeler, mais… j'étais très occupé et je me suis dit que vous aviez sûrement déjà assez de visiteurs comme ça à la maternité. C'est pour ça que je suis venu au chantier aujourd'hui. Pour voir Grant. Mais il n'a pas dit grand-chose, en fait. Il m'a même à peine regardé.

Il poussa un soupir.

— Je comprends mieux pourquoi, maintenant… C'est juste que… quand il m'a dit de le rappeler, je n'ai pas compris qu'il y avait urgence. Je pensais qu'il voulait qu'on discute de son planning pour le boulot et je savais que j'allais devoir couvrir pour lui les premiers temps.

Ce n'était pas une excuse. Son fils l'avait appelé de l'hôpital pour lui annoncer la naissance de sa fille.

Il aurait dû rappeler. Son boulot ne pouvait être plus important que son fils. Surtout pas un fils tel que Grant.

— Grant est un homme merveilleux, lâchai-je soudain. Vraiment. Le genre d'homme qu'on est fier d'avoir dans sa vie. Je serai fière qu'il devienne mon mari et je sais que Lila Kate l'adore déjà. Elle suit le son de sa voix quand il est dans la pièce. Il n'y aura pas un moment de sa vie où elle ne sera pas fière de son papa. Dans le rayon homme, on ne fait pas mieux que Grant Carter. C'est le meilleur. Je le sais. Et je remercie le ciel tous les jours pour ça.

Je baissai un instant les yeux vers Lila Kate.

— Vous ne comprenez pas la chance que vous avez. Tout ce qu'il cherche, c'est d'établir de vrais liens avec vous. Je vois bien qu'il souffre, chaque fois qu'on prononce votre nom. Même mon père, aussi insupportable soit-il, était à l'hôpital avec nous. Il est loin d'être parfait, mais il était là, parce qu'il se sentait concerné. Il était inquiet. Il a dû affronter les fans et les médias qui cherchaient à envahir l'hôpital, mais cela ne l'a pas arrêté. Vous, vous n'avez même pas été capable de rappeler votre fils pour lui demander si ça allait. Si le bébé allait bien. Je ne vous comprends pas, monsieur Carter.

Je m'interrompis. J'aurais pu continuer toute la journée, mais j'avais dit ce que j'avais à dire. Brett Carter se leva et mit les mains dans ses poches. Il partait. Tant mieux. Bon débarras. Il n'avait même pas cherché à prendre sa petite-fille dans ses bras. Je me demandais

One more chance

si elle connaîtrait jamais cet homme. Kiro Manning serait-il son seul grand-parent ?

— Vous avez raison, répondit Brett en se dirigeant vers la porte. Je... Je suis heureux qu'il vous ait trouvée. Vous êtes digne de lui. Il a de la chance.

Puis il partit.

Nan

Debout sur le rivage, je laissai les vagues venir caresser mes pieds. Si je restais assez longtemps sans bouger, mes pieds s'enfonceraient lentement dans le sable, jusqu'aux chevilles. C'était un rituel étrange, mais que je faisais presque tous les jours, sauf en hiver, quand l'eau était vraiment trop froide.

J'avais besoin de réfléchir. Je regardai de nouveau l'invitation que j'avais reçue ce matin-là. Je savais qu'elle finirait par arriver. Je le savais depuis que j'avais appris que Harlow était enceinte de Grant. Pourtant, le petit carton avait quelque chose de bien réel qui changeait tout.

J'avais autrefois cru que Grant Carter serait capable de me voir telle que j'étais vraiment. De découvrir la vraie Nan. La Nan que j'avais peur de montrer au monde, celle qui avait tellement été blessée émotionnellement durant son enfance. Quand j'étais petite, je portais mon cœur en bandoulière mais, en grandissant, j'avais appris à l'enfermer au plus profond de moi-même pour que plus personne ne puisse lui faire de mal. Finalement, j'avais réussi à contenir en moi la petite fille que j'étais autrefois.

One more chance

Du coup, les gens me haïssaient facilement.

Rares étaient ceux pour qui je n'étais pas qu'un simple moyen de parvenir à leurs fins. Mon frère, Rush Finlay, était le fils du célèbre batteur Dean Finlay. Pendant des années, mes soi-disant amies n'avaient cherché qu'à s'approcher de lui. J'étais leur ticket d'entrée. Je les avais laissées faire, sachant ce qui les attendait. Elles méritaient d'être jetées comme des vieux mouchoirs usagés. En voyant mon frère les sauter les unes après les autres, c'était un peu comme une revanche.

Un jour, j'avais découvert que Rush n'était pas le seul à avoir un père célèbre. Kiro Manning était mon père, même s'il ne m'avait jamais reconnue et n'avait jamais cherché à avoir le moindre lien avec moi. La nouvelle avait failli briser les remparts de granit que j'avais dressés autour de mon cœur. Heureusement, je n'avais pas baissé ma garde, car son refus de me reconnaître m'avait presque fait devenir folle. Il me restait encore Rush, qui m'avait toujours aimée, lui. Quand tous me rejetaient, mon grand frère continuait à m'accepter, malgré mon comportement de plus en plus insupportable. Cela le peinait de me voir agir de la sorte, mais il voyait encore la vraie Nan, en dessous.

Puis Blaire était entrée dans sa vie et me l'avait pris. Elle avait gagné son cœur et lui avait donné un fils. À présent, il n'avait plus beaucoup de temps à consacrer à sa frangine. Voilà pourquoi je détestais Blaire. Je lui en voulais de me l'avoir pris. J'aurais voulu détester leur gosse, mais Nate était le gamin le plus adorable de la terre. Impossible de ne pas l'aimer. Carrément impossible.

Lorsque Grant Carter avait fait son apparition, j'étais fragile et j'avais besoin qu'on prenne soin de moi.

Comme Rush était occupé avec sa famille, c'était Grant qui avait pris le relais, avec un petit plus. Car Grant n'était pas mon frère et il était beau à tomber. Nous avions donc commencé à sortir ensemble. Un genre de relation amicale améliorée. Il n'attendait rien de moi et je savais que c'était quand même plus qu'un plan cul. Il savait se montrer si gentil et, avec lui, les choses semblaient toujours s'arranger. Avant lui, personne n'avait même jamais essayé de me donner ça. Il savait aussi me faire rire.

Cependant, comme toutes les bonnes choses qui me sont arrivées, j'ai fini par le repousser, simplement pour me punir de l'avoir laissé trop s'approcher. Je refusais d'envisager qu'il puisse m'aimer et je refusais d'être encore une fois rejetée.

À peu près à la même période, Grant avait remarqué une fille qui était l'exact opposé de moi. Une fille qui était aimée de son père. Discrète et modeste. Gentille avec tout le monde. Vraiment tout le monde. Pragmatique et douce. La fille idéale pour Grant. Pas comme moi. Moi, j'étais la gosse un peu frappée qui avait tellement peur de son ombre qu'elle ne laissait personne s'approcher.

Évidemment, Grant était tombé amoureux de cette fille, juste sous mon nez. J'étais la furie volubile quand elle était la discrétion et la douceur mêmes. Il aurait été idiot de ne pas la choisir. Elle était la plus facile à aimer. Moi… j'étais juste impossible.

Je relus l'invitation. La seule chose que j'avais à reprocher à Harlow Manning, finalement, c'était que mon père lui ait donné l'amour qu'il m'avait toujours refusé. Ce n'était pas sa faute. Elle n'avait rien

One more chance

demandé. C'était juste comme ça. Je pouvais continuer à lui en vouloir, mais à quoi bon ? D'après ce que je savais, sa vie n'avait pas non plus été une partie de plaisir. L'amour de Kiro n'avait pas suffi à tout arranger. Il restait quand même le père le plus craignos de la création. Cela dit, avoir un parent rock star, c'est rarement un bon début dans la vie.

J'avais été injuste avec elle… Pire, j'avais été cruelle. Mais j'avais payé ma dette. J'avais réparé mes erreurs. À présent, je pouvais laisser Grant et Harlow Carter vivre heureux ensemble jusqu'à la fin de leurs jours. Ils avaient leur bébé et leur maison, avec la petite barrière blanche autour. C'était ce qu'ils méritaient tous les deux.

Moi, je ne méritais pas grand-chose. Si j'étais seule au monde, je n'avais qu'à m'en prendre à moi-même. Ce n'était d'ailleurs pas près de changer. Il aurait fallu que je laisse sortir la Nan d'autrefois, et ça, je n'étais pas prête à le faire. Je n'étais pas certaine de supporter d'être rejetée une fois de plus. Le problème, c'était que j'avais de plus en plus de mal à trouver une raison de vivre.

C'était ma vie. Et c'est moi qui l'avais créée.

Grant

Harlow n'avait même pas tiqué, lorsque j'avais décrété qu'il était inutile d'envoyer à mon père une invitation pour le mariage. Il n'avait jamais fait allusion à sa visite chez nous, mais Harlow m'avait tout raconté en détail. S'il n'avait rien à me dire à propos de ma fille, alors il ne méritait pas de participer à cette cérémonie.

En revanche, j'avais marqué un temps d'hésitation quand elle m'avait fait part de son intention d'inviter Nan. L'attitude de Harlow vis-à-vis de sa sœur avait complètement changé depuis l'hôpital. Pourtant, Nan avait rapidement repris ses bonnes vieilles habitudes. Je l'avais déjà aperçue au club en train de se plaindre de je ne sais quoi auprès de Rush et j'avais eu le droit à un de ces regards hautains dont elle avait le secret. Elle n'avait même pas salué Blaire, lorsque celle-ci avait rejoint Rush.

Peu importait, Harlow était bien décidée. Jamais elle n'oublierait ce que Nan avait fait pour elle. Si ça l'amusait de tenter de renouer des liens, je n'allais pas l'en empêcher. Toutefois, à la moindre incartade, je mettrais

One more chance

mon veto. Je refusais qu'elle puisse un jour causer de nouveau du tort à Harlow. Il y avait des limites à ne pas franchir.

Les autres invitations étaient destinées à tous ceux qui comptaient dans notre vie. Assis autour de la table, nous étions en train d'inscrire à la main toutes les adresses, tandis que Lila Kate, allongée par terre sur une couverture, semblait parfaitement heureuse de nous écouter parler. C'était ce genre de moments ensemble qui me nouaient la gorge. L'idée que j'avais failli ne pas connaître tout ça m'empêchait parfois de dormir.

Le lendemain, les filles étaient à l'étage en train de se préparer, tandis que je finissais mon petit déjeuner ; j'entendais Harlow parler à Lila Kate. Lorsqu'elles descendirent l'escalier, je posai ma tasse de café pour aller à leur rencontre. Harlow portait un jean et un T-shirt à manches longues, car l'automne était arrivé. Il faisait normalement doux jusqu'en novembre, mais nous avions déjà connu quelques journées plus fraîches.

Lila Kate s'était vu gratifier d'une nouvelle garde-robe, grâce à Blaire, qui avait débarqué la veille avec des sacs bourrés de vêtements pour prématuré. Tout ce que Harlow avait prévu était encore trop grand, même les bodies. Comme Harlow hésitait encore à quitter la maison, c'était Blaire qui était venue. Ensemble, elles avaient passé en revue des centaines de tenues, mettant de côté celles qui plaisaient le plus à Harlow. Ce matin-là, Lila Kate était donc vêtue d'une barboteuse toute neuve, d'un beau jaune à motifs papillon.

— Regarde qui voilà ! annonça Harlow en atteignant la dernière marche. C'est Papa !

— Je vous attendais toutes les deux, répondis-je en l'embrassant tendrement sur les lèvres. Tu es belle à croquer, ce matin.

— Ça peut s'arranger, répondit Harlow avec un petit rire.

— Maman fait sa coquine. J'aime ça.

Elle sourit de plus belle. Je lui pris Lila Kate des bras et la calai contre mon torse en veillant bien à lui maintenir la tête.

— Amuse-toi bien aujourd'hui. Et fais-toi plaisir. Achète ce que tu veux.

Elle avait prévu de partir à la recherche d'une robe de mariée avec Blaire et Della. Cette dernière cherchait également une robe, même si son mariage n'était prévu que plusieurs mois plus tard. C'était donc journée shopping entre filles. Blaire avait invité Bethy, mais celle-ci avait prétexté des heures supplémentaires au club pour décliner l'invitation. Blaire s'inquiétait pour elle, car elle s'éloignait de plus en plus de nous. Il fallait que quelqu'un parvienne à rétablir le contact. Restait à trouver qui. Jamais Jace n'aurait souhaité qu'elle porte le deuil aussi longtemps.

— Amusez-vous bien en mon absence, lança Harlow avec un sourire vacillant. Je ne suis pas très rassurée de la laisser, même si je sais que tu vas t'en sortir comme un chef. C'est juste que je ne l'ai pas quittée une seule fois depuis mon réveil et que je n'aime pas l'idée de ne pas pouvoir la voir quand je le veux.

Depuis notre retour de l'hôpital, une dizaine de jours plus tôt, c'était la première fois que Harlow se sentait le

One more chance

courage de quitter la maison et sa fille. Le médecin avait recommandé de garder Lila Kate chez nous le premier mois, pour laisser à son système immunitaire le temps de se renforcer. Harlow avait jusqu'alors été ravie de rester avec elle pendant que je travaillais, au point que Blaire avait dû la supplier de sortir chercher sa robe de mariée.

— J'ai mon téléphone sur moi, lui rappelai-je. Chaque fois que tu auras envie de la voir, tu n'auras qu'à m'appeler en Facetime. Maintenant, zou ! Va te promener ! ordonnai-je en lui donnant une petite tape sur les fesses.

— Bien, chef ! répondit Harlow en riant, avant d'embrasser Lila Kate une dernière fois. Je reviens vite, ma chérie.

Lila Kate, tout excitée, vint blottir son visage contre mon torse.

— Elle te ressemble de plus en plus, fit remarquer Harlow en lui caressant le bras.

— Elle est bien trop jolie pour tenir de moi.

Harlow fit une moue dubitative.

— Je sais que tu n'aimes pas qu'on te le dise, mais tu n'es pas trop mal dans ton genre, mon joli.

En riant, j'ouvris la porte et l'embrassai une dernière fois. Au même instant, le SUV Mercedes de Blaire se gara dans l'allée. Harlow nous envoya un dernier baiser et quitta enfin la maison. J'attendis qu'elle soit montée dans la voiture de Blaire pour refermer la porte.

— On parie que maman appelle dans moins de cinq minutes ? demandai-je à Lila Kate, en retournant vers la cuisine pour préparer son biberon et terminer mon café.

Elle ne va pas pouvoir s'en empêcher. Elle n'aime pas trop te laisser, mais c'est important qu'elle aille acheter cette robe, afin que je puisse l'épouser. Ensuite, nous formerons officiellement une famille. La famille Carter. Ça sonne pas mal, hein ?

À la femme qui m'a tout donné,

C'est aujourd'hui que j'ai l'honneur de te donner mon nom. Cela peut paraître bien peu, mais comme mon cœur et mon âme sont à toi depuis plus d'un an, je n'ai plus que ça à t'offrir. À toi qui m'as tant donné.

Comme Lila Kate et moi avons reçu un bon paquet de lettres de toi, j'ai décidé de prendre la plume à mon tour. Tu mérites une lettre plus que n'importe qui. Après tout, c'est toi l'héroïne de cette histoire. Sans toi et ta détermination, nous ne serions pas en mesure de nous présenter devant notre famille et nos amis aujourd'hui, avec notre petite fille dans les bras, pour nous engager pour toujours. Comme si nous avions besoin d'une cérémonie pour ça!

Tu es devenue mon éternité avant même que je ne m'en rende compte.

Merci d'être aussi courageuse. Plus courageuse que quiconque. Merci de m'avoir montré que, lorsqu'on désire suffisamment quelque chose, cela vaut la peine de prendre tous les risques du monde pour avoir une chance d'y goûter.

Quand j'ai cru t'avoir perdue, je n'ai pas regretté une seule fois de m'être autorisé à t'aimer. J'étais brisé, mais reconnaissant de tous ces souvenirs que nous avions déjà ensemble. De ces instants passés ensemble. J'ai découvert que, dans la vie, tout ce qui compte, ce sont ces moments où l'on est si heureux qu'on a l'impression qu'on va exploser. Nous avons besoin de ces moments bénis pour nous y accrocher lorsque le monde s'effondre autour de nous.

Je ne l'avais pas compris avant. Pendant que tu dormais, tous nos bons souvenirs me revenaient à la mémoire. La musique de ton rire et ta présence incroyable entre mes bras, qui guérissait tous les maux. Voilà ce qui m'a permis de tenir le coup et d'accueillir tout seul notre petite fille, la première, sans savoir si tu pourrais un jour voir son visage.

Merci de m'aimer. Je suis l'homme le plus chanceux de la terre. Je sais que beaucoup d'hommes l'affirment, mais ils n'ont même pas idée, car ils ne te connaissent pas. Et ils n'ont jamais pris ma petite fille dans leurs bras. Moi, si. Et je suis un homme comblé.

Avec tout mon amour,

Ton mari qui t'adore, Grant, l'homme le plus chanceux de la terre.

Harlow

Je pliai la lettre et essuyai les larmes qui coulaient sur mon visage. Cette andouille avait quand même réussi à me faire pleurer juste avant la cérémonie. Je me tamponnai les yeux avec mon mouchoir et inspirai profondément pour me calmer. Il faudrait sans doute que je fasse encadrer cette lettre, car j'allais la lire tellement souvent qu'elle risquait de finir par s'user.

— Pourquoi pleures-tu ? demanda Blaire en entrant dans la chambre.

— À cause de ça, répondis-je en montrant la lettre. Elle est de Grant. Ce n'était sans doute pas censé me faire pleurer, mais tant pis.

— Je comprends... Rush aussi a réussi à me faire pleurer comme une madeleine dix minutes avant que je ne le rejoigne devant l'autel.

En souriant, je repensai à leur mariage, bien plus beau et élaboré que le nôtre. J'avais préféré la simplicité et Grant était d'accord avec moi.

— Il y a cinq minutes de trajet. Tu es prête ? demanda Blaire.

— Oui. Lila Kate aussi ?

— Ouais. On dirait un ange. Elle déchire tout dans sa petite robe en dentelle blanche.

En riant, j'enfilai mes ballerines et rangeai la lettre dans ma boîte à bijoux.

— Allons-y, dis-je en me dirigeant vers la chambre de Lila Kate.

Allongée dans son berceau, elle regardait ses petits chaussons de soie blanche avec fascination. En me voyant, elle se mit à battre des pieds avec joie.

— Il faut se mettre en route, ma chérie, annonçai-je en la prenant dans mes bras. Il y a un prince charmant qui nous attend.

Elle était vraiment adorable dans cette robe. Blaire nous attendait déjà près de ma voiture et j'installai Lila Kate dans son siège avant de monter à mon tour sur le siège passager. Ma robe était simple. Je n'avais pas opté pour la traditionnelle robe longue et blanche, avec de la dentelle. La mienne était d'un bleu très clair, qui me rappelait celle du ciel le matin, quand la brume ne s'est pas encore levée sur la mer. Elle était en satin, resserrée à la taille, puis évasée jusqu'au genou.

Lila Kate poussa quelques petits cris à l'arrière. Nous prîmes la direction du club, puis tournâmes en direction de la plage privée, réservée aux résidents. Woods nous avait proposé de nous installer sur la portion qui se trouvait juste devant sa maison. Ainsi, nous serions tranquilles et aucun importun ne risquerait de débarquer en pleine cérémonie.

Blaire se gara juste devant l'arche de roses qui marquait l'entrée de la noce.

— Terminus! Tout le monde descend! lança-t-elle avec un grand sourire. Tu as le trac?

One more chance

— Non, pas du tout. Jamais je ne me suis sentie aussi prête de ma vie.

Je sortis de la voiture et pris rapidement Lila Kate dans son siège, avant qu'elle ne s'agace, car elle n'aimait pas trop les trajets. Elle ne pesait pas encore 2,5 kilos, mais elle prenait du poids de façon régulière et c'était tout ce qui comptait.

— Allons voir Papa, chuchotai-je en m'engageant sous l'arche fleurie.

Blaire ajusta rapidement sa robe, puis envoya un texto pour annoncer que nous étions prêtes.

Au loin, de la musique retentit. Blaire esquissa quelques pas de danse joyeux, puis s'empara d'un petit bouquet de trois roses : une rose et deux blanches, symbole de notre famille. J'aurais dû le porter moi-même, mais j'avais déjà les mains prises par quelque chose de beaucoup plus important.

Blaire partit en avant et je comptai jusqu'à vingt, comme lors de la répétition, avant de m'avancer avec Lila Kate sur le sentier jonché de pétales de rose. Nous tournâmes au coin de la maison. Ils étaient tous là, debout, tournés vers nous. Tous les gens que nous aimions. Je souris à Lila Kate en lui décrivant ce que je voyais.

Arrivée sur la dernière ligne droite avant l'autel, je le vis enfin. Notre prince charmant. Il me dévorait des yeux.

Il pensait que c'était moi, l'héroïne de l'histoire. Il se trompait complètement ! C'était lui, le héros. Depuis le début.

Remerciements

Écrire la deuxième partie du voyage de Grant et de Harlow a été un parcours que je ne pensais pas faire. Jamais de ma vie je n'ai autant pleuré en écrivant, relisant et retravaillant un livre. J'ai toujours beaucoup aimé le personnage de Grant et je suis heureuse que son histoire se soit terminée ainsi. Il a une place spéciale dans mon cœur et son histoire devait avoir quelque chose de spécial.

Pour commencer, je voudrais remercier l'équipe d'Atria. La géniale Jhanteigh Kupihea. On ne pourrait rêver meilleure éditrice. Elle est toujours optimiste et met tout en œuvre pour que mes livres soient les meilleurs possible. Merci, Jhanteigh. Tu es fantastique. Ariele Fredman et Valerie Vennix, qui débordent non seulement d'idées géniales, mais qui savent écouter les miennes. Judith Curr, pour m'avoir donné ma chance avec ce livre. Et pour tous les autres de l'équipe d'Atria qui ont participé à la production de ce roman. Merci du fond du cœur.

Mon agent, Jane Dystel, qui est toujours prête à m'aider. J'ai de la chance de l'avoir à mes côtés dans ce nouveau monde de l'édition qui évolue sans cesse. Lauren Abramo, qui se charge des droits étrangers. Jamais je n'aurais pu envisager de conquérir le monde sans elle.

Les amis qui m'écoutent et me comprennent comme personne : Colleen Hoover, Jamie McGuire et Tammara Webber, qui m'ont toutes trois soutenue plus que quiconque. Merci pour tout.

Mes premières lectrices, Natasha Tomic et Autumn Hull. Vous êtes super et savez mettre le doigt sur ce qui manque. Merci aussi d'avoir su suivre mon rythme de dingue. Lire les textes de quelqu'un qui a toujours un livre sur le feu n'est pas toujours facile.

Enfin, et surtout :

Ma famille, sans qui je ne serais pas là. Mon mari, Keith, qui veille à ce que je ne manque jamais de café et s'occupe des enfants quand j'ai besoin de m'enfermer dans mon bureau pour tenir mes délais. Mes trois enfants qui se montrent si compréhensifs, car ils savent que, lorsque je sors de ma grotte d'écrivain, ils peuvent compter sur mon attention sans faille. Mes parents, qui m'ont toujours encouragée, même lorsque j'ai décidé d'écrire des trucs un peu plus torrides. Mes amis, qui ne me détestent même pas quand je refuse de les voir pendant des semaines parce que l'écriture prend toute la place. Ils sont une véritable équipe de soutien et je les aime très fort.

Mes lecteurs. Jamais je n'aurais espéré que vous soyez aussi nombreux. Merci de lire mes livres, de les aimer et d'en parler autour de vous. Sans vous, je ne serais pas là. C'est aussi simple que ça.

COMPOSITION DATAMATICS
CET OUVRAGE A ÉTÉ ACHEVÉ D'IMPRIMER
PAR CFI BRODARD ET TAUPIN – LA FLÈCHE (72)
EN MAI 2015

JC Lattès s'engage pour
l'environnement en réduisant
l'empreinte carbone de ses livres.
Celle de cet exemplaire est de :
815 g éq. CO₂
Rendez-vous sur
www.jclattes-durable.fr

N° d'édition : 01. – N° d'impression : 3011328
Dépôt légal : juin 2015
Imprimé en France